OMNIBUS

Massimo Bisotti

# LA LUNA BLU

*Il percorso inverso dei sogni*

DIECI ANNI DOPO

MONDADORI

Dello stesso autore in edizione Mondadori
*A un millimetro di cuore*
*Un anno per un giorno*
*Foto/grammi dell'anima*
*Il quadro mai dipinto*

Questo libro è un'opera di fantasia. Personaggi e luoghi citati sono invenzioni dell'autore e hanno lo scopo di conferire veridicità alla narrazione. Qualsiasi analogia con fatti, luoghi e persone, vive o scomparse, è assolutamente casuale.

Il verso citato a pagina 50 è tratto da:
"URLANDO CONTRO IL CIELO" Testo e Musica di L. Ligabue © 1991 by Warner Chappell Music Italiana S.r.l. / Fuoritempo Ed. Mus. S.r.l. / Sugarmusic S.p.A. Su licenza di Warner Chappell Music Italiana S.r.l.

L'editore ha ricercato con ogni mezzo i titolari dei diritti dei testi delle canzoni citate senza riuscire a reperirli: è ovviamente a piena disposizione per l'assolvimento di quanto occorra nei loro confronti.

www.massimobisotti.it

mondadori.it

*La luna blu*
di Massimo Bisotti
Collezione Omnibus

ISBN 978-88-04-76557-8


Published by arrangement with Delia Agenzia Letteraria
I edizione novembre 2022

# LA LUNA BLU

*Ai miei veri amici.*
*Alle persone che mi amano e mi hanno amato davvero.*
*Non siamo fatti per stare da soli*
*ma nemmeno per stare con chiunque_*

## 1
# Il punto di non ritorno

Credo che l'amore abbia un punto di non ritorno, un punto che una volta varcato non ci permette più di tornare indietro. È in quel preciso istante che ci si spoglia dei vestiti razionali e ci si tuffa in mare, dimenticando il salvacuore, anche se non sappiamo nuotare. E forse quel punto ogni volta diventa l'incoscienza più preziosa della nostra vita.

Meg lesse questa frase sul giornale, distrattamente, in uno strano e afoso pomeriggio di settembre, in preda alle sue altalenanti malinconie, sempre di corsa, a esorcizzare il tempo, per non fermarsi più a pensare nemmeno un attimo all'uomo che, senza nessuna esitazione né spiegazione, aveva lasciato su due piedi, quasi senza motivo. Sistemò le sue cartelline da lavoro sul tavolino del bar a cui si era seduta, in attesa di Melissa, la sua amica del cuore.

«Tornando al discorso di ieri» disse d'improvviso Melissa, cogliendo Meg alla sprovvista, accomodandosi sulla sedia di velluto rosso nel piccolo angolo di un grande caffè torinese, «ho riflettuto molto su quello che mi hai detto... Quella frase, "l'amore è audace solo quando scippa del tempo alla vita".»

«Oddio, Meli, mi hai spaventata, ero sovrappensiero.»

«Cameriere, per favore, due gelati alla gianduia» disse a voce sostenuta Meli, per poi riprendere il discorso con Meg. «Insomma, sei così brava con le parole, con le tue traduzioni. Non è amore se lo sprechi, probabilmente. Però se lo rubi ti ruba l'anima, restituendoti l'immenso dentro lo spazio della tua stanza. Tu senti questo, Meg? A me sembra di no.»

Il cameriere tornò con due coppette colme di gelato. «A me sembra che tu non sia mai del tutto felice» continuò Melissa con in bocca il cucchiaino. «Il tempo passa, ma torniamo sempre sugli stessi discorsi. Noi cambiamo e tutto il resto resta uguale, persino il tempo, lo vedi? Scorre senza farci scorrere davvero. Resta uguale e noi restiamo intrappolate negli stessi meccanismi che usiamo per difenderci dall'esperienza, perché continuiamo ad assumere un placebo per curare l'assenza. Queste maledette finte presenze che finiscono per farci una malinconica compagnia.»

«Mi toccherà smettere di inviarti traduzioni di scrittori e poeti, altrimenti a quanto pare ti perderò per sempre. Oppure mi ruberai tutto il lavoro e mi licenzieranno!» rispose Meg divertita.

«Mi sono stancata di queste persone che non sanno cosa desiderare. Sono stanca di inseguire chimere. Voglio un angelo. Un angelo che si sia bevuto l'anima e l'abbia vomitata nel bagno sporco di una discoteca. Ti sembra dissacrante?»

Le due amiche sorrisero insieme.

«Meli, Meli... Vorrei ricordarti che non abbiamo più quindici anni.»

«E cosa c'entra, Meg? Più sogni e più darai a qualche sogno la possibilità di svegliarsi vero!»

«Ma forse non abbiamo più l'età dei sogni...»

«È come sostenere che esista un'età in cui non è più ammesso desiderare di essere felici! Non posso accettarlo. Voglio un angelo che abbia posato per sempre le sue ali per fare finalmente una colazione normale. Un angelo che abbia il coraggio di sedersi qui con noi. Un angelo a cui arrossiscano i globuli bianchi davanti a un piccolo cuore imperfetto. Perché stupirsi o farne a meno non è una scelta. È disintossicarsi dalle scorie di paura che involontariamente aggiungiamo alla vita, mandando all'aria i nostri piani di solitudine. Anziché scegliere di diventare saggia voglio provare a essere felice, e dovresti provarci anche tu. Ti sembrerà strano ma io ambisco alla normalità. Tutti la criticano, poi tutti la desiderano.»

«Cos'è la normalità? La normalità non esiste, Meli. Ognuno dovrebbe trovare quel che cerca, ma non è tanto semplice che accada. L'amore è una luce dentro mille confusioni.»

«Una luce vera, questa è la difficoltà! Trovare una luce vera. Chi ci ama non lo fa a intermittenza come una lampadina che si accende e si spegne. Perché è vero, in alcuni momenti, quando è accesa, ci sembra quasi il sole, poi quando è buio cadiamo in fondo a un pozzo. Prima o poi si fulmina. Buio totale. Se tiriamo su le serrande, per un po' avremo gli occhi disabituati al sole, poi però capiremo che c'è altro fuori. Forse ci vorrà un po', ognuno ha gli occhi più o meno sensibili, ma diremo basta alle luci artificiali. Un amore sano non ci chiede di rovinarci gli occhi fissando il sole, ma nemmeno vuole tenerci al riparo da tutto, in una triste zona d'ombra.»

«Per me c'è una scala che separa due vite e le posizioni si alternano, non sono mai le stesse. C'è chi sta su, chi sta giù... Quel che conta è che ci sono innumerevoli scalini per permettere a quei piedi in corsa di incontrarsi e arrivare insieme a casa. Oppure esiste la direzione opposta, tutto qua. Non c'è bisogno di aprire la porta per sapere se la persona che ami sia dentro, quando scegli di ritornare a casa davvero.»

«Ma tu, Meg, non permetti a nessuno di ritornare a casa davvero. Tu impicchi il verbo "amare" con la corda della paura.»

«Ecco che di nuovo quella sottile vena poetica torna a farsi sentire! Giuro che non ti giro più niente.» Meg afferrò le sue cartelline dal tavolo e le strinse al petto fingendo di custodirle gelosamente, scherzando con Melissa.

«La smetto, ok! Comunque, come saprai domani è il mio compleanno, cerca di non fare tardi come al tuo solito e cerca di goderti la serata, senza pensieri. Lavori troppo, Meg. Direi che la traduzione di Joyce può aspettare! Viviamo nell'inferno degli imprevisti» continuò. «Un imprevisto può essere anche un'emozione. Potrebbe arrivare a trovarci d'improvviso qualcuno che abbiamo sempre sognato d'incontrare. Che dici, andiamo?»

«Sì, dài, dovessi convincermi a cercare di sognare qualche novità colma d'ebbrezza. A domani. E sì, senza che me lo ripeti, m'impegnerò per non tardare» disse Meg sorridendo, salutando Meli con un bacio per poi buttarsi nella sua auto parcheggiata in doppia fila.

Come girò la chiave della porta di casa, Meg lasciò cadere giacca, chiavi e borsa sul pavimento. Corse in bagno a lavarsi le mani e, camminando verso la scrivania, il rossetto le scivolò fra i piedi e nemmeno se ne accorse. Si mise subito al lavoro con la sua traduzione di Joyce.

*But my body was like a harp and her words and gestures were like fingers running upon the wires.*

"Ma il mio corpo era come un'arpa e le parole e gesti di lei come dita sulle sue corde."

Si legò i capelli con un fermaglio a forma di farfalla, poi lo tolse, tenendolo in mano. I lunghi capelli castani le scivolarono sulle spalle. I suoi occhi si posarono come ali su quel fermaglio, annebbiando tutto il resto, quasi esistesse il volo del respiro e lo si riuscisse a intercettare. Forse nessun uomo era stato per lei davvero come un'arpa. Ogni volta che aveva deciso di sfiorare le sue corde, un suono stridulo e feroce le aveva sempre fatto allontanare le mani.

*Forse non sono tagliata per suonare nessuno strumento,* pensò, *forse alcune anime nascono cantanti e altre suonatrici. Solo pochi hanno la fortuna di saper far bene entrambe le cose. Se esistesse un mondo parallelo, chissà, forse potrei scendere da questo e inventarmi nuova, soffocare questa voce, deciderne un'altra. Ma non si può decidere che voce avere, quella ti capita, un po' come la fortuna, un po' come le situazioni in cui riesci più o meno a destreggiarti per uscirne non dico vincitrice, ma perlomeno intatta. Senza buchi nei polmoni, tracce di solitudine ovunque, baci ambiti da cui però puoi fuggire e una faccia che dev'essere quella perché quella ormai tutti conoscono e non la puoi tradire, e se decidessi di staccartela una volta per tutte probabilmente non si staccherebbe più, incollata a incertezze spaventose che non cedono. E così ho imparato a non dire, così ho imparato a rinunciare a quello che vorrei, a nasconderlo così bene da non trovarlo più, a recitare la parte di chi vorrebbe l'amore e non lo trova mai. E ogni volta che scelgo di non dire, ogni volta mi chiedo: chissà se i silenzi sanno fare l'amore o sanno fare solo il rumore dell'assenza.*

Meg quasi non dormì per continuare a lavorare alla sua traduzione, tanto da non capire il momento in cui i suoi occhi si chiusero per dare spazio al suo sogno.

## 2

# È ovunque buongiorno quando ti sveglia l'amore

Al risveglio si alzò di fretta in quel mattino ruggente, il sole alle porte, la mente confusa dalle poche ore di riposo. Come al solito aveva dimenticato la cosa più importante: il regalo di compleanno per Meli.

Non era affatto per noncuranza – Meg adorava Meli –, bensì per il solito motivo. Lei aveva bisogno di incastrare perfettamente tutti i suoi momenti, uno a uno, per evitare di restare anche solo qualche attimo senza far niente di concretamente e maledettamente stancante, quasi fino alla nausea. Questo malessere cronico la nutriva, questo malessere cronico la uccideva pian piano.

Persino nella scelta dei regali manteneva sempre il suo filo razionale. Un oggetto doveva avere per forza un risvolto utile, altrimenti le sembrava superfluo e non riusciva a comprarlo. Tuttavia sapeva della passione quasi viscerale di Meli per la fotografia, tanto da darle ai nervi a volte. Meli era capace di soffermarsi su tutti i particolari, cosa che lei volutamente ignorava. Decise però che una nuova macchinetta digitale sarebbe stata il regalo giusto e così si buttò nella ricerca dell'oggetto prescelto. Ne scelse una piccola e rosa, la prese solo per l'estetica, ignorandone completamente le funzioni. Le piaceva quella, le piaceva così.

Arrivò all'appuntamento in ritardo ma di poco, rispetto al suo solito, tanto da destare lo stupore di alcuni invitati che, conoscendola, si sarebbero aspettati qualche scusa ottimamente propinata a giustificazione di uno dei suoi difetti maggiori, la totale assenza di puntualità.

Mentre si avvicinava a Meli per darle il suo regalo intravide Gregory, il suo ex fidanzato, lasciato un po' alla stregua di come aveva scelto la macchina fotografica.

"Mi piaci."

"Perché?"

"Perché sì."

"Ti lascio."

"Perché?"

"Perché sì." Non c'è tanto da girarci intorno.

Lui si avvicinò per salutarla, con un sorriso buono e calmo, nonostante la delusione subita da pochi giorni.

«Ciao» sorrise ancora, «mi sono avvicinato solo per sapere come stai, nessun'altra domanda, stai tranquilla.»

Gregory colse negli occhi di Meg un sottile imbarazzo che lei camuffò rispondendo con distacco: «Sto bene, soliti casini, lo sai come sono messa col lavoro, ho sempre tremila cose da fare. Ma perché le giornate non sono state inventate di trentasei ore?».

«Forse per permettere alle persone di essere felici...»

«Guarda, Gregory, ci pensavo proprio ieri sera, traducendo Joyce. Forse non sono tagliata per essere felice, forse può esserlo solo chi può starsene con le mani in mano.»

«Ti fidi del tuo cuore, Meg? Perché se non ti fidi del tuo cuore nessuno si fiderà, e avrà ragione. Perché il cuore è mortale, ma cerca oltremare l'immortalità. Buona fortuna.»

Tutti vorremmo la felicità, poi stentiamo a riconoscere la forma delle sue sembianze. L'uomo non si accontenta mai. Siamo nulla con l'aspirazione a essere tutto. E così tutto perdiamo e ci scivola fra le mani. Sembra che la felicità non sia nello stare bene ma nel tornare a stare bene, altrimenti nemmeno te ne accorgi se sei felice.

Vorremmo essere amati a dismisura, ma non impariamo a scendere mai alle giuste leghe del cuore. È che un rapporto profondo implica un vero e proprio bilinguismo sentimentale fatto di uno spericolato livello di intelligenza emotiva.

*Level two*, l'essere in due. Ma per amarsi davvero c'è un solo modo giusto, si deve smettere di sentirsi sbagliati.

Gregory si allontanò lentamente da Meg. Teneva in mano il suo bicchiere tondo, quasi vuoto. Si avvicinò al tavolo del buffet e, prendendo la bottiglia per versarsi ancora un po' di vino, incrociò il viso di una ragazza. Posò quindi il suo bicchiere per offrire il vino a lei.

Meg da lontano rimase per qualche attimo a osservarlo. Gregory era proprio un gentiluomo, era garbato, rispettoso. L'uomo che ti apre la portiera della macchina, l'uomo che ti sveglia con un mazzo di rose, ti dà un bacio e ti dice "buona giornata" ogni giorno. Gregory, un uomo che non va più di moda, perché le cattive ragazze come lei non possono accettare simili attenzioni senza trovarle stucchevoli, no?

*Non lo so*, pensò Meg, *è tutto questo amore, tutto così di colpo, regalato. Mi è impossibile da gestire, da sopportare.*

Meg iniziò a bere con gli altri e si lasciò andare così tanto da sdraiarsi sul letto di Meli completamente ubriaca, senza aver pensato mai troppo, senza aver amato mai probabilmente, e soprattutto senza esserne a conoscenza.

«Ciao, che ore sono?»

Meg guardò l'orologio.

«Non so, l'ora cambia sempre ogni volta che la guardo.»

«Ecco, domani a quest'ora sarà lo stesso orario di adesso. Avrai aspettato solamente un giorno in più per dire a qualcuno qualcosa. Vittima di quella prudenza anoressica che non mangia mai e ci uccide molto più di una delusione. Se ti strappi il cuore per paura che soffra, semplicemente lo distruggi in altro modo. I graffi del tempo rendono più luce a un viso e ne abbelliscono i contorni, se si nasce sotto il segno dell'amore. Le cicatrici non le inganni, e quelle vere, quelle di chi ha amato davvero, non amano il trucco. Sono orgogliose di farsi mostrare. Scusami. Non ho potuto fare a meno di ascoltare la tua conversazione di poco fa. Ci lasciamo consumare da doveri oltremisura per paura di misurarci con l'amore. Questo è un gran peccato, perché è solo con l'amore che si va incontro al tempo senza tornare a mani vuote. E tu verrai a vedere l'amore?»

Meg si affacciò alla finestra e scorse la luna in fase calante, blu, di un blu quasi elettrico che la lasciò senza fiato, incantata.

«L'amore è come un raggio ultravioletto: lo vede solo chi ha il coraggio di restare. Ecco perché ogni volta che vedrai blu la luna crederai nella sua eterea forza eterna. Chi non crede nell'impossibile non ama abbastanza.»

«Ma tu chi sei? Possiamo rivederci?» domandò Meg.

«Io sono un *daydreamer*. La nostra vita è una società per azioni, le mie azioni di maggioranza sono i sogni. E tu? Chi sei? Guarda quante stelle incastonate lassù, come diamanti. Senza di noi che senso avranno mai, e noi che senso abbiamo? Non sembrano forse dirci, in questa nuova stagione, "siamo e non siamo"?»

Meg fissò negli occhi l'uomo senza essere in grado di definirne perfettamente il volto. Doveva essere l'alcol, ne aveva ingerito davvero tanto. Sapeva soltanto che emanava una luce molto simile a quella della luna.

«Possiamo rivederci?» lo incalzò. «Domani? A che ora ci vediamo? Io troverei l'orologio giusto. Che sia fermo o vada in senso antiorario. Dimmi dove. In effetti potresti anche non dirmelo, sarei capace di trovare la strada. Di trovarti. Come di perdermi per farmi cercare.»

«Il coraggio, Meg, non l'orologio, perché trovarsi è una questione di coraggio. Il coraggio si prende dai sogni che restano, nonostante quelli che muoiono. Io di geografia non so molto, non leggo le cartine, non uso i navigatori. Conosco solo la geografia degli sguardi. Quelli oltre latitudini, longitudini, spazi, tempo. Non cambierà mai la geografia di certi sguardi. Basta guardarsi un po' negli occhi, nemmeno troppo a lungo, e i posti li sai, li ricordi a memoria. Ti entrano dentro e poi rimangono lì, senza bisogno di chissà quali spiegazioni. Magari non saprai più che fartene, una volta ripartita. Magari non ci tornerai mai più, magari il luogo dimenticherà i tuoi passi e così anche te, me, noi e tutti i passeggeri distratti da questo percorso di vita. Ma i viaggi rimasti dentro, quelli no, quelli puoi ripercorrerli un'infinità di volte, perché i chilometri che hai effettivamente nelle gambe non coincidono mai del tutto con i tuoi viaggi interiori. Hanno distanze diverse e spesso anche i tempi si nutrono in universi paralleli, sembrano eterni e sono durati pochi secondi del tuo sonno. Oppure stanno in una tasca a fare compagnia a briciole, rimasugli di tabacco, monete, fili, accendini. Mentre ci metti la mano, sorridi. Piccoli, ma tanto grandi da non potertene più liberare veramente. E in quella tasca c'è anche una bussola, ma se la cerchi non la trovi. È intangibile e ti serve per errare nei paesaggi del tuo viaggio. Perché errare vuol dire vagare ma anche sbagliare, come a sottintendere che se camminiamo possiamo smarrirci e perdere la strada.

Ma l'amore non ha gambe corte, vuol fare passi acrobatici. E non potrai mai ritornare da dove sei partita. Perché nel frattempo avrai maturato nuovi occhi per guardare i posti che mentre andavi hai abbandonato. Non avrai più la stessa percezione, né per riconoscerli, né per rivederli uguali. Per questo indietro non si torna, nemmeno se lo vuoi, per questo indietro non si può più tornare, nemmeno se lo vuoi. In alcuni casi saprai che non puoi più rimetterci piede, ma sognerai per sempre ali per tornare dove non si può. Quando pensi di non essere più in grado di riconoscere un luogo è perché a essere cambiata di posto sei tu. E d'improvviso, quando ti guarderai intorno, ti accorgerai che ogni piccolissimo particolare che assecondiamo o lasciamo andare stravolge gli eventi in maniera irreversibile.

Ogni passo che fai, ogni movimento va a mutare inesorabilmente il corso degli eventi. In base alla nostra decisione, anche quando ci sembra irrilevante, diamo corso allo sviluppo di una situazione rispetto a un'altra. Le occhiatine per capire come sarebbe stata la vita dinanzi a una scelta diversa, a un percorso inverso nella realtà, non potremo darle mai, ma poi di colpo, in una mattina di neve o in una sera qualunque, mentre ascolterai lo scoppiettio della legna nel camino, un leggerissimo dolore, così sottile da averlo sempre ignorato e nascosto, si mostrerà, pesante com'è l'amore quando si fa cenere. Ti chiederai dove sono, dove vivo, com'è la mia casa, cosa si guarda dall'affaccio dei miei occhi, quale luce o quale ombra, quale gioia o quale dolore.

Sono le piccole cose quelle che si pagano, e ti chiederai perché ti vien voglia di respirare a pieno l'ossigeno sempre quando sei sott'acqua, e ti vien voglia di toccare un viso solo quando hai ancora sporche le mani di altra vita o solo sporche di te stessa. E t'innamori quando non dovresti e non t'innamori quando si può, fosse che il cuore è più avanti di noi e non si prostra alle convenienze della mente, ai compromessi, ai vuoti a rendere, ma a render cosa, poi, se non lo stesso vuoto che senti adesso? La verità è che ogni vita richiede pulizia, troppe ragnatele alle pareti conducono all'abbandono dei luoghi emozionali.

Ti chiederai cos'è la paura del profondo, tutte le volte che hai risposto no per non dire sì, tutte le volte che hai scelto di non aspettare più, di non dare più, di non fiorire più. E immaginerai i luoghi della mia mente ormai distanti, distrutti da un domani ammazzato ieri.»

Meg, che solamente a sentire parlare qualcun altro del suo modo di affrontare i percorsi amorosi si metteva subito sulla difensiva con un atteggiamento aggressivo, restò stranamente tranquilla di fronte a un uomo sconosciuto. Si limitò a controbattere in modo cedevole: «Nessuno ci insegna ad amare!».

«No nessuno, ma innamorarsi e amare sono due cose differenti. In questo senso l'innamoramento non è ancora amore. Li sai distinguere, Meg? L'innamoramento è l'inizio di un cammino fra due entità distinte che le spinge all'unione, attraverso la polarità delle loro vite. L'amore è umanamente chiedersi tutto ciò che ci è stato tolto rispetto a quando eravamo da soli e ricordarsi di quanto di prezioso è rimasto dopo i primi veri problemi, e nel bilancio fermarsi a respirare. Un attimo prima di andare o di decidere di restare. Un momento, un istante, un secondo in cui scegli la sorte del tuo domani. Essere amore è sostenersi a vicenda in un cammino comune. Se insegni a scrivere al coraggio, hai nelle mani la planimetria e la storia del mondo.

In fondo cosa vuoi che sia l'amore se non il tuo libro di storia? Per rendere storia una favola vera. Che cosa vuoi che sia l'amore se non colui che attende sveglio i nostri sogni in una casa vuota? L'amore è un luogo vero e proprio che racchiude tutti i nostri altri luoghi interiori, è un modo di abitare la vita. Se sai come andarci, non sei mai in pericolo. Ed è l'ogni "dove" fondamentale attorno a cui ruota l'intero viaggio dell'esistenza.

Solo una volta nella vita ho fatto un viaggio senza muovermi. Perché è stato il viaggio a farsi me, a fottermi di meraviglia. Ora io cerco quel viaggio, lo cerco ogni giorno, quasi sicuro di non trovarlo mai più. Non si può avere tutto, non trovi, Meg? Almeno non se è il tutto a non volere te. Perché si può avere tutto e farsi mancare altrettanto, se proprio quello che vuoi non c'è. Vorrei nutrire la speranza che forse ti troverò là fuori nel giusto momento, per dirti "buongiorno", per prendere in giro il destino dei sogni e prenderti per mano. È ovunque "buongiorno" quando ti sveglia l'amore.»

«Meg... Meg, sveglia, è tardi. Te lo dico proprio io che speravo fossi tu a svegliarmi stamattina. Abbiamo davvero esagerato ieri sera. Ti sei divertita perlomeno? Mi dispiace per Gregory, non credevo venisse, ma ho visto che non ti ha dato molte grane, no?»

Meg guardò Melissa infilarsi in fretta un paio di jeans. Era lì in piedi davanti al letto, ancora piuttosto assonnata. Si rivolse a lei mangiandosi il fiato perplessa: «Oddio, Meli, ma quanto ho dormito? Sono rimasta qui? Che mal di testa... Ma stanotte com'è che la luna era blu?».

«Blu? Ma che dici Meg? Devi averci dato giù un bel po' con il vino. Più di quanto pensassi, evidentemente. Dài che facciamo tardi. Hai la macchina qui sotto? Dammi le chiavi, guido io.»

«Le chiavi? Non lo so, guardo nella borsa...»

«Dài, sbrigati, il caffè lo prendiamo al bar.»

«Ma non c'era una persona? Un ragazzo che non saprei descrivere bene, a dire il vero. Era molto affascinante, mi sembrava avesse una camicia blu e dei jeans. È venuto a parlarmi, sapeva chi sono, mi ha chiamato per nome ma non mi ha detto il suo...»

«Jeans? Ma erano tutti in giacca e cravatta i miei ospiti ieri, nessuno aveva i jeans. Te lo sarai sognato, Meg, spero sia stato un bel sogno!»

Per tutto il giorno Meg non fece altro che pensare al suo uomo-sogno, alle parole che le aveva detto. Si distraeva continuamente e non riusciva a concentrarsi. La spaventava quel pensiero fisso, tanto da ridurre al minimo le sue energie.

Nel tardo pomeriggio si diede appuntamento con Melissa per un aperitivo. Come sempre in ritardo, scelse di lasciare a casa l'auto e percorse via Po sotto i portici con una fretta indefinibile rispetto al solito.

«Che prendi, Meg?»

«Un bicerin, e tu?»

«Un bicerin come aperitivo? No, io direi più un prosecco.»

Meg chiamò la cameriera alzando il braccio in modo quasi assente.

«Che hai Meg? Mi trasmetti una strana ansia...»

«Sono altrove, Meli. Che sciocca che sono stata, "Possiamo rivederci?" gli ho chiesto. Sì, magari qui al caffè Fiorio, perché no. Però... che bel sogno.»

«Stai ancora ripensando al sogno? Mi preoccupi, Meg, non è da te! Che ne dici se stasera stemperiamo quest'ansia con un bel concertino jazz?»

«No, Meli, mi sento davvero stanca. Me ne andrò a dormire presto. Saranno i postumi della sbornia. Non sono riuscita a concludere nulla nemmeno al lavoro. Stasera passo e chiudo anche col cervello.»

«Va bene, come vuoi, riposati. Ci vedremo domani al lavoro, allora.»

## 3
# Quel posto a incastro per le tue nuvole

Arrivata a casa, Meg decise di cambiare le lenzuola. Doveva averle ficcate da qualche parte le sue lenzuola di raso blu. Voleva assolutamente trovarle, in onore del sogno rimastole dentro.

Si voltò dalla parte destra del letto raggomitolandosi e annusando il cuscino. Sentì l'anima quasi scivolarle via, come se avesse potuto trasmetterle la sua confusione e la sua stanchezza.

«Meg, perché non facciamo l'amore? Ti desidero davvero... Lo so che certe cose non si chiedono, ma...»

«Non so nemmeno come ti chiami, ieri sera non me l'hai detto.»

«Mi chiamo George.»

«Ma io non capisco, sto sognando?»

George, steso sul letto accanto a lei, le prese la mano, la aprì e le passò un piccolissimo sassolino blu, poi la richiuse. Dalla finestra filtrava la luce e Meg si accorse ancora una volta del colore della luna. Cercò di percepire il calore della mano di George, si sforzò in modo quasi sovrannaturale per rendere naturale il momento, ma non le riuscì. Alzò il viso, lo fissò negli occhi e lui riprese a parlare.

«Il sogno ha sempre la dimensione di una mano. Se la chiudi, si sgretola. Se la apri, ti vola su una guancia e ti accarezza. Forse ogni tanto dovremmo vivere come sonnambuli, per sfuggire alle cattive malinconie che ci portano su una brutta strada, tenere per mano ben stretti i nostri sogni e spassarcela con loro, con una bella birra di stelle doppio malto. E poi d'improvviso incontrare qualcuno che ci svegli con una candela accesa, nella mezzanotte dell'anima, senza paura della nostra reazione. Che ci regali il boccale di un progetto ad alta fermentazione, ancora non pastorizzato, grezzo, come l'ingenuità non ancora sobria di disincanto. E farci così bene da non dormire più e non avere più tempo né voglia di sprecare sorsi di vita e toglierli all'amore. Spegni la luce...»

Meg si voltò dalla parte del comodino e provò a spegnerla. L'interruttore fece *clic*, ma la luce rimase accesa, tanto da consentirle di delineare perfettamente il viso di George e seguire il contorno dei suoi occhi, grandi, profondi come l'immenso, e le sue labbra sottili, quasi severe, improvvisamente appoggiate sull'orlo scucito delle sue.

«Sto sognando, George, ci incontriamo nei sogni» disse subito dopo quel bacio. «Me ne sono accorta adesso, provando a spegnere la luce. Ora che ci ripenso, anche alla festa di Meli l'orologio cambiava continuamente. È un sogno lucido.»

Meg si alzò per chiudere la persiana, ma non era più a casa sua. Fuori dalla finestra, in tutta la sua imponenza, primeggiava la ruota panoramica di Londra. Girava a una velocità talmente ridotta da non avere bisogno di fermarsi per far salire i passeggeri. Anche il Tamigi sembrava risplendere e le rapiva gli occhi, abbagliata dal riflesso così blu della luna, un riflesso dolce, mai percepito prima.

«Se si spegnessero le luci non si vedrebbero più i sogni, Meg. Questo mi sembra il maggior insegnamento che possiamo dare alla nostra realtà. A volte i nostri sogni vengono a portarci in dono quelle piccole follie che rendono tollerabili le nostre spietate realtà. Dài, andiamo sulla ruota» sorrise George. «Questa luna blu sarà sempre così blu e fra tutte le sfumature che conosci non potrai mai vederla così, se non sarai con me. Cosa credi che sia l'amore, Meg? Te lo sei chiesto mai? L'amore è il lusso indispensabile. Forse non ci credi. Il miglior modo per ritrovare il tuo cuore è perderlo nella vita di un altro.»

Meg lo assecondò e senza dire una parola lo seguì. Con

lui si ritrovò fuori dalle pareti della sua casa. Si sentiva sicura nel suo sogno, protetta da un uomo che le era capitato come un lampo improvviso, capace di rivelarle le infinite possibilità di cambiamento delle quali ignoriamo l'esistenza.

«Devi dirmi tante cose di te che non so, perché hai scelto me?» azzardò titubante. «Mi piace pensare che i déjà vu siano la coincidenza precisa con l'appuntamento che abbiamo avuto in sogno, quello da cui siamo già passati anche senza andarci, quello da cui stiamo ritornando. A volte si va via senza avvisare, mentre a volte si ritorna senza essersene mai andati davvero.

Non so chi tu sia, non so dove abiti, ma nella realtà mi capiterà mai qualcosa di simile? Avrò un déjà vu a cui non mancare più che mi starà aspettando?»

George prese per mano Meg e salirono insieme sulla ruota.

«Dipende da te, Meg. Ti sei mai chiesta cos'è che desideri?»

«Ho paura dei miei desideri, ho paura siano solo un'illusione.»

«Meglio l'illusione dell'infinito alla certezza del niente. Vedi, ora noi non siamo a Londra, siamo nella capitale della fantasia. Tu hai svegliato un sogno con i piedi per terra, un sogno parlante che può sembrarti piccolo, ma proprio per questo insieme a lui potrai giocare alla felicità. E crescerete insieme.»

«Cos'è quella statua in lontananza?»

«È la statua di Peter Pan nel giardino di Kensington. Mi è sempre piaciuta la favola di Peter Pan. Non puoi scoprire nuove galassie se hai paura di perderti fra le stelle. C'è un'isola che non c'è per ogni bambino che è in noi.»

«Succede, ma succede poche volte.»

«Succede, Meg. A chi ci crede davvero. Tu da grande cosa vuoi fare?»

«E tu? Da grande cosa vuoi fare?»

«Da grande voglio fare il bambino, per conservare intatta quella parte che lasci sempre spazio all'entusiasmo. Una parte che non lo perda mai. Per continuare a pungermi con le mie rose senza mai aver paura di toccarle. Alla felicità ci si arriva navigando fra le nuvole, ma senza sottovalutare la forza delle braccia, la forza del desiderio. Ci vuole applicazione. Il cinismo è come il colesterolo: fa perdere il sangue buono credendo di trattenerlo e si trattiene quello a placche di LDL letale, avvelenando i flussi di vuoto, inquinando il proprio mare interiore. E tu cosa vuoi fare da grande?»

«La bambina, come te.»

«Noi bambini non abbiamo altra scelta che invecchiare così, grandi sognatori.»

D'improvviso Meg vide volteggiare intorno a sé uno sciame di farfalle. Si attaccarono tutte insieme al tronco di un grosso albero che le apparve in tutta la sua imponenza davanti agli occhi.

«A volte ci si stanca di sognare ma si ama il volo delle farfalle un po' di più. A volte ci si stanca anche di amare e proprio allora si ama un po' di più. Queste farfalle si chiamano morfo blu. Di solito tengono le ali piegate per nascondere il loro colore e mostrare solo i disegni. Sembrano piccoli occhi, sperano così di difendersi dai predatori. Ma oggi ti stanno regalando tutto il loro splendore. Senza paura. Vedi? Ho rubato dal sogno queste farfalle, avendo cura di non toccarle mai, e le ho portate qui, vive, sulle tue mani. Perché la vita sta tutta intorno a un sogno che senza mai afferrarlo porti con te. Le farfalle ci volano intorno quando non le fissiamo attentamente. A volte ci si posano addosso perché capiscono che non le prenderemo. Sai, le farfalle non hanno il cuore, ma solo un abbozzo semplice; forse il loro cuore è sulle loro ali. Ogni tanto penso che le farfalle abbiano un sesto senso per l'amore. So che torneranno. Chi ti ama ha nella valigia quel posto a incastro per le tue nuvole. Te ne puoi andare ovunque, quel posto non lo perderai. Chi ti ama ti conduce l'anima per mano, niente di più.»

Meg si svegliò di soprassalto, si guardò intorno e di blu c'erano solo le sue lenzuola. Niente più luna, niente farfalle, niente più niente di George. Era tardi. Per il secondo giorno era in ritardo a lavoro, in preda a una confusione cosmica, a un batticuore indefinito. Il suo petto conteneva un'ansia emozionale galoppante, come milioni di cavalli domati che attraversano il presente con occhi bendati, ma cercano di scavalcare ogni ostacolo per ritornare allo stato brado dell'anima.

«Pronto Melissa... Melissa, ti devo parlare. Quell'uomo, ti ricordi quell'uomo?» Meg telefonò a Meli d'impulso, mentre allacciava la cintura di sicurezza e metteva in moto la sua auto in modo frenetico per correre verso il suo ufficio.

«Dimmi Meg, che succede. Già che mi chiami "Melissa" e hai questa voce seriosa, è successo qualcosa. Qualcosa di grave? Quale uomo?»

«Quell'uomo, George, quello che ho sognato a casa tua la sera del tuo compleanno.»

«Meg, sembra sia passata un'eternità... Era l'altra sera, sì lo ricordo, quello che nella confusione credevi fosse presente alla festa.»

«Ecco, sì, lui. È un sogno lucido. Mi sono accorta che lo stavo sognando, ma non so, credimi, non so neppure come spiegartelo.»

«Calmati. Fra poco ci vediamo in ufficio. Hai finito la traduzione di Joyce?»

«No, Meli, non so che mi è successo. Mi sono addormentata presto, ho dormito tanto, non ho avuto la testa.»

«Ecco, direi che questo è molto più preoccupante.»

Nel solito bar, all'ora di pranzo, Meg e Meli, davanti alla loro insalata, alle prese con l'olio centellinato per non appesantire il pomeriggio lavorativo, iniziarono a discutere dell'uomo-sogno.

Meli rimase sorpresa dalla dovizia di particolari che Meg riusciva a tirare fuori. È strano ricordare tutto di un sogno senza prendere appunti, senza scriverselo all'origine. Si finisce quasi sempre per dimenticarlo senza dargli troppo peso. E invece era tutto chiaro, era come portare dentro alla realtà i propri pensieri, un po' come una foto al negativo, soprattutto per Meg che, riguardo all'amore, tralasciava sempre ogni cosa, inventando milioni di pretesti per allontanare la persona di turno dalle sue giornate di vita reale.

# 4
# Spesso le cose si uccidono per la paura di viverle

La vita di Meg cambiò vertiginosamente.

Non vedeva l'ora di correre a casa per tentare di addormentarsi e sognare George. Aveva appena conosciuto una forma di vita che credeva non appartenerle. Piena di aspettative ma non di progetti, forse per questo George non la intimoriva. Anzi, sognarlo le aveva mostrato ancora di più il volto spietato della vita vera. Doveva ancora trovarlo nella realtà. La sua era una forma di sfida, un desiderio compulsivo senza appagamento, il più grande che sentiva di aver mai provato. Quella notte prese un sonnifero perché l'inquietudine non le dava tregua e non riusciva a prendere sonno. Si rannicchiò fra le briciole di un toast divorato in fretta, tentando di trafiggere il tempo con le lame di quel suo pensiero assiduo. Desiderava solo proiettarsi nell'unico luogo in cui voleva trovarsi: il suo sogno.

Al mattino però si svegliò con l'amaro in bocca. Il suo corpo investito da una dolorosa malinconia. Del suo George quella notte nessuna traccia. Si rese conto rapidamente che l'idea di non sognarlo più la faceva soffrire. Era un pensiero in grado di stravolgerle la vita. Si rese conto che, pur chiedendosi il perché, una risposta precisa ed equilibrata, concreta e razionale com'era solita darsi, in realtà non esisteva. Quando ami qualcuno, quel qualcuno diventa colui senza il quale vivere non è più vivere, e allora preferisci sognare.

Come un automa portò a termine la sua giornata lavorativa. Si buttò nelle sue traduzioni, bevve al volo un caffè con Meli, corse al supermarket comprando delle cose a caso in preda al suo trambusto emotivo, poi tornò a casa a sfasciarsi sul divano, in bilico fra la stanchezza e l'amarezza.

«Ieri non ci siamo visti e mi sei mancata molto.»

Meg si stropicciò gli occhi e si svegliò all'interno del suo sogno. Guardò George e rispose: «Io ci provo a venirti a prendere, ma non posso addormentarmi a comando. Se prendo dei sonniferi purtroppo non ti sogno, mi limito a dormire soltanto!».

«Non ci pensi mai a quanto sia lontano ieri? Un qualcosa che non potrà fare più parte dei tuoi desideri, un qualcosa di spezzato che non puoi ripercorrere più? Ma se chi hai inseguito con tutte le forze ha aspettato sempre che fosse domani per il momento di uno sguardo, scegli di non voltarti più. Quel tempo speso sei solamente tu. A percepire l'amore bastano gli occhi della volontà. Smettila di aspettare che passi anche un solo giorno per acchiappare il tuo sogno.»

«George, devo capire chi sei e dove posso cercarti. Vorrei arrivare a te, ma non ho assolutamente idea di dove trovarti. Sai, una volta traducendo le mie cose lessi una frase. Una frase scritta da una donna che sognava un uomo al quale chiedere senza vergogna: "Puoi amarmi?". Un uomo che sapesse riconoscere con forza le sue fragilità e rispondere senza esitazione. Un uomo che sapesse riconoscere le gioie senza la paura di perderle. Un uomo che più semplicemente sapesse amare.»

«E tu sai amare, Meg?»

«Perché mi chiedi sempre se so amare, George?»

«Dev'esserci un'angolatura particolare al bordo degli occhi quando ti innamori. Si fissa d'improvviso a contorno delle ciglia e non ci sarebbe più nient'altro da guardare. Ti accompagna ovunque, anche se non sai perché. Sai solo che vedi tutto diverso: le ombre, le luci, le sfumature, i dettagli, la notte e le farfalle. E come una miccia improvvisa accende una scintilla sublime dentro due unici altri occhi, appoggiati delicatamente sullo stesso angolo. Due occhi come due gocce ad annegarti e a ridestarti l'anima. Nuova. Adulta e bambina, concreta e sognatrice. Io so commuovermi per amore. Perché ci sono lacrime e lacrime, quelle di gioia sono stalattiti che si sciolgono liquide sui respiri. Hai mai sentito parlare di uomini senza vento? Prega che dentro te resti sempre una lacrima di riserva. Una persona che non sa più piangere non sa più nemmeno ridere.»

Per assaporare la strada dobbiamo toglierci le scarpe e questo ci rende vulnerabili ai legnetti, ai sassi, alle schegge di paura. Tutti noi ripetiamo sempre che non vogliamo farci male, ma quanto poi siamo disposti veramente a cambiarla, quella strada, a rimetterci in cammino altrove, piuttosto che abituarci con rassegnazione alle ferite? Tutti hanno voglia di cambiar vita, ma quanti sono poi disposti a correre il rischio di fallire andando incontro ai cambiamenti? Quanti capiranno che solo correndo quel rischio si può amare e farsi amare? La vita è una ricchezza da spendere e non da conservare.

«Hai sempre il dovere di ridere di te stessa, di assaporarti come un cioccolatino, per poi scoprire che donarlo ha lo stesso gusto fondente che lascia sulla lingua un buon sapore.»

«Potrei starti a sciorinare tutti gli argomenti che conosco, tutti gli argomenti dell'amore, uno a uno, ma a che servirebbe? Chissà quando i tuoi sogni dormono dove vanno a finire e cosa vanno a sognare. Cosa può mai sognare un sogno? Io ti voglio vivo, ti voglio respiro. Ti voglio germoglio del domani. Quindi per una volta mettimi la mano davanti alla vita, strappala ai sogni e fammi morire di te. Mi sto affidando a te, all'incoscienza dei sogni, e assurdamente mi sento più responsabile. Ora non mi aspetto solo un volo, ora vorrei sentire i passi.»

George si avvicinò dolcemente e nell'aria eterea, in una visione sfocata del momento, Meg percepì il tocco della sua mano sul viso. «Siamo pelle della stessa misura dei sogni» le disse. Poi vide esplodere il suo sorriso, nel silenzio eterno di un istante. Con una mano sollevata davanti a sé, cercò di ricambiare la carezza, ma si accorse di avere davanti agli occhi una sorta di nebbia che le impediva di mettere a fuoco il volto di George. D'improvviso si accorse di non essere più sul divano di casa.

«Dove siamo?» domandò. «Non vedo bene, George...»

«Siamo sotto la fontana del Frejus. Possibile che tu non sia mai capitata qui? Sai che questo è un posto magico? Sulla punta estrema dell'obelisco, si intersecano tutte le correnti energetiche terrestri. Nasconde la porta d'accesso a un universo parallelo. Da qui è possibile intervenire sulla materia, sul tempo, sulle coincidenze, o se preferisci chiamarlo destino...»

«Io non credo al destino, George. Forse il nostro incontro è il paradiso capovolto, il percorso inverso dei sogni. È quando i sogni, anziché riuscire a realizzarsi ti ritornano dentro.»

«Lasciati andare, tira fuori dai sogni la vera te e come una magia riuscirai a vedere tutto perfettamente nitido. Non ti svegli dentro la vita, Meg, ti svegli di lato, come quando in sogno ti guardi dal di fuori e sai che non è la realtà, quella... Come adesso. Allora devi alzarti e aprire la prima porta, e troppe ne dovrai ancora aprire per capire perché hai deciso di aprire la prima. Troppe ne dovrai aprire per dare un senso a ciò che pensi. Gliene darai soltanto se i tuoi propositi non resteranno solo pensieri, ma se, attraverso le tue energie, riuscirai a trasformarli in linfa vera. Metti a fuoco la tua vita, apri la porta che tieni chiusa per difenderti, guarda in faccia i problemi da cui vorresti scappare.

Vieni, dammi la mano, entriamo nella stanza delle stelle, siediti qui, alza gli occhi e prova a guardare il silenzio.»

«Si può guardare il silenzio, George?»

«Il silenzio può portarci in paradiso in alcuni momenti, ma può essere anche tanto violento, può far male molto più che gli schiaffi delle parole. Per questo è possibile guardarlo in faccia, esattamente come quando vuoi dire qualcosa a qualcuno, poi scegli di non dirla e perdi un'occasione. A volte te lo chiedi, Meg. Chissà se i silenzi sanno fare l'amore o sanno fare solo il rumore dell'assenza. Spesso le cose si uccidono per la paura di viverle.»

«Non so come fai, mi leggi nella mente, che io dorma o sia sveglia non importa. Mi pensi i pensieri.»

«Allora saprai che ogni "sì" di un'anima a un'altra anima è l'attacco dolce e duro di ogni stella dell'universo. Io sono il tuo sogno, Meg? Perché è inutile svegliarli, i sogni di nessuno.»

«Sì, lo sei...»

«Se lo sono, cercami. Cercami bene e trovami. Ovunque io sia, fuori dalle tue notti.»

Meg aprì gli occhi e forzò un po' le palpebre, cercando di opporsi in ogni modo possibile al risveglio. Intravide il soffitto, ma rimase con gli occhi chiusi, nel letto, immobile. Voleva a tutti i costi riaddormentarsi. Riprese il suo sogno dal punto in cui lo aveva lasciato.

«Sembra un paradiso terrestre.»

George prese dall'albero una stellina. La offrì sulle labbra di Meg e lei assaggiò per la prima volta una stella, accorgendosi che a stretto contatto con le labbra era liquida, come una pozione magica che ha un sapore indefinito ma è vitamina per l'anima. Ci vogliono i baci a placare il dolore, a sciogliere le resistenze delle parole. Ci sono troppi paradisi e troppo poco amore. Meg lo baciò sotto l'insegna che indicava il mercato delle stelle, qualcosa che non si può acquistare nella realtà, qualcosa che non si può progettare né costruire, qualcosa di estremamente vero. Qualcosa che conta davvero. Poi si sdraiò, disegnando con la mente il posto perfetto che avrebbe desiderato per fare l'amore. E lì accadde per la prima volta. Si lasciò corteggiare ogni punto esistente. Le pareti della sua anima si arresero. Il suo sogno le incise la pelle di desiderio assoluto.

Fare l'amore con un sogno? Chi lo avrebbe mai pensato possibile? In sottofondo cambiare musica con il dito su cui gira il mondo, il respiro, il pensiero, il movimento di due essenze in festa che chi lo sa se nella vita reale avrebbero potuto incontrarsi e riconoscersi mai. Fiutare il cielo da così vicino, tanto da percepirlo liquido, come il sapore di quelle stelline. Bramare e ricevere in dono tutte le risposte alle quali non sei mai riuscita a dare una risposta, vero Meg?

E ridere per la prima volta nell'accorgerti che quando stai bene smetti di farti domande, smetti di chiedere e di volere a tutti i costi risposte, smetti di tormentarti i capelli in attesa di qualcosa che non sai cos'è.

Smetti. Smetti di fumare, di mangiare, di star male. Smetti di crescere. Smetti tutto ciò che non sia amore, perché l'amore è l'unica cosa che ti sta bene addosso. Così butti via tutto il resto. Non hai più paura di quello che accade, perché vorrebbe dire aver paura della meraviglia, non hai più paura della fine, pensi solo a un principio eterno. Ti alieni dalle speranze infrante, dalle nefaste predizioni di maghi improbabili, assorta, coinvolta, persa in una danza armonica di anime, fino a sfiorare la veste felice di un'incantevole aurora e risvegliare l'orizzonte da cui si vede il punto più alto della tua mente. E lì la abbandoni in attesa del cuore. Lo lasci entrare, con quell'indecente bisogno di dilaniarti la carne e i respiri, come foglie stropicciate di paradiso a cavalcarsi il vento, a volteggiare accompagnate da un brivido freddo, soffiate su sogni sospirati al suono dell'orgasmo di un respiro. Ti risvegli su un cuscino lievemente bagnato dagli umori e dalla saliva della luna. Apri le gambe e gli occhi al petto del cielo, per poter ascoltare il suo risveglio con il terzo orecchio, l'animale dell'anima. E sono sogni fecondi di felicità, quelle forme liquide di un solido incastro di armonie. Forse non ti era mai capitato di fare l'amore così. Di percepire l'assurda sensazione che una sola notte d'amore potesse bastare all'eternità per farsi abbracciare, per fermarsi illimitata, senza più i ticchettii fastidiosi di un tempo padrone, che un'unica anima fosse in grado di dividersi in due vite, due corpi nudi potessero essere una cosa sola, sfiniti senza finire mai, venuti senza più andare via. Un'*ultimavera* in cui finire insieme, finire nell'infinito. Riccioli di luna scomposti a ricomporre un letto sfatto, la proiezione radiosa di un fiore che ti sfiora e sfiorendo precipita sul mondo, si ricrea come pelle. Il letto ha la forma di un immenso libro e sa sfogliare i pensieri come fossero pagine e parole. Le giri e allo stesso tempo leggi e racconti la tua storia. Ora sai alzare i lembi al sogno per dormirci nuda dentro. Rimboccarti l'anima, accorgendoti di aver freddo in mezzo ai dubbi. Finalmente una vera salvezza.

La confidenza fra loro cambiò nel giro di pochi istanti non quantificabili. Meg cercò di mantenere un certo grado di controllo sul suo sogno, per renderlo quasi un prolungamento della sua realtà. Avrebbe voluto godersi un momento di tenerezza con lui dopo l'amore, ma purtroppo non le riuscì. Un improvviso profumo di mandorle tostate, burro e cannella la colse di sorpresa. Si guardò intorno e si ritrovò sotto la tenda da sole di un locale in ferro battuto. Allungò una mano per stringere quella di George e si accorse che era già seduto su una sedia intorno a un tavolino tondo. Sorseggiava del tè, come se stesse lì da molto tempo. Aveva un libro accanto alla teiera e un taccuino pieno di appunti. Lo aprì e in aria volteggiarono delle lettere di fumo. Meg non restò molto sorpresa.

«Parlami un po' di te... Nella tua vita reale fai lo scrittore, George?»

George la fissò e non rispose, ma a lei sembrò che annuisse accennando un "sì" con un lento movimento del viso.

«Perché si legge e perché si scrive, secondo te?» proseguì lei. «Qual è la spinta che fa decidere di scrivere? E quella di affidarsi ai consigli di un libro?»

«Si legge perché s'incontra un amico silenzioso che non ci tradisce e ci dà risposte attraverso la nostra mente. Il libro è un amico che non ti dà consigli superficiali spesi tanto per dire qualcosa. Si scrive per giocare e mai per gioco. Per ricordare, per dimenticare, per esorcizzare il dolore. Si scrive per amore.

Ti leggo qualcosa, vuoi?»

«Certo» rispose lei, con gli occhi ormai abituati alla dimensione del sogno.

> I miei dolori non li ho mai delusi. A volte non è facile liberarsi dal dolore, quando il dolore è l'unica via che hai conosciuto fino a oggi.
>
> Ti rende quasi più sicuro perché conosci tutte le sue strade e sai come percorrerlo, sfidarlo, vincerlo e abbandonarlo

per poi riprenderlo ancora con te nel viaggio. Invece l'amore respira, ci lascia e si lascia respirare, perché la nostra anima non è nata per essere arruolata dalla fatica, ma dalla leggerezza. Noi lo sappiamo, perché parliamo sempre di cuore e sottovalutiamo i polmoni. Il vero amore è un respiro. È leggero. Un aggettivo che troppo spesso confondiamo con "superficiale". Invece in superficie restano i sentimenti spesi nella pesantezza del gran lusso, quelli ricostruiti e artificiali. Per quanto belli, i fuochi d'artificio non saranno mai come le stelle. Così, per paura, impariamo a funzionare tutti al minimo delle nostre capacità polmonari. Aprire un bel respiro all'amore può far girare la testa e all'inizio spaventarci, ma capire a pieno le nostre potenzialità può permetterci di gonfiare un'inaspettata opportunità di gioia. Dovremmo liberarci di tutto ciò che per lui è un ostacolo e affrontare la sfida più entusiasmante che ci è concessa: vivere respirando amore.

L'amore è semplice e per questo così complesso. La semplicità spesso sfugge agli occhi. Le scelte più semplici sono le più difficili, spesso abbagliate da fronzoli e lustrini, da luci riflesse. Ma poi, quando finalmente il nostro sguardo si posa su qualcuno, sceglie la sua anima e solo quella. Mette a fuoco il domani senza incendiarlo. Alimentandolo.

All'inizio, quando ho cominciato a capire meglio me stesso, ho cominciato a starmi antipatico. Poi ho iniziato a prendermi in giro, a sdrammatizzare con ironia i drammi della sorte e finalmente a prendermi per mano, ad accarezzarmi, a volere bene alla mia dura scorza, ma anche alla mia tenerezza. Oggi non lo so se sempre mi amo, probabilmente no, ancora no. Ma so che quando mi perdono, con più facilità perdono gli altri. Questo per ora mi sembra abbastanza. Ho smantellato a morsi la nebbia della mia confusione per ritrovare l'anima.

«Trovo sia vero... Forse anche io non mi sono mai perdonata fino in fondo. Dove vivi, George? Spiegami. Io mi sono sempre buttata fuori dalle vie dell'amore. Ho sempre scelto altre strade. Ogni volta che mi sono ritrovata a un bivio, anziché scegliere che strada prendere, sono tornata indietro, così...»

«Così siamo il passatempo di sveltine di sentimenti, ci

consumiamo in amplessi fugaci e in vite vissute come vengono, cioè insensate, perché ciò che viviamo così come viene è sempre insensato, se il senso non sappiamo darglielo noi. Siamo un controsenso, viviamo controtempo, andiamo contromano, ci mettiamo controvento, ci prendiamo in contropiede. Ma controcuore non possiamo andare.»

«Controcuore non possiamo andare. Quant'è vero, George. Io me ne sono finalmente accorta con te che sei l'uomo dei miei sogni. Sento di dover ubbidire a un potere superiore al quale non riesco a sottrarmi. Tu vivi qui? Dove siamo adesso?»

«Io sono uno di quelli che se ti porta un fiore non è per portarti a letto, ma per spogliarti e rivestirti dei miei sogni. Per portarti a sognare. Il posto più bello dove puoi portare qualcuno a sognare è il tuo cuore. Amo le donne belle davvero, quelle di una bellezza inarrivabile, nemmeno da chi usa la bellezza per mestiere, perché negli occhi avranno il sorriso di chi sfida la vita, con l'umiltà di vincerne unicamente il dolore. E lo faranno e sapranno farlo al di là di noi, ma restando con noi daranno una luce diversa anche ai nostri occhi, e saremo più belli, saremo migliori. E tu, se mi troverai, sarai Miss Anima nel mio mondo. Ci sono belle donne, donne belle e donne che rendono la bellezza intelligente. Non è mica la stessa cosa. Tu fai sì che la bellezza diventi giustizia, nella sua concezione ultraterrena di specchio perfetto, fuori e dentro.»

Meg si ritrovò di colpo abbracciata a lui. Lo strinse così forte da non lasciare più alcuno spazio fra i loro corpi e il dubbio. Era così sicura fra le braccia del suo sogno. Capiva che avrebbe sopportato ogni fatica possibile per strapparlo dal sogno, o in alternativa per abitare il suo sogno eternamente, alla faccia dei "sempre" e dei "mai", dei dizionari, dei quesiti illogici, delle risposte scontate, delle precarietà dei sogni che non sanno abitare strade asfaltate e piantate sulla razionalità.

«Dev'essere bello essere Miss Anima per qualcuno» rispose. «Ho sempre scorto altri sguardi negli uomini che ho incontrato. Sguardi d'interesse tutt'altro che mentale. Forse davvero c'è una prima volta che coincide con l'ultima e ti rimane per sempre.»

«Spezzerai sempre le tue sicurezze in due promesse che non manterrai: "mai" e "per sempre". Sono entrambi stati del cuore veri, tuttavia tutti e due mentono. Perciò non spergiurare la parola "sempre", prometti la parola "ora" e rinnovala ogni giorno. Perché oggi è quel piccolo, meraviglioso e fragile domani che stringiamo fra le mani. Per avere certe risposte non devi disturbare i vocabolari, ma solo il tuo cuore.»

Quando Meg si svegliò sentì scivolare via un pezzo di sé e provò quasi una sensazione di astinenza. I suoi sogni attiravano altri sogni, come una droga. Si tuffò sul computer e cercò in modo compulsivo notizie sui luoghi in cui si erano incontrati.

La fontana del Frejus forse era il punto di incontro fra due tipi di magie. C'erano parti di se stessa che non riusciva a tirare fuori dai sogni, forse per questo non sempre riusciva a mettere a fuoco George. Aveva una porta chiusa verso l'inconscio. Non vedere era dunque il modo per difendersi dai ricordi dolorosi, dai problemi dai quali preferiva sottrarsi, piuttosto che guardarli in faccia così diretti. Temeva l'intimità, si sentiva vulnerabile e aveva una paura fottuta che gli altri potessero accorgersi della sua fragilità interiore. Poteva essere l'amante, non l'amata, e per non ammetterlo preferiva mostrarsi inquieta, senza lasciarsi sfiorare neppure lontanamente dall'idea di fermarsi accanto a qualcuno.

Mentre attendi un tempo migliore, guardi fuori dalla finestra e piove. Anziché aspettare che spiova, prova a goderti l'attesa come se non stessi aspettando niente all'infuori di te stessa. E non prenderlo come un ossequio alla vanità se, anziché contare le gocce, ti guarderai allo specchio e sorridendo ti basterai, basterai alla tua intimità, alla delicatezza del tuo sguardo. Perché soltanto allora, solo allora cambierà il tempo, persino quando la pioggia ti sorprenderà ancora. E quando finalmente ritroverai te stessa, ti basterà salire su un muretto per riconquistare il tuo tramonto.

Meg aveva sempre profondamente creduto in quella frase, letta sul libro di uno scrittore inglese e ricopiata in una cartella nella quale conservava le citazioni da rispolverare all'occorrenza. Lei in quanto donna non aveva bisogno di un posto nel cuore di qualcuno, era lei stessa il suo posto, anzi il suo posto era il mondo intero. Lo ripeteva sempre, persino a Melissa. La chiamava dipendenza, la sua. Quell'incapacità di sentirsi completa senza avere un uomo accanto. Ora cercava di scrollarsi di dosso una parte di quei giudizi che pur volendole bene le buttava addosso ogni qualvolta si ritrovavano sedute a parlare delle loro relazioni.

Quella notte Meg era stata con George su Marte, avevano visto insieme un tramonto blu. Le particelle che costituiscono l'atmosfera marziana sono molto grandi e privano la luce solare della componente rossa che si vede dalla Terra, tanto da non farla giungere in superficie. Glielo aveva detto lui. Le aveva anche detto che il blu tende a penetrare in tutte le profondità, che i libri rivelano a chi li legge un segreto profondo che spesso tradisce il bisogno nascosto di chi li scrive: essere svelati, liberati dal velo blu dell'inquietudine. A lei faceva paura tutto quel blu, non sapeva perché, ma per la prima volta da quando sognava George aveva avuto il desiderio di svegliarsi. George lo aveva intuito e le aveva detto: «La paura del blu è la paura del profondo. L'ombra nera del blu è il silenzio del cielo che non verrà all'appuntamento. Credo che all'interno dei nostri paesaggi interiori esistano il desiderio e la paura del profondo. Di quell'ombra nera che copre il blu, quando ci sentiamo rifiutati, non voluti, incompresi, messi in un angolo. Ma c'è chi il blu smette di guardarlo e chi si fa forza e alza le tendine della notte per vedere cosa c'è là fuori. Chi, anziché lanciarsi in un volo improbabile, sceglie una corsa a ostacoli, ma con i propri passi. Passi che magari qualcuno ruberà per rendere più leggeri anche i suoi, così che le due ombre sovrapposte non siano più solitudine».

«George, tu conosci molto di me, anche se non mi è chiaro il motivo, un motivo che forse non potrò mai afferrare completamente fino a quando non ti incontrerò...»

«Forse il mio difetto più grande è che trovo sempre un motivo in più per parlare che per tacere. Ho un innamoramento compulsivo nei confronti delle parole. Sarà che i silenzi mi sembrano sempre un po' vili.»

«Hai letto molti libri, George?»

«Mai abbastanza. Ma ogni tanto vorrei azzerare la mente per imbrattare il cuore della prima emozione possibile e scrivertela, e donartela. Come se non esistesse niente prima, come se non esistesse niente dopo, oltre noi.»

«Lo hai appena fatto.»

Nella gioia c'è qualcosa di fantastico che arriva inaspettato come un miracolo e non lo puoi comprare, non c'è nessun prezzo possibile; a volte è proprio l'impossibile a regalartelo all'improvviso.

Meg si era svegliata, con il suo sogno nascosto in fondo agli occhi. Lo custodiva lì, così distante da ogni immagine possibile di vita vera.

5

# Nessun sogno è semplicemente un sogno

Erano trascorsi vari giorni e vari sogni e Meg voleva chiedere scusa a Meli per averla ridicolizzata tutte le volte in cui le aveva confidato di essersi innamorata di qualcuno. Aver paura di innamorarsi di qualcuno è già un po' amore silenzioso. Ora, vinta la paura, sapeva di essersi innamorata anche lei e voleva dirglielo. Sentiva anche una punta di vergogna, ma alla fine ogni vita ha la sua stanza nascosta dove può entrare solo chi decidiamo noi, e lei voleva aprire la sua stanza a Melissa, finalmente.

Si incontrarono come al solito sotto ai portici di via Po. Meg parlò ad alta voce senza ancora aver raggiunto l'amica per salutarla.

«Io direi che dobbiamo festeggiare.»

«Festeggiare cosa?» domandò incuriosita Melissa scegliendo un tavolo dove sedersi al solito caffè.

«Mi sono innamorata. Che abbia paura o meno ormai è irrilevante. Abbiamo fatto l'amore ed è stato stupendo. Anzi, volevo anche chiederti scusa per tutte le volte in cui mi sono presa gioco dei tuoi... ma mi stai ascoltando?»

Meli era presa a guardare il menu e Meg riprese a parlare: «Mi sono esposta con te e non mi dici niente?».

«Meg, vorrei ricordarti che anche se ormai quest'uomo-sogno abita e perseguita costantemente le tue notti, è pur sempre un sogno.»

«Nessun sogno è veramente e semplicemente un sogno.»

«Tesoro, sai quanto io tenga alla tua felicità. Ti perdono per tutte le volte in cui mi hai accusata di innamorarmi facilmente. Alla fine essere amiche non significa gestire le emozioni nello stesso modo. Ma mentre prima ti dividevi fra lavoro e divertimento, ora mi sembra che tu non esca praticamente più. Te ne corri a casa dopo il lavoro, e se mi chiami al telefono è sempre e soltanto per parlarmi dei posti fantastici in cui siete stati. In sogno. Non è che io voglia infierire, vorrei solo ricordartelo. Hai superato di gran lunga i confini con la realtà. Non so quanto questo possa farti bene.»

«Insomma, io ti dico che sono felice e tu cerchi di smorzare il mio entusiasmo?»

«Non cerco di toglierti l'entusiasmo, cerco di ricondurti a quel briciolo di raziocinio che credo non esista più in te. Prima eri tutta ragione. Ora ragiona un po'. È anche un fattore di equilibrio, non trovi?»

«Va bene, Meli, se la metti così, non ti parlerò più dei miei sogni.»

«Mi tratti come se fossi una nemica, come se non fossi la persona che ti è accanto da sempre. Sai benissimo che nelle mie parole non vi è nemmeno l'ombra del giudizio.»

«Sì, ma evidentemente qualcosa è cambiato. Tu non mi capisci più.»

«Volersi bene significa poter dire ciò che si pensa. Assecondarsi mi sembra sia davvero una sciocchezza. Senza confronto, cosa rimane di noi?»

Meli si alzò per andare a pagare il conto e Meg la seguì. La sua voce si sforzò di trattenere le parole che avrebbe voluto dirle. Più semplicemente restò in silenzio, ma trattenere e tacere non sono la stessa cosa.

Da quel momento Meg smise di sentire Melissa frequentemente. Si parlavano solo al lavoro e spesso e volentieri neppure pranzavano più insieme. Meli all'inizio aveva cercato di riprendere il discorso, era seriamente preoccupata per la sua amica, ma per evitare sterili polemiche aveva deciso successivamente di tenere per sé le sue preoccupazioni.

Quel giorno a Torino c'era la notte bianca e si prospettava

una notte di festa. Meli e Meg avevano sempre vissuto insieme l'euforia legata a quel divertimento. Torino con la sua anima notturna, come un amante fedele, le stava aspettando ai Murazzi del Po. Non si poteva dire che quella sera ci fosse vento, forse era il fiato che circolava all'interno e che aveva bisogno di una dose di coraggio per sputare fuori la sua verità. Così Melissa lo trovò.

«Dormi con uno spettro, Meg. Uccidere uno spettro non è facile e richiede molto allenamento e concentrazione. Perché quando senti che c'è, lui ti si siede accanto e come un piccolo abat-jour ti fa luce all'interno degli occhi, oscurando tutto il resto. All'interno però sei sempre sola col tuo buio. Quello spettro non può farti una vera compagnia. Non so, forse sono troppo dura, ma vorrei solo farti comprendere l'idea completamente folle che ti balena per la testa da troppo tempo ormai, quella di trovare questo tuo spettro nella realtà. Lui occupa quella mezza parte di letto solo nella tua mente. Ti serve un uomo in carne e ossa per renderti felice. Perché quando ti svegli, quando questo sogno lo svegli, lì fuori c'è altro, tutt'altro ma non lui. Lui non c'è e non ci sarà. Tu vivi per lui, ma lui non vive se non dentro la tua mente. Tu vivi per chi non è vivo. È un'emozione incompleta, Meg. Ti ha fregato la memoria. La memoria è come un albergo che trattiene tutti i suoi ospiti, ma ogni tanto gli racconta delle bugie per farli restare più del dovuto. Gli promette aria buona che non c'è più. Stasera è la nostra notte. Andiamo a farci un giro come ai vecchi tempi. Magari conosci qualcuno come accade di solito nei momenti in cui meno te lo aspetti. Un momento *Serendipity,* no? Ce lo siamo dette spesso.»

«Sono incinta, Meli. Nel sogno sono incinta di lui. Ieri notte ne abbiamo parlato a lungo.»

«Meg, stai delirando. Io credo che sarebbe il caso che ti facessi vedere da un dottore. Non fraintendermi, non prendertela. Solo per un po'. Giusto il tempo di raccontargli questa storia assurda. Lo dico per il tuo bene, fidati.»

«Medici! Quando non possono capirti la testa allora decidono che tu l'abbia persa irrimediabilmente, Sì, ok, ci penserò, dài. Adesso vado a casa, ho sonno.»

«Ma Meg, e la nostra notte bianca?»

«Vacci tu, sinceramente non ho alcun desiderio di rischiare la pelle nella calca per vedere da vicino la Sacra Sindone. Sai che mi ha detto George? Parte della nostra anima risiede nell'anima di chi ci scegliamo accanto.»

«È un'ottima considerazione, Meg, ma per avere una reale empatia con qualcuno, questo qualcuno deve esistere. Credo sia l'unica condizione necessaria, tutte le altre possono anche modificarsi col tempo. Il tuo uomo è un sogno, il tuo uomo non esiste. Sei sicura di non voler venire?»

«No, meglio di no, vado a dormire. Ci vediamo domani, divertitevi» rispose Meg con una vena polemica. Era arrabbiata, delusa per la mancata comprensione della sua migliore amica. Disertò la serata e guidò in modo frenetico verso casa, prima che la folla si riversasse nelle strade e le impedisse un agevole rientro. D'altronde ogni notte aveva un appuntamento al quale non desiderava sottrarsi. Accese la radio e pensò fra sé: *Ma che cos'è la normalità? La normalità è un labirinto con tantissime uscite: ognuno trova la sua e anche la sua via di fuga. Forse ogni tanto è possibile anche perderla o incastrarsi al suo interno. E proprio questo essere densi di contraddizioni ci salva. Allora forse sono più normale di te, ci credo ancora in questa follia. Meglio l'illusione dell'infinito che la certezza del niente.*

Rivolse quei pensieri a Meli. Le salì quasi una specie di rancore nei suoi confronti. Le sembrò che avesse una soluzione solo per i problemi degli altri. Le risultò antipatica e competitiva. Forse era gelosa, sì, quasi invidiosa della sua nuova felicità. Siccome non era riuscita a trovare l'amore che avrebbe voluto, cercava di sminuire i sentimenti che nutriva per il suo uomo-sogno.

*Per me essere folli è arrendersi alla realtà senza più avere il coraggio di cambiarla. Sopravvivere all'anima attraverso la disperazione della rinuncia. Non voglio rinunciare a te, George,* pensò.

Arrivò a casa. Aprì la porta in fretta, si tolse le scarpe e si buttò sul letto senza mangiare niente, in attesa solo di prendere sonno. Mentre Torino là fuori si divertiva e con la sua magia teneva le persone in strada fino al sorgere del sole, Meg era alle prese con la sua fissazione.

«Questo figlio che aspetto non nascerà mai, se non posso incontrarti davvero. Ogni giorno ormai tutti mi prendono per pazza. Io so che esistono follie e follie, ma la mia è recidiva.»

«Penso che un padre nasca insieme al primo pianto di suo figlio, che padri si diventi così, quando quelle lacrime irrompono nel mondo per la prima volta. In un istante sboccia un giardino, un giardino che ti fiorisce e ti finisce dentro. Un giardino che curerai e difenderai dal freddo fino alla fine di ogni tua possibilità. È lì, soltanto a quel punto, che potrai comprenderne davvero l'esistenza. Mentre una madre ha in sé ogni millimetro di corpo del suo miracolo ancor prima dell'istante in cui si accorge di attenderlo.»

«Nel nostro caso dovremmo rinascere insieme anche noi, prima di lui.»

«Cara la mia Meg, ho parlato ai tuoi sogni con la mia voce. Ho parlato a loro nel sogno, ma stavolta non per svegliarli e portarli con me. È solo per dirti che anche tu mi hai addormentato la ragione, mi hai sintonizzato la vita su frequenze sconosciute. Sarà che l'amore viaggia su frequenze opposte alla ragione. L'amore ama, semplicemente. Non curarti di tutte le persone che non lo capiranno. Non c'è logica, e soprattutto non sempre hai la possibilità di trovarlo, il canale, a volte lo prendi e a volte no. E se non lo prendi non puoi farci niente. Resterà il tuo mistero profondo dall'inizio alla fine. L'unica cosa che possiedi sei tu. Donarti porta all'inevitabile rischio di essere scartato, non donarti è la rinuncia al regalo delle emozioni. Se il tuo regalo ti porterà un profumo o un cattivo odore non dipenderà mai né solo da te, né solo da chi lo riceverà. È la fragranza della tua anima e di quella scelta a seminare nell'aria la pace o la tempesta, integrandosi. Fondersi senza confondersi. Non si può diffondere una fragranza che non si possiede. E c'è differenza fra un profumo e un odore. Un profumo è in vendita per tutti, un odore è il prezzo che dai all'amore. Unico. Il vero amore è capace d'invecchiare nella sala d'aspetto di un tramonto che non tramonta mai.»

Meg notò un immenso pianoforte con una lunghissima coda blu. «Il pianoforte è forse l'ossimoro per eccellenza» proseguì George. «È sempre stato il mio strumento preferito. Bianco e nero sembrano volerci dire che non c'è vita senza morte e non c'è morte senza vita. E questo non deve farci paura, solo darci stimoli nuovi per non sprecare il dono dell'esistenza, macchiandola in modo indelebile di miserabili rinunce. Eppure i tasti bianchi e neri, se suonati nel modo giusto, compongono melodie meravigliose. Come loro siamo allineati gli uni agli altri, ma suonati a caso facciamo solo rumore. Le melodie dell'amore non sono facili o difficili, quelle che riescono bene sono semplicemente miracolose. Si impara a suonarle insieme, a quattro mani. Credere speciali le cose normali, questo è il segreto della felicità; rendere l'ordinario straordinario solo restando insieme. L'amore può mettere al mondo l'impossibile. E sai perché? Perché a volte non è uguale alle altre volte. È lì che capisci che esiste. La volta che ti giochi il sangue fino all'ultima goccia, la volta che spremi ancora dall'impossibile gocce di possibilità.»

«Ma le persone che hai incontrato sulla tua strada adesso dove sono? Voglio dire, siamo sempre io e te, siamo solo io e te e io mi trovo benissimo con te. Ma ogni volta che vedo qualcuno apparire in lontananza non riesco mai a scorgerne il volto, la voce, un'espressione in grado di farmi delineare qualche indizio per arrivare a prenderti. Non riesci a ricordare niente di quel che eri, di chi eri, di dove abitavi, di cosa facevi? Come posso sapere, come posso capire se sia lecito o meno sperare di trovarti? Se sia giusto regalarmi questa possibilità?»

«Portami un regalo dai tuoi sogni e io scartandolo potrò regalarti la realtà.»

6

# Ogni desiderio nasce sempre da una mancanza

*"Take me out tonight, where there's music and there's people and they're young and alive."*

La sveglia inesorabile colpì Meg al cuore. Amava quella canzone degli Smiths, era una musica che le addolciva i risvegli, ma quella mattina le lasciò l'amaro in bocca. Avrebbe voluto ricevere per una volta almeno un indizio affidabile, anche solo uno...

"Chi non crede nell'impossibile non ama abbastanza" le aveva sussurrato George. Lei all'impossibile ci credeva eccome, altrimenti non avrebbe continuato ad alimentare il suo sogno lucido. Annotò sull'agenda: "Portami un regalo dai tuoi sogni e io scartandolo potrò regalarti la realtà". Chissà cosa poteva significare?

Decise di documentarsi sui sogni lucidi come non aveva fatto prima, per cercare di capire quali potessero essere le reali aspettative d'incontro, quali le analogie con la realtà.

Si chiama onironautica. Navigare nei sogni. Focalizzare l'esperienza del sogno lucido è proprio il rendersi conto di sognare. A tal proposito è necessario ricercare nel proprio sogno dei segnali precisi che indichino chiaramente una situazione bizzarra o irrealizzabile nel mondo reale.

*La luna blu, eccolo il segnale bizzarro. Ma io già lo so di stare dentro a un sogno. Da quando sono piccola, mi capita. Ho solo imparato a non parlarne con nessuno, a conviverci. Non raccontavo a nessuno di avvertire una strana presenza ai piedi del let-*

*to. Si avvicinava sempre di più e mi spingeva sul petto al punto da impedirmi di respirare. La paura mi stremava, ma rimanevo immobile perché non riuscivo a muovermi. So anche che un altro indizio può darlo la luce. Se in un sogno si prova a spegnere la luce, anche con la forza, provando ad esempio a spaccare l'interruttore, la luce non si spegne. La prima volta che George voleva fare l'amore con me infatti la luce non si è spenta. Ma io non ho bisogno di conferme. So bene come gestire i miei test di realtà. Ho solo bisogno di sapere se sono matta o se è possibile rintracciare un sogno ricorrente. Quante possibilità ci sono di intravedere uno spiraglio per una soluzione possibile? Forse è proprio il continuare a credere in questa mia follia a mantenermi sana di mente.*

*Io voglio incontrarti tutti i giorni, non solo nelle capitali della fantasia! Sì, lo so, l'amore è un luogo, se sai dove andare non sei mai in pericolo. Io però ho una casa, un lavoro e ogni volta che mi sveglio resta solo il fatto che dovrò aspettare un'altra notte con la speranza di rivederti. Non posso portarti nel mio letto, svegliarti con un bacio, prepararti un caffè. Non posso regalarti l'essenza di una donna che ti cucina una cena di attenzioni, che sceglie con te un film da guardare insieme, che fa una telefonata per ordinare sushi e vino bianco come afrodisiaco per una notte da non dimenticare. Posso vivere con te solo a metà, solo per poche ore. È davvero un qualcosa che comincia a non bastarmi più.*

Mentre continuava a cercare notizie sui sogni lucidi aprendo e chiudendo le pagine del web, capitò per caso su un blog.

Quando c'è amore la vita è fantareale. Forse l'amore è davvero irreale e irrompendo nella vita la rende vera, più che reale. Perché la realtà è senza esperienza, siamo vergini a ogni giorno nuovo, ma l'amore è anche l'unica forma di non limitazione possibile. È concretizzare e non idealizzare, nasce spontaneamente senza aver provato prima a piantare il suo seme per scoprire se sia adatto o meno a un determinato clima o giardino. Per quanto saggi ci sembrino i consigli degli altri sul senso profondo dell'innaffiare i fiori con parsimonia, chi dosa la sua acqua col contagocce non è mai molto saggio, perché l'amore ha in sé una caratteristica inconfondibile e universale: l'assenza di limiti.

Preoccuparsi è facile. Preoccuparsi riesce bene un po' a

tutti. Alcune persone ci fanno spesso capire e sentire che si preoccupano, gli basta semplicemente continuare a essere quelle che sono, spesso sbattendoci in faccia i doveri con i loro sguardi severi, le loro dita puntate, i giudizi. Invece *occuparsi* è più complesso. Richiede una grande consapevolezza di se stessi. Significa focalizzare gli schemi e romperli, mettere a nudo il coraggio, il tempo, i sorrisi sinceri e nessun senso profuso di verità assolute da dispensare al momento come caramelle, quelle più amare che restano sempre nella scatola. Preoccuparsi è giocare da solo, occuparsi è cercare una soluzione, scambio, partecipazione, gioco di squadra. Ecco, l'amore è occuparsi, la paura è preoccuparsi. Non esiste di certo una giusta formula per salvarsi, ma le persone che ho incontrato sulla mia strada, quelle che si occupano, non è che non si preoccupano, poi, lo fanno. Ma si aprono la chiusura ermetica e si infilano la leggerezza, si spendono allargando le braccia. E di sicuro allargando le braccia si sta meglio in equilibrio sulla vita.

Demian Sinclair

Meg si soffermò a pensare alla reale differenza fra preoccuparsi e occuparsi. Dal giorno in cui aveva iniziato a sognare George, nulla le era sembrato più importante della sua assurdità. Ogni desiderio nasce sempre da una mancanza profonda. Anche lei ne aveva una, ma cercava di rimuoverla. Non voleva parlarne, fingeva che non le appartenesse.

*Ci sono assenze che mietono molte vittime,* pensò fra sé e sé. *Sono lì, sedute sulle rive della vita, aspettando che il mare si congeli. Utopie. Sarà meglio riciclarmi altrove. Ho scelto di andar via da troppi amori che non soddisfacevano i miei bisogni e adesso mi sono incastrata con un sogno, innamorata persa di un uomo che forse non riuscirò mai a scovare in nessun luogo. Dall'esterno sembrerò ridicola. Sì, lo so, non cambierà mai la geografia di certi sguardi. Ci credo e lo credo possibile ma...*

Si dondolò sulla sedia, quasi cercando da quel movimento un conforto inesistente.

*Mi piacerebbe da morire incontrare il tuo sguardo, George, mentre mi sbatto alle spalle quella maledettissima porta di casa al mattino e quando la riapro la sera. Mio Dio, sto parlando di una specie di convivenza astratta. Non devo pensarci più. Non devo, altrimenti finirò davvero per impazzire. Basta, sono stanca! Chissà se stasera tornerai. Devo assolutamente dedicarmi alle mie traduzioni. Forse ha ragione Meli, dovrei chiamarla e chiederle di uscire. Sono stata ingiusta con lei e probabilmente comincio a essere ingiusta anche con me stessa.*

Anche se l'intento di chiamare Melissa era reale, non riuscì a farlo. Non riuscì a fare nient'altro, neppure a lavorare. George era diventato un limite per gli altri suoi pensieri. Non le venne in mente di uscire di casa e lasciò sgretolare i suoi buoni propositi.

Inarcò la schiena e le sembrò che la sedia si ribaltasse. Si ritrovò in terra, incollata al muro, a stretto contatto con una parete umida, sempre più umida, così tanto da farla sentire immersa nell'acqua.

Si spaventò e poi di colpo si rassicurò nel sentire una voce familiare: «Sono l'uomo con la valigia, sempre pronto a salpare anche con il mare forza nove. È un viaggio unico quello che ti ho offerto fra le mie parole di carta, fra i sogni che hanno l'ambizione di diventare progetti. Ma se vai, non tornare, la nostra barchetta saprai che può affrontare un viaggio solo. Oppure salta su. Sul cuore. Per abitarlo, non per distruggerlo. Per una volta decidi tu per me, portami dove ti pare, presentati tu a prendermi. Non è tardi per dirmi quello che avrei voluto sentirmi fare. Ma se non sei per me, balliamo l'ultimo lento e poi slegami l'anima, perché la vita va troppo veloce per dei passi fuori tempo. Io sto partendo».

Meg si alzò e si accorse di aver lasciato il rubinetto dell'acqua aperta. Tutta l'acqua in terra fluttuava quasi fosse mare. Guardò George, lui le consegnò il suo sorriso migliore e lei dismise la paura di allagare il condominio. Era il suo sogno, era il suo amore.

«George, sei tu che devi slegarmi l'anima» rispose. «Io vorrei tanto incontrarti, ma mi sembra di restare sempre ferma. Ecco, come adesso, impantanata in un'acqua che sembra mare ma non lo è. Con te sono stata dappertutto, mi hai fatto visitare posti bellissimi che nessuno potrà mai vedere così. Ma non ho potuto riportare indietro niente. Niente da riportarmi a casa. Da riguardare su un mobile per sorriderne o soffrirne, come gli oggetti d'amore quando te li dona qualcuno che hai amato. Anche se non c'è più. Ognuno di noi possiede piccoli oggetti, cose impersonali, nei quali nessuno dall'esterno avrebbe potuto riconoscere simboli d'amore ma che ci siamo donati a dimostrazione di un sentimento. Oggetti buffi a volte, dei "souvenir formato tir a centoventi all'ora", come canterebbe Luciano. Ci portiamo dietro questi oggetti in giro per la vita. Li viviamo, gli attribuiamo proprietà sovrannaturali, a volte. E se mai quel rapporto dovesse finire, non riusciremo più a guardarli e nemmeno a gettarli via, quasi avessero un'anima propria, una propria energia; quasi come se liberandocene potessimo intaccarci la coscienza e commettere un crimine supremo nei confronti di un ciclo andato. Rimangono sparsi per casa come immobili, ma siccome è ancora lì sul mobile anche la nostra anima, lì li lasciamo, tentando di non incrociarli, guardandoli con la coda dell'occhio, avvicinandoci guardinghi. Vorremmo riprenderci solo l'anima e invece, non appena li sfioriamo, ci scorrono dentro capitoli di storia a due. Finché l'anima non torna non ci diamo pace. Ecco, la mia anima non torna e probabilmente tutto questo mi priverà anche dei miei ricordi. Ti sembra giusto, George? Vedo cose tue dentro questa casa, ma so che sto sognando, so che quando mi sveglio spariranno.»

«Nemmeno i ricordi ti sono dovuti. Se li hai è perché li hai guadagnati attraverso il tuo passato. Per questo voglio credere che non esista nessun ricordo così tanto sconveniente da indurti a smettere di ricordare. Credo che l'amore abbia un punto di non ritorno, un punto che una volta varcato non ci permette di tornare indietro. È in quel preciso istante che ci si spoglia dei vestiti razionali e ci si tuffa in mare, dimenticando il salvacuore, anche se non sappiamo nuotare. E forse quel punto ogni volta diventa l'incoscienza più preziosa della nostra vita.»

# 7
# Luci che non si spengono

Meg si svegliò. Era l'alba. Aveva sognato ancora meno del solito quella notte. Forse lo sconforto prendeva il sopravvento e indeboliva piano piano i suoi sogni. Di tutta l'acqua ovviamente non c'era traccia. Il pensiero di perdere George la preoccupava davvero. Non voleva lasciarlo andare. Non era forse meglio prendere coscienza della sua solitudine? Non era forse meglio accorgersi di essere davvero sola piuttosto che accontentarsi di una finta compagnia? Quella sorta di limbo emozionale era sempre più snervante e quelle ultime parole che le aveva detto, forse poco prima del risveglio, le risuonavano già sentite, una sorta di déjà vu.

Era domenica. Finalmente Meg si era concessa un pranzo con gli amici. Stranamente arrivò in anticipo, nonostante avesse analizzato con estrema cura lo stato delle sue sopracciglia davanti allo specchio del bagno. Al tavolo prenotato non c'era ancora nessuno. Spostò la sedia, diede una rapida occhiata alla vetrata del bar e si mise a sedere. Torino sembrava guardarla risplendere. D'altronde Torino – e lo aveva detto Calvino prima di lei – è una città che invita al rigore, alla linearità, allo stile. Invita alla logica, e attraverso la logica apre alla follia. D'improvviso vide da lontano Melissa agitare le mani nel cielo e accelerare il passo.

«Meg, sei venuta, meno male! Ti devo parlare prima che vengano gli altri.»

«Che succede?»

Melissa si infilò nello spazio fra la seduta e il tavolino e si sistemò proprio di fronte a Meg. Si mise a sedere e giocando con i capelli riprese a parlare: «Ieri ero a cena da alcuni amici. Mi sono sentita poco bene e ho chiesto di andare in bagno. Uscendo dal bagno c'era una madia e l'occhio mi è caduto su una copia del "Times". Sai, sarà la nostra deformazione professionale. Ho preso il giornale, mi sono seduta sul divano e ho cominciato a sfogliarlo. Gli altri stavano giocando a burraco, puoi immaginare che noia. D'improvviso ho visto questo...».

Meli tirò fuori dalla borsa un foglio di giornale stropicciato. Il forte odore d'inchiostro le entrò nelle narici, penetrante e con un'irrequieta dolcezza. Meg lo prese: "Recensione del libro *Blue Moon*, 'La luna blu', un libro di Demian Sinclair".

«Demian Sinclair... devo aver già letto questo nome da poco. Stavo cercando degli articoli sui sogni lucidi, insomma, sì, avevi ragione, Meli, mi sono un po' fissata con questa storia. Mi piacerebbe tanto capire se l'uomo che sogno esiste davvero e se ho anche una piccolissima possibilità d'incontrarlo. La luna blu è la mia luna.» Meg sorrise: «Grazie, Meli, cercherò questo libro e magari per caso troverò una soluzione o almeno un indizio per decidere con calma – anche se ultimamente la calma non è il mio forte – se continuare la mia ricerca o arrendermi, a malincuore».

«La calma non è mai stata il tuo forte!»

Meli la guardò negli occhi e rimase un po' con il viso incollato a quelle emozioni condivise.

«Ti voglio bene, Meg. Non ho mai voluto giudicarti. Dispiace anche a me che ci siamo un po' allontanate.»

«Ti ricordi quella notte che come due pazze abbiamo girovagato per Verona senza sosta e io avevo liquidato prontamente...»

«Uno dei tuoi amanti passeggeri...»

«Non è che fai di me una descrizione fantastica, eh?» rispose Meg con un apparente tono di rimprovero ma quasi divertita.

«Ti ho detto una cosa, la ricordo ancora. "Spesso ci ostiniamo a tenere in piedi cose che non hanno avuto la forza di sfidare il vento. Ci mettiamo noi controvento a camminare al loro posto. Ma l'amore non ha bisogno di essere convinto, l'amore è sicuro di sé. Per cui forse non è amore, per cui forse meritiamo altro vento."»

«Mi ricordo! E ci siamo messe a gridare a squarciagola: "Per ogni sogno che va a puttane, ce n'è sempre uno che resta!". Lì, sotto l'Arena, già ormai senza voce, dopo quel meraviglioso concerto del Liga. Giravamo per la piazza cantando: "Non si può sempre perdere, per cui giochiamoci, certe luci non puoi spegnerle..."»

Il cellulare di Melissa iniziò a squillare. Rispose. Meg nel frattempo tirò fuori dalla borsa l'articolo di giornale e iniziò a leggerlo:

> Credo che l'amore abbia un punto di non ritorno, un punto che una volta varcato non ci permette di tornare indietro. È in quel preciso istante che ci si spoglia dei vestiti razionali e si tuffa in mare, dimenticando il salvacuore...

Meg ebbe un sussulto tale da bloccarle per un attimo il respiro. Era la frase che le aveva detto George la notte precedente. Una frase che le risuonava già da un po'. Luci che non si spengono. Demian Sinclair, l'autore del libro *Blue Moon*, in coma per un incidente d'auto a Londra.

«Devo assolutamente procurarmi questo libro, Meli.» Meg le toccò una gamba, mentre lei era ancora al telefono. Non riuscì a decifrare il perché dell'improvvisa urgenza.

«Scusa, devo andare, dài, ti richiamo stasera con più calma...»

Meli chiuse la sua chiamata: «Che succede?».

«Ho bisogno di questo libro, l'articolo lo avevi letto tutto?»

«Sinceramente un po' di fretta, perché?»

«Lo scrittore di *Blue Moon* è in coma per un incidente.»

«Che tragica fatalità... Se vuoi ti accompagno, anche se temo che oggi non riusciremo a trovarlo. Vuoi che cerchiamo su Internet gli indirizzi delle librerie aperte? Anche se credo che l'unica che possa averlo è la Libreria internazionale. Passiamo prima da casa mia, va bene?»

«Sì, grazie, solo che sono arrivati gli altri. Non dire niente a nessuno, per favore, Meli, mi raccomando.»

«Ma figurati, lo sai che i nostri segreti restano tali fin da quando eravamo piccole.»

8

# Il respiro è presenza

«Il nostro tempo è il sogno, ma magari il vero sogno è la vita che sto facendo, mentre quel che credo sogno è la mia realtà, e la mia realtà vorrei che fossi tu. E se la mia realtà fosse in realtà un sogno, potrei finalmente viverti senza intermittenze. La gente spesso esprime desideri e chiede ai sogni di avverarsi. Io semplicemente vorrei non risvegliarmi più e vivere solamente i miei sogni.»

Meg cercò di aprire la finestra, ma le maniglie erano troppo in alto rispetto alle sue mani. Si guardò i palmi senza riuscire a metterli a fuoco e un riflesso blu non le permise di vedere bene intorno. La sua vista era come sfumata, quasi come se ci fosse della nebbia là fuori.

«Meg, le finestre nei sogni si aprono al contrario. È impossibile separare la realtà dalla sua dimensione fantastica.»

Meg riuscì finalmente ad aprire la finestra, trovandosi davanti George. La sua volontà di contatto reale la rese ancora una volta vittima – e felice di esserlo – del suo sogno. Cercò di immaginarsi da fuori, non riusciva a riconoscere l'ambiente. Si accorse che provava a difendersi, ma non capiva perché e da cosa. Richiuse la finestra. George era lì, davanti a lei.

«Non siamo forse anche io e te due vittime del gioco? Quando ci improvvisiamo scrittori di pagine di vita che non possiamo collaudare prima della partenza, né tantomeno ripetere? Io posso dirti soltanto una cosa: lascia decidere al cuore. Lasciati andare. Il cuore non sente ragioni. Se le comincia ad ascoltare troppo c'è un tassello che non va. Ci sono cose che la nostra mente è in grado di comprendere, facendo attenzione, ma non potrà mai partorirne l'essenza senza la scheggia di follia che, colpendo la ragione, mette al mondo l'impossibile.

Ho un corpo estraneo nel cuore, una scheggia impazzita. E siccome nessuna radiografia potrà mai mostrare come siamo fatti nei pensieri, ci sono persone che si fermano appena sotto la pelle e le puoi solo respirare, impossibili da rimuovere. Chi ti ama ride fino alle lacrime sul latte versato. Non è stuprando i sogni che nasce la realtà, ma nemmeno umiliandoli. Ho sofferto molto fino a oggi. Ho sofferto in silenzio, perché non ho l'abitudine di attaccare i miei dolori al muro degli altri. Il dolore è un silenzioso amante che vorrei tradire senza sensi di colpa con la felicità.»

«Ma io non voglio umiliarti, George. Ce la faremo a incontrarci? A vincere insieme questo dolore? Chi è Demian Sinclair? Lo conosci? Il futuro può arrivare in ritardo? Siamo davvero in ritardo su tutto o siamo sempre in tempo per qualsiasi cosa? Come posso fare a cercarti fuori se non ricordi più niente di te?»

«Nei nostri corpi vivono molte vite in segreto, non solo una. Le scopriamo a poco a poco, assaporandoci, studiando i modi, quando siamo insicuri di essere davvero sicuri di noi stessi. Non facciamoci imporre dal destino l'impegno scontato di uno squallido dopocena. Rifiutiamoli, certi inviti. Usciamo dal retro. Pretendiamo il nostro tavolo prenotato col panorama di un tramonto onirico sull'anima.»

D'improvviso Meg focalizzò la ruota panoramica di Londra e lassù, incastonata come uno zaffiro in un cielo di gomma, vide la sua luna blu quasi incandescente ad accenderle le lucciole nell'anima.

«Un po' come mettermi le mani davanti agli occhi e chiederti: "Chi sono?". E tu saprai riconoscermi, perché la mia aria invisibile avrà il tuo colore. È così che ci bussa l'amore. La luna ha un potere incredibilmente purificante. Quando la fissi sembra poterti dissetare di verità. Che tu cresca di età, di chiarezza o di volontà, la luna resta la stessa, immutabile a ricordarci che dagli abissi si risale. Ricordi la prima volta che ci siamo incontrati? Nel nostro primo sogno? Mi parlavi di un uomo, un uomo che sapesse amare. Ci si insegue a volte con tutte le forze e poi ci si raggiunge solo attraverso le fragilità. Perché a volte la forza spezza e ci divide, mentre la fragilità sa unire e con le sue disarmanti verità sa far incontrare.

L'amore è sempre in pericolo, ogni giorno. Ci lamentiamo a volte della sua fragilità, ma è sempre attraverso le fragilità che ci si riconosce. Riconoscendolo si può stare attenti a non appoggiarlo dove può cadere. Le cose preziose sono sempre fragili, vanno difese. So che può sembrarti paradossale, Meg, ma ti ho dato tantissimi segnali per trovarmi. E per ogni risposta che non mi dai, so qualcosa in più che nulla toglie all'idea del sogno, anzi ne alimenta la prospettiva verso il nostro fluire. Ci sono due parole che insieme hanno le ali, arrivano a posarsi su una spalla, scendono e sverginano gli angeli con l'incredulo stupore della verità. E con la nostra lingua riempiono le pareti di un'altra bocca. Non tutte le parole riescono a baciare l'anima, solo quelle due, quelle due soltanto.»

«Ti amo, George, credo di non averlo mai detto a nessuno nella mia vita.»

«Anch'io non ho mai amato prima di te e non so se amerò oltre e dopo di te. I veri sentimenti sono venti che ti travolgono l'aria spostandola, non li vedi, ma li senti. Il vento, il vero vento, ti soffia dentro anche quando non c'è più un filo d'aria. I veri sentimenti non fanno mai corrente con le finestre. Sono venti freschi di respiro. E il respiro è presenza. Fare il trasloco dell'anima non è impresa facile o difficile, è impresa probabile o improbabile. Non ho molto ma vorrei che fosse tuo, perché è tutto quel che ho. Scambiamoci l'anima in sogno, così saprai che non mento.»

Meg baciò George assaporandone le labbra. Non voleva scollarsi dalla sua bocca, era una colla di speranza che non la faceva sentire stretta. Esistono baci inediti, come lo stupore della prima volta, come la prima volta che vedi il mare, che guardi il mondo dall'alto in basso attraverso le ali di un aeroplano. Inediti non come il primo, ma come se ogni volta fosse il primo, il primo passo, il primo volto, il primo brivido, la prima gioia che ti fotte attraverso il dolore. Un *loop* che rimbomba, ritorna, spacca dentro. Estasi e tormento.»

*Cosa penserà un sogno?*, si chiedeva Meg. Come aveva fatto a rinunciare a lui fino a quel momento? Ecco perché non si era mai accontentata. Sapeva che là fuori c'era qualcosa di meglio. Qualcuno su cui scommettere senza paura. Perché nella vita ci capita quasi sempre di raccogliere i cocci dei nostri sbagli? Perché ci affidiamo sempre alle ferite, perché viviamo una coazione a ripetere che ci prende, ci seduce e poi ci abbandona e ci sfianca?

Con gli occhi bucati da quelli di George sapeva bene di sognarlo soltanto. Poteva avere i capelli in disordine, il trucco sbavato, le sopracciglia imprecise. Lui veniva a trovarla lo stesso. Se ne fregava di tutte quelle paranoie di perfezione che condizionano le nostre giornate. Lui era molto più affidabile di se stessa.

«Voglio aver fatto mille errori e aver riparato solo a novecentonovantanove, perché alla resa dei conti l'ultimo si chiama amore.»

# 9

# Mi ricorderò di te anche quando mi scorderò quasi tutto di me

Meg si svegliò a casa di Meli con una strana malinconia. Si accorse immediatamente, guardandosi intorno, di non essere tornata a casa. Il suo ultimo sogno lo ricordava alla perfezione, quasi meglio di tutti gli altri. Decise per la prima volta di darsi malata al lavoro per andare alla ricerca del libro *Blue Moon*.

«Tesoro, non appena ti sei appoggiata sul letto sei crollata! Non siamo più andate a comprare il libro.» Melissa tirò su la tapparella, poi le sorrise: «Lo vuoi un caffè?».

«Eh, me ne sono accorta. Forse sono prossima all'esaurimento.»

«Per l'esaurimento non posso aiutarti ma per il libro possiamo rimediare. Vuoi che ti accompagni? Andiamo in pausa pranzo?»

«No, grazie, Meli, andrò da sola, almeno proverò a farmi anche una passeggiata rigenerante. Invece davvero sì, per il caffè! Fosse la volta che mi sveglio davvero! Posso cercare una cosa dal tuo computer?»

«Certo, fai pure. Se vuoi puoi approfittare anche per fare un giro della casa per vedere i miei mobili nuovi. Sai che ci tengo al tuo parere...»

Meg si avvicinò al computer e, anche se una strana inquietudine non la faceva sentire tranquilla, voleva cercare il senso del suo sogno. Cosa poteva significare quella finestra al contrario? Il non riuscire ad arrivare alle maniglie? Forse un indizio? Un nodo in gola saliva e scendeva, era un malessere incalzante, ma non riusciva a decifrarne la ragione.

Guardava le sue mani muoversi sui tasti e allo stesso tempo un'ansia pesante le stringeva il collo, quasi soffocandola. Non aveva trovato niente che assomigliasse al suo sogno. Sì, certo, la finestra poteva indicare un pensiero costante su una decisione da prendere, un invito a uscire nel mondo e a vivere la vita rivoluzionandone le prospettive. In fondo, niente di nuovo. E allora perché si sentiva così strana? Alla precarietà nella quale si cullava da anni non aveva più pensato. Ci era sprofondata dentro così bene da non accorgersene più.

Uscì da casa di Melissa per mettersi alla ricerca del libro. Iniziò il giro di tutte le librerie, nonostante sentisse una punta di dolore che conosceva bene. Una gioia pulsante con il cuore pronto a rompersi. È questa la paura?

Trovò il libro che cercava nella Libreria internazionale del centro. Era l'unica che avrebbe potuto averlo, la prima in cui Meg sarebbe dovuta andare, l'ultima invece nella quale era entrata. Le sembrò quasi di aver voluto dilatare all'estremo il momento, per rimandarlo fino all'ultimo secondo.

Pagò in fretta, con le mani tremanti. Uscendo fuori la colse l'impulso irrefrenabile di buttarlo nel cestino. La sua Torino era cupa come non le era mai sembrata, eppure il tempo sembrava promettere bene. Che assurdità. Forse poteva, attraverso quel Demian Sinclair, trovare un modo reale per incontrare il suo George. Era tutto ciò che aveva sempre sognato profondamente. La copertina era tutta blu e la fotografia di quella luna era così simile alla sua, al suo sogno: un uomo e una donna stilizzati che si tengono per mano, disegnati sul cemento, forse a dimostrazione del fatto che il paradiso è in terra e a volte decidiamo di calpestarlo. Forse siamo tutti un po' così, noi esseri umani? Arrivati al dunque abbiamo l'opportunità di cogliere tutte le sfumature e allo stesso tempo la profonda paura di coglierle?

Mentre tornava a casa, si sforzava di distrarsi. Sperava che qualsiasi altro pensiero si impossessasse della sua mente e la annientasse. Non appena aprì la porta si buttò sulla copertina del libro con occhi voraci, quasi dovesse distruggerlo. Si mise seduta sul letto, con la schiena fra la spalliera e il muro, senza cuscini, ad assaporare freddo e frescura. Prese coraggio e lo aprì. I suoi occhi avevano forse perso diottrie. La sua visione sfocata e confusa non le permise di scrutare le pagine. Lo lasciò scivolare sulle lenzuola, lo seguì per un attimo con lo sguardo, le sue braccia e le sue gambe le sembrarono rigide, ma non ebbe il tempo di preoccuparsene.

«C'è una festa in maschera stanotte nei pensieri. Tu da cosa ti mascheri, Meg?»

«George... non ho pensato a portarmi dietro una maschera... Mi sono addormentata e ci siamo ritrovati qui. Dove siamo? Ho comprato un libro, volevo parlartene e...»

«Ma da cosa ti mascheri quando non dici quel che pensi?»

Meg restò un attimo in silenzio, guardando George negli occhi. Non capì il senso di quella domanda, ma d'altronde era il suo sogno, quello lì, il suo e di nessun altro. Di sicuro nessuno poteva darle spiegazioni. C'era una strana atmosfera, immersa in un mare di coriandoli blu sparsi dappertutto.

«Ecco, in questo istante tu credi di non parlare e invece lo stai facendo. Ma sono sicuro che invece spesso dovresti parlare e non lo fai. Forse le parole più preziose sono quelle rimaste qui, all'interno degli occhi, trasformate in gocce ma non in lacrime. Non cadranno mai, regali non detti, incastonati come perle nell'anima.»

«Se il non detto è tutto ciò che di più prezioso porti con te, io sono un gioiello allora... È per tutto il non detto, per la trascuratezza dei piccoli particolari che ci si perde.»

«L'amore non è un gioco. Abbiamo tutti paura di esporci, di soffrire, è normale che sia così. Se ami completamente ti rendi vulnerabile e il tuo cuore ha buonissime probabilità di ritrovarsi in frantumi. Allora non dovresti darlo a nessuno, a nessuno, nemmeno a me. Ritorna a farti succhiare dal tuo lavoro, dai tuoi mille impegni. Dimenticami, dimentica il tuo sogno. Solo così puoi smettere di renderti vulnerabile. È questo che vuoi?»

«No, George... non ho detto questo...»

«Ecco, adesso mi hai risposto. Ma è tutta la vita che resti zitta. Quando resti zitta, lasci libero spazio alle interpretazioni. Se non comunichi all'altro i tuoi bisogni, sei tu stessa a volerti disilludere. Non so perché, ma io ho smesso da tempo di lasciarmi sedurre dall'ambiguità. Te l'ho già detto che i silenzi sono sempre un po' vili? Il silenzio è una maschera che spesso indossi per non scegliere mai, le circostanze che crei per poterti voltare mentre l'altro non si volta. Ma se non dici "Voltati!" per una volta almeno, forse è più comodo andar via, non credi? L'amore non è implicito. Può nutrirsi di riservatezza, ma ha fame di verità. E la verità ama cantare e essere ascoltata. È lì che comincia il sogno. Quando è il tempo di viversi, finalmente. E sai cosa ti dico? Le alternative ai sogni non vivono in terra, sono già morte. Poche persone arrivano nella nostra vita e ci mettono le mani nel cuore senza spostarlo, senza manipolarlo. Sono quelle che poi non se ne vanno con il nostro cuore fra le mani... C'è una parte sempre in fiore in noi che si rigenera anche mentre provi a raccontarla. E tu, ragazza in fiore, non dire mai a un uomo "Sei mio" se non gli hai messo le mani nel cuore.»

«George, ti prego, non lasciarmi. Cos'è questa strana malinconia? Verrai ancora a trovarmi?»

«Verrò ancora a trovarti, perché ti amo. Se mi domandi perché ti amo, io non so e non posso risponderti. È semplicemente perché è te che voglio e vedo accanto a me. È semplicemente perché sono io che mi voglio e mi vedo con te. È solo perché *siamo* e in quel verbo c'è la vita. Se tu non pensassi più, io sparirei dentro te, ma tu resteresti sempre e comunque. Sai una cosa? Ed è l'unica cosa che so, l'unica certezza che ho. Mi ricorderò di te anche quando mi scorderò quasi tutto di me, e forse anche oltre. La pelle non la freghi, è lì che sta la memoria. I segni sono lividi che scottano, non te ne liberi. Se andrai m'inventerò un'inutile amnesia a ricordarmi che il mio cuore è un po' più mio, ma io non lo possiedo più, perché tu sarai già altrove. Equidistante dalla mia nostalgia.»

Meg era certa del suo dono. Sperava di poter indirizzare il suo sogno dove voleva e di riuscire a pilotarlo per arrivare a George. D'altronde aveva letto *L'interpretazione dei sogni* di Freud. Lui sosteneva che i sogni fossero l'espressione del nostro vissuto, delle nostre pulsioni nascoste. Quindi il saperli gestire, il saperli controllare, le avrebbe permesso di lavorare molto su se stessa, quasi come una sorta di autopsicoterapia.

Meg sapeva che ogni volta che andava a dormire poteva compiere coscientemente un viaggio nella sua mente. Era un'esperienza molto importante, ma anche molto faticosa. Ogni volta si risvegliava stanca e felice, e forse capirsi un po' di più le avrebbe potuto apportare persino dei benefici. Così giustificava la sua fissazione. Tuttavia il confine fra la realtà e il sogno si era fatto sempre più sottile. Meg dormiva poco e spesso iniziava a confondere cose che aveva sognato con avvenimenti davvero accaduti. Dimenticava che i sogni ci offrono una prospettiva diversa che nello stato di veglia non siamo in grado di vedere, ma non possono prendere decisioni per noi. Le scelte spettano al nostro *io diurno*. Certo, è necessario accettare i suggerimenti che provengono dal nostro inconscio, ma è altrettanto necessario utilizzare i suggerimenti per potenziare la capacità di fare chiarezza dentro di noi, di scegliere finalmente in modo consapevole. Per questo lei avrebbe potuto chiedere qualsiasi cosa a George. Le risposte sarebbero arrivate solo apparentemente da lui, ma erano già dentro di lei. Avrebbe dovuto solo farle affiorare e poi interpretarle nel modo giusto.

«Mi chiedevo se ci perdo e, se sì, che cosa? O se invece è l'unico sistema per tenerti ancora qui, fra le mie ciglia invisibili e la carne. Sono un cannibale innamorato della tua carne e per averla mi svenderei anche l'anima. Ed è sempre più carnale della carne l'amore, perché chi c'è, c'è sempre, anche da lontano. Ma se abbiamo le mani oltre l'anima è per toccare un desiderio immenso da vicino. Se un sogno avesse un'anima sarebbe come la tua. La mia anima, l'anima dei miei sogni, probabilmente se c'è vive in te. E allora vieni adesso, vieni nuova, selvatica, vienimi a prendere adesso, ora che ho voglia di mangiarti, ora che ti chiedo di scovare il mio corpo là fuori nel mondo. Non vorresti sbranarmi, dilaniarmi i pensieri, annientarmi i respiri e mordermi da dentro? Ora che la brace è il confine fra fine e inizio, fra preso e perso, fra vicino e lontano. Fra carne e anima. Ora che il fuoco è acceso, ora che puoi rovesciarmi sul tavolo la tua indecenza, apparecchiarmi di sospiri, allargare le gambe al mio domani e arrenderti. Sono i tuoi occhi a farmi luce dentro, quando mi guardo e metto a fuoco quel motivo in più per essere sulla strada anche domani. Se esisto, se avrò un domani nato dalle rovine del mio ieri, quello è di nuovo con te, accanto ai piedi con cui pesto ombre di noi. E non cadremo se ci ruberemo i passi. Sai che non mi basterebbe camminare secoli al buio per dimenticare un solo lampo di questo sogno di vita con te?»

«Più vogliamo tenerci le cose accanto, più le vogliamo vicine e più le perdiamo, George.»

«Certi sentimenti sono come le farfalle, emozioni che semplicemente ti appartengono anche se non si appoggiano mai del tutto, ma poi vengono a morirti sulla mano, vogliono regalare all'amore l'ultimo battito di vita, l'ultimo respiro. È un po' ingombrante la parola "sempre", è un po' ingombrante la felicità, proprio per questo è capace di farti tutto il bene e tutto il male del mondo, quando se ne va.

La libertà non si fotografa, non si mette in trappola. Ma se distogli lo sguardo torna. Sembra il senso della vita, inafferrabile polvere magica, vicina e lontana ma sempre dentro, indomabile preghiera di domani, priva di santi, non ci credo, priva di eroi, colma di noi, piccoli mondi veri, un po' segreti e un po' svelati, un po' musica e un po' parole. Un po'... per un po' d'amore.

Rinviamo continuamente di pulire la polvere dell'addio che polverizza altra polvere e nuova polvere nasce ancora. Me ne accorgo perché anche la polvere è un mistero d'amore, quando ti sembra che cada dalla luna e che la sua essenza sia nell'aria. L'aria, sì, la stessa che respiri e che può dare allergia al respiro, se non è pura.»

«Forse non dovremmo vederci più.»

«E perché mai, Meg? Sai cosa credo? Credo che tutti siamo nati per brillare di emozioni. Chi brilla meno non è un uomo che vale di meno, soltanto qualcuno non programmato a sorridere sempre, perché la vita l'ha punito troppe volte.

Forse non abbiamo il diritto di pretendere la felicità, forse bisogna evitare di guardarla dritta negli occhi, un po' come le farfalle. Se provi a prenderle muoiono, devono volare libere e d'improvviso ti si posano sulla spalla per ricordarti che è quella la felicità. E poi lo rimani a guardare, il piacere, quasi si alzasse dalla sedia, quasi ti salutasse con un sorriso a ricordarti che sembra scalzo l'equilibrio, si ferisce e inciampa, batte la testa ma non perde la memoria, quasi a ricordarti che il sesso è come la vita e in ogni orgasmo c'è una punta di dolore. Tu, così abituata a spostarti un attimo prima del tocco delle mani di qualcuno, tu così brava ad andar via un attimo prima dell'arrivo, tu desiderata più di ogni "con" ma ferma laggiù, fra le cose che non ho.

Non ti amerò mai così tanto come quando ti lascerò andar via, mentre tutti i nomi delle cose riecheggeranno il tuo. Eri già il mio stato d'attimo prima del principio di tutto. La distanza ci divide e il pensiero ci unisce, fino a quando il sole è seme dalla luna nascerà il giorno del ritorno, sempre più chiaro della stessa evidenza. Se vuoi svegliarti, lasciami almeno il tuo amore in sogno. Il mio amore ti amerà anche se da sveglio resterà senza di te. Svilupperò un momento perfetto in sogno, la mia fotografia alla tua anima. Ecco, stai ferma così... Spero di venire bene nella foto della tua vita, Meg.»

## 10
## Aspettarsi è un modo per restare legati nel tempo

Meg si stropicciò gli occhi. Quel bellissimo sogno stavolta le era sembrato quasi un incubo, era quasi un sollievo essersi svegliata. Aveva il libro fra le mani e quel magone, fedele amico di tutta la giornata, tornò ad accomodarsi accanto alle sue mani. Era riuscita a chiedere anche al suo amato sogno di non tornare, proprio adesso che forse il gomitolo poteva sciogliersi e diventare lana calda sul domani.

*Prefazione*

Scrivi a te stesso, a quella parte di te che non è mai tornata, che fosse un pezzo d'anima, di corpo o di cuore, che fosse scorrevole o cerebrale.

Scrivi alle mani, saldamente attaccate a un volante in corsa, in chilometri di fiducia e stanchezza, a sciorinare gli argomenti dell'amore per tenerti sveglio. Scrivi alle lacrime, al profumo, a quelle lettere di nessuno, quando non arriveranno mai a destinazione. Ti porti ancora addosso il suo peso leggero e le molecole d'incertezza. Alcuni sogni devi ammazzarli in fretta, prima che facciano male e ammazzino il cuore, *mors tua vita mea* di pensieri acquedotto a riempirti fino all'orlo e farti scoppiare di necessità. Non ci si dimentica, non ci si smette di raccontare. Ci si smette solo di guardare, di riposarsi accanto, di portarsi un caffè e di darsi il buongiorno. Si impara a convivere con la mancanza, con l'assenza, ma non con una nuova felicità, in attesa che ci sorprenda magari, ma su altri canali.

Scrivi alla porta, perché hai sempre pensato esistessero un'unica entrata e un'unica uscita. Mentre ti accorgi che c'è un solo modo per entrare e infiniti modi per uscire senza essersene mai andati via davvero. E ci si resta accanto senza saperlo, a spiarsi i pensieri, le percezioni, le visioni. Ogni tanto si finge di averlo dimenticato, ma tutto ritorna solo apparentemente in ordine. Poi basta una goccia fuori posto a inceppare il meccanismo interiore, perché il cuore non vuole proprio sentire ragioni.

Scrivi a un bel respiro, quello necessario a gonfiare un palloncino di emozioni, quello che ti occorre per trovare le parole, quello che se si blocca è orgoglio, per questo uccide.

Scrivi alla sottile differenza che c'è fra andare e fuggire. Non si mette al sicuro il pensiero, scappa di notte, va dove vuole. Più lo mandi via, più lacera le distanze e fa cerchi nella memoria, non ti lascia dormire, è la goccia di un lavandino che non puoi riparare.

Scrivi al freddo, quando ti si scopre il cuore e non distingui più il senso di un brivido, quando orienti le tue stagioni sulla finalità di sconfiggere il male peggiore anziché assecondare la felicità, troppo impegnato a condire un ricordo lasciando bruciare pane e speranze.

Ti sembra la stessa lei dentro di te, ma forse non lo è, non lo è più o non è stata mai la stessa che credevi tu, bastava accorgersene, certo, da domani è semplice rimproverarti, di solito hai il desiderio di dedicarti a progetti più importanti che a edificare macerie, o no?

"È che il mio vivere è come me lo rubi, non come me lo dici", per questo le hai regalato il tuo alfabeto, la voce della tua vita. Hai tutti gli elementi necessari a dimostrare il tuo teorema, ti manca solo una cosa essenziale: la formula della saggezza. Eppure non vuoi essere saggio, vuoi essere felice, accorgendoti di vederla, la felicità, ma fingendo che non ci sia, fingendo di non riconoscerla, lì ferma al semaforo, appena prima della tua ripartenza. Così che non si senta in soggezione e ti accompagni nel tuo viaggio per un po' a questa condizione, non essere invocata mai ad alta voce, non essere mai soffocata da un raggio diretto.

Scrivi per chiedere da ateo al cielo "Ma dove va a finire l'amore quando muore?". Probabilmente cessa, probabilmente è polvere, calpestata dal domani. Ma dove va quando va via senza morire? Dove si posa e in attesa di che cosa? Forse sulla smania di riprendere, riavere, rincorrere, riacchiappare quello che ci sfugge. Un luogo sempre nuovo per ritornare al vecchio. Non hanno bisogno del navigatore per navigare, i pensieri.

Le persone esistono o esistono per te. Quando esistono per te si muovono fra le tue cose, impaurite o coraggiose, stando attente a non toccare niente, a non scivolare, oppure spaccando tutto e lacerando gli spazi di condivisione con uno squarcio all'anima. Ma in ogni caso, quando esistono per te, che tu lo voglia o no, ti arredano la mente in modo differente, sia quando entrano dalla porta principale sia quando escono dal retro. E tu non sarai più uguale. E la verità è che pochissime persone ci arredano la mente in modo differente, e quando se ne vanno niente è più uguale, nemmeno l'eleganza dell'anima.

L'amore cambia abbigliamento al cuore. E ora scrivo a te. E se per un attimo, mentre aspetti un treno o un aereo, ti si fermerà il cuore, non ti spaventare, è solo amore che passa nei ricordi. Esiste un luogo dove io e te vivremo sempre. Non cambierà mai la geografia di certi sguardi.

Meg richiuse il libro, così di colpo, senza fiato. *Non cambierà mai la geografia di certi sguardi.* D'improvviso prese a tremare. Accese il computer e cercò sul motore di ricerca: "Demian Sinclair".

Scrittore, trentaquattro anni, precedenti non particolarmente entusiasmanti. Fermato due volte in stato di ebbrezza, due romanzi prima di *Blue Moon*, entrambi senza particolare rilevanza né successo, un matrimonio andato in fumo pochi giorni prima di esser celebrato. *Blue Moon* racconta di un amore tormentato fra lui e una donna conosciuta per caso a una festa, ma in realtà è una sorta di autobiografia in cui l'autore mette a nudo se stesso sviscerando anche i suoi dolori, i suoi drammi esistenziali e il suo lato più oscuro, regalandoci anche delle vere e proprie lettere d'amore, indirizzate alla sua amata. A pochi giorni dall'uscita del suo romanzo Demian ha un incidente ed entra in coma e il libro inizia a vendere tantissime copie. È tuttora ricoverato al Great Ormond Street Hospital di Londra.

Meg riaprì il libro:

I miei dolori non li ho mai delusi.

Li ho sempre riportati a galla, ne ho sempre sentito il grido di aiuto mentre mi voltavo, e l'eco e il richiamo se mi ero spostato già un po' oltre, un po' più in là. Ma lo scopo non è capirli, tu dentro già li sai e li riconosci, tu razionalmente sai già sempre tutto. Chiudevo scatole bucate sotto e i miei dolori, come un druido divino col suo fluido diabolico, una specie di fumo ipnotizzante, uscivano e indisturbati nuotavano nell'aria. Ero lontano dal mare, nuotavo lo stesso, fino al largo di me, in tutte le circostanze possibili. Loro non rifiutavano mai gli aperitivi con la memoria. Ma d'altronde dal sangue non ci si nasconde. I nostri brindisi erano a base di sangue. Allora, mentre annaspavo nel dolore, mi chiedevo come mai è il baratro a guardarti più che il cielo, è il pozzo profondo a tenderti le mani più che l'altezza di una nuvola. E mentre lo fissi ti sorride a tradimento, ti sposa con un rito di subdola religione, l'unica che non hai mai rinnegato per tutta la vita, l'amore.

Dolore: l'omega del nostro alfa-amore. Perché quelle lettere d'amore viscerali, quelle da togliere il fiato, quelle in cui verseresti anche la goccia dell'ultimo calice bevuto insieme, sono quelle di quando il tuo amore è andato sul marciapiede, lontano chissà dove a scambiare le lucciole per una lampadina tascabile. Ormai. Sono quelle scritte sulla carta igienica. Quelle senza francobollo, quelle che mai spedirai, quelle che esprimono il tuo desiderio più profondo ad alta voce, quelle che hanno messo la ceralacca al destino. Ti soffermi sulle parole "ti am(av)o, più di me stesso". Perché se ti è passata ancora non lo sai. Poi ti sembra troppo, hai la sensazione che il tempo che passa allontani il senso di un incontro di un passo alla volta. Cambi le coordinate ai sentimenti e vorresti che ti cambiassero, che cambiassi, che arrivasse una notte diversa. Ti appoggi alle spine per farti pungere, ma sono rimasti solo petali secchi, i ricordi. E nemmeno ti pungi più, ti fa quasi paura. E da fuori, il fioraio sulla strada ti bombarda di sciocchezze per convincerti a comprare altri fiori. Ma non ce la fai. Vorresti uno sguardo del terzo tipo addosso, la sorpresa a cui non vorresti rinunciare, per non farla rimanere la più bella cosa mai successa della tua vita.

E se cambi i fiori, non cambi il cuore a cui vorresti regalarli. Puoi mandarli a chiunque, riceverli da chiunque, sapere che lei li riceverà da chiunque e tu da chi ti vorrà. E tu non vorrai. Vorresti salvarti la pelle senza cambiarla di un millimetro. E allora la bruci.

Ma ti accorgi che hai voglia di qualcuno che sappia cosa sei. Che riconosca il tuo arrivo dal tuo fumo e profumo, misto, nero e denso come la tua anima. Poi scavalcare la luna e accendere la luce e intravedere sfumature blu impercettibili sul nero. Capire che la luna ti toglie il mantello e sotto c'è il cuore, a strati da scalare. E forse succede. Succede che per una volta non vincano atti mancati.

Succede di morire felici e contenti. Perché l'eternità non ti interessa, ma deludere il dolore sì. E uno schiaffo a due che ti desti nuovo, con quelle rughe così interessanti da far morire di vita, della tua, due occhi che sanno sempre cosa dirti, la tua colonna sonora muta. I graffi del tempo rendono più luce a un viso e ne abbelliscono i contorni, se si nasce sotto il segno dell'amore. Le cicatrici non le inganni e quelle vere, quelle di chi ha amato davvero, non amano il trucco. Sono orgogliose di farsi mostrare. Il dolore è un silenzioso amante che vorrei tradire senza sensi di colpa con la felicità [...].

Meg si alzò di scatto dal letto. Sentì il terreno mancarle sotto i piedi e vide le sue sicurezze vacillare fino a svanire. Non avrebbe mai voluto ridursi a sentire il bisogno di qualcuno. Solo il non diventare schiava di quel bisogno non l'avrebbe mai resa sola, anzi, l'avrebbe resa invincibile. E invece adesso era alle prese con la sua stucchevole ossessione. Sognava d'incontrare il suo sogno come fosse un *ikigai*, l'unica ragione per la quale sarebbe valsa la pena svegliarsi. Andò in cucina e si versò un calice di rosso. Un Nebbiolo che le scese in gola come una lenta cascata e le annebbiò la mente. Fu tentata di strappare il libro e disfarsene senza pietà. Immaginò anche di lanciarlo dalla finestra. Subito però ci ripensò. Il pensiero che qualcun altro potesse sognare George al suo posto le procurò un attacco di gelosia, allora riprese la sua lettura soltanto un po' meno sobria di prima:

Vorrei baciarti come un giuramento da spergiurare – non accadrà più – e sapere che sarà quest'attesa a far combaciare perfettamente le labbra ancor prima del tempo scelto da noi per noi.

Baciami avida di tutto quello che vuoi sapere di me e a parole non ti dico.

Baciami umida di voglie di mare a divenire spuma, perché il tempo è un tiranno inesorabile, il tempo è atroce carnefice di secondi in attesa di essere consumati dalla carne.

Slacciami respiri, infila la mano nelle mie cose, mentre provi ad addomesticarmi e ti accorgi che non puoi, non sono solito a compromessi e allora ti arrendi a fare la gattina, con le unghie impigliate fra la schiena e il cuore. Baciami sporca di sogni densi, lucidi e incoscienti, baciami piena, dura, scorrevole, come sono le mie mani prensili di vita. Non lasciar morire i miei domani di anoressici respiri, falli mangiare attraverso muscoli di avidità, incidili di buoni amori, lasciami ricordare com'è il tuo odore quando non ci sei.

Inginocchiati sul mio destino che non concede di venire in fretta, non si lascia gestire né gestisce, si prende la testa e l'anima. Per una volta almeno. Quello che dev'essere sarà, l'inevitabile non si siede mai ad aspettare, si ramifica dal centro del cuore sulla planimetria dell'universo. Se faccio il faro tu fai la luna, illuminiamoci attraverso, che aspettarsi è un modo di restare legati nell'universo. Se faccio il faro tu fai la luna, illuminiamoci attraverso, che aspettarsi è un modo di restare legati nel tempo.

Nei nostri corpi vivono tante vite in segreto, non solo una, le scopriamo poco a poco, assaporandoci, studiando i modi, quando siamo insicuri di essere davvero sicuri di noi stessi.

Non voglio più recitare un copione che si ripete, la stessa parte, sempre uguale. Mescolo le mie vite, il corpo resta uno e come una roulette russa gioco a eliminarmi.

Ogni inizio è già iniziato dal dolore, non siamo vergini ai fenomeni dell'amore, ma niente, nemmeno la fortuna, può muoversi sui piedi di chi sta fermo. Per una volta almeno raccontami una favola vera, per una volta almeno, fammi morire di te.

Così siamo il passatempo di sveltine di sentimenti, ci consumiamo in amplessi fugaci e in vite vissute come vengono, cioè insensate, perché ciò che viviamo così come viene è sempre insensato, se il senso non sappiamo darglielo noi. Siamo un controsenso, viviamo controtempo, andiamo contromano, ci mettiamo controvento, ci prendiamo in contropiede. Ma controcuore non possiamo andare.

*No, non è possibile, me lo disse George in sogno!*

Il cuore di Meg ormai batteva all'impazzata. In quel preciso, infinitesimo, microscopico istante aveva messo insieme milioni di parole già ascoltate e capito di colpo che il protagonista del libro di Demian Sinclair era George Cabot.

*Forse per questo, George, hai scelto me? Per dimenticare la donna del libro? Emily Dickinson diceva che è così irritante essere letti come un libro sbagliato quando quello giusto non è a portata di mano.*

# 11
# L'ultimo spiraglio per non andare controcuore

Il mio mestiere? Architetto. Sogni. Ma anche buttafuori. Dell'anima.

Mi piace la gente che ha un chiodo fisso su cui attaccare il cuore e che sale sulla scala dell'infinito, si affaccia alle finestre del cielo per appenderlo senza riserve nella sua vita. E lo dipinge a mano, l'amore, ed è l'unico quadro che gli resta nei paesaggi della memoria. Mi piace la gente che quando fa l'amore si parla fortemente coi respiri e se ne dice così tante di parole che qualcuna rimane fra le lenzuola, sporche d'anima e di orgasmi di stelle, fino a contenere, nell'attesa della prossima volta, anche i silenzi e l'infarto di un'emozione che la rimette al mondo più viva di prima. Amo la gente che scarta i sentimenti come caramelle e li manda giù interi, senza pensare alle conseguenze. Che ride o si uccide, non ha vie di mezzo. E si strozza d'amore, regista indiscussa di ciak di vita, coraggio e memorie. Amo la gente che si ama, che sa amarsi. Ha un vestito migliore, cucito addosso con l'ago dell'anima. E lo regala, senza guardare la misura. Perché l'amore non si prova, si indossa direttamente.

Che ci sia una stupefacente architettura nel disegno di un fantastico destino? O forse dobbiamo essere noi a imparare dalle coincidenze il mestiere di sorprenderci senza perderle? Non lo so, però all'alchimia delle anime io ci credo e continuo a fare il mio mestiere di piccolo cittadino col suo posto nel mondo.

C'è una cosa che la vita non ha la capacità termica di distruggere: il calore del nostro coraggio. Lo stupore inatteso, imprevisto di chi non sa recitare d'amore ma solo improvvisarsi nuovamente protagonista di un'emozione.

Le finestre nei sogni si aprono al contrario. Allora forse dovrei lasciar fare un percorso inverso ai miei sogni. Tu sei il percorso inverso dei miei sogni. O si svegliano o muoiono, non c'è via di mezzo. In ogni modo è un moto circolare che riconduce sempre allo stesso punto. Forse perché dovremmo imparare a salvarci da soli dai sogni di nessuno, o forse perché non è ancora arrivato nessuno davvero a salvarci e a rifarci sognare.

Meg non aveva la testa per leggere quel libro continuativamente. Lo apriva a caso, sbirciando qua e là, come quando si vorrebbe arrivare a tutti i costi alla fine per avere una risposta. Ma in quel caso le sembrava di poter assistere, attraverso quelle righe, alla fine del suo amore. Le frullavano dentro un turbinio di dubbi, fondi, profondi, vicini e distanti, e non si sentiva in grado di prevedere né se stessa né le sue reazioni. Era lì, piegata all'interno di un'immagine svanita. Con il cuore in subbuglio e una girandola di pensieri.

In preda a un sentimento a metà fra il panico e la disperazione, in un gesto di stizza fu ancora tentata di strappare le pagine di quel libro, disillusa da un sentimento probabilmente già morto ancor prima di iniziare. Come ti può mancare quello che non hai mai avuto? E quale medicina avrebbe potuto acquistare, in una farmacia qualunque, in grado di fare una completa pulizia interiore e di rendere quelle pagine bianche, inesistenti, completamente anonime, dimenticate e prive di senso? Nessuna. Dalla mente non si cancella niente. Perciò riprese a leggere, spegnendo la luce, la radio, chiudendo la finestra per evitare di sentire rumori inutili.

Sì, certo, George, il suo George non esisteva, ma chi era Demian Sinclair?

Forse aveva preso ispirazione da qualcuno per il suo libro, forse George avrebbe potuto essere un suo amico, sì, ecco, un amico d'infanzia, il suo più caro amico. L'amico che da sempre aveva invidiato perché puro, profondo e...

D'improvviso Meg aprì gli occhi davanti alla porta della cucina. Era lì, in piedi, e si trovò davanti George. D'istinto ebbe paura, lo chiuse dentro e poi corse fuori casa senza comprendersi. Iniziò a correre veloce per le strade di Torino, voltandosi ogni tanto per guardare se George fosse ancora dietro di lei. A tratti non vedeva più George, ma un uomo sconosciuto. L'immagine del suo viso si sovrapponeva e si mescolava a intermittenza con un altro volto.

Arrivò in piazza Statuto e, guardando l'angelo in cima al monumento, si immobilizzò davanti alle pietre della fontana del Frejus. Ormai sapeva che la fontana accoglieva un accesso alle grotte alchemiche della Torino sotterranea. Lei era in grado di pilotare il suo sogno. Si voltò. George era lì, a pochi passi di distanza. Il suo volto era nitido e rassicurante. Allora pensò di aver soltanto immaginato il viso di un altro. Lui l'aveva inseguita e lei era fuggita senza capire da cosa volesse realmente allontanarsi. Provò a dare un senso logico al suo comportamento, ma non ci riuscì. Le sue gambe avevano corso senza fermarsi, quasi non fosse lei la responsabile della sua scelta.

«Da chi sto scappando, George, e perché?»

«Da te stessa, Meg. Perché non puoi difenderti da ciò che non conosci, e tu l'amore non lo conosci.»

«Mi ferisci, così...»

«Compatire non serve a guarire, non credi? Tu meriti una vita che non si basi solo ed esclusivamente sul dolore, ma dovrai arrivarci da sola.»

Meg e George si guardarono. Lui la fissò con gli occhi quasi affamati e lei si sentì costretta a difendersi dal morso feroce di quello sguardo. Era un morso anoressico, eppure la sbranava. Forse non era di George, ma il suo.

Il tempo che precedeva il risveglio le generò una profonda angoscia, lunga quanto un addio.

Si svegliò trafitta dalla confusione. Dentro di sé era già ben scritto che i sogni a volte sono proiezioni delle nostre paure. Sono proprio le nostre relazioni a far riemergere le nostre ferite, come se sotto il cuore proteggessimo un immenso iceberg. Lì dentro c'è il nostro subconscio, in attesa di collaborare con la nostra mente cosciente.

Tanto più le sembrava di essere vicina a una soluzione, tanto più inconsciamente manteneva invalicabili i suoi limiti. Riprese in mano il libro, sfiorò le pagine. Pochi attimi di sonno le erano bastati a capire quanto fosse distante il tempo scandito dal tempo sognato. Il contatto con la copertina voleva svelarle che fino a quel momento aveva solo provato a capovolgere la sua realtà. Ora che forse voleva raddrizzarla e tirare il filo per venire a capo della sua storia, il suo sogno probabilmente avrebbe smesso di fingersi inesauribile.

Riprese il libro e continuò a leggere:

> La serenità non s'invidia, si conquista con il coraggio di spogliarsi dalle abitudini nocive. È un lavoro duro. Abbiamo un imprinting sentimentale che ci serra a doppia mandata le emozioni, le incanala in sovrastrutture rigide. Ma i veri sentimenti sono venti che ti travolgono l'aria spostandola, non li vedi ma li senti. Il vento, il vero vento, ti soffia dentro anche quando non c'è più un filo d'aria.

Ma perché illudersi, George non esisteva, George era semplicemente il personaggio del libro *Blue Moon*. Leggeva una dopo l'altra le frasi che le aveva sussurrato nei sogni, perché George non era altro che il protagonista di quel fottutissimo romanzo. Avrebbe voluto farsi svelare quel segreto dolcissimo e inquietante, ma da quella notte smise di sognarlo. Smise di sognarlo per sempre. Forse i segreti, una volta svelati, non hanno più senso e si stancano di farsi desiderare. E in quel momento svaniscono, in quel momento si perdono. Ma assurdamente Meg leggeva nel libro anche alcuni suoi pensieri, quelli che George avrebbe potuto ascoltare solo dalle sue labbra.

Il suo pensiero scomparve per un attimo dentro a un sospiro inquieto. Seguì quel sospiro, quasi fosse la mappa in grado di riportarla alla sua adolescenza, al momento in cui si era ritrovata di colpo già cresciuta e costretta ad accettare un'assenza non scelta, una perdita imposta da altri. Disubbidiva all'amore, come quando da ragazzina usciva di casa con i capelli bagnati perché non aveva voglia di perdere tempo. L'umidità con la quale sfidava il mondo però le era rimasta dentro. L'inutilità del bene le si era insinuata dentro come muffa. Non era mai riuscita davvero a liberarsene. Così aveva trasformato in rabbia il suo dolore. La metamorfosi era ormai completa, perfettamente riuscita e perlomeno fino a quel momento irreversibile.

Ogni presenza diventa scontata, mentre le assenze sono altezzose e sofisticate, sempre vincenti agli occhi di tutti. Questa era la verità. Suo padre l'aveva abbandonata e lei avrebbe abbandonato il mondo. Tutto qua.

*So quanto è assurdo amare chi non sa amare e soprattutto quant'è dura amare chi non vuole amore. Questa frase la dissi a Meli tanto tempo fa, perché io sono così. Io non voglio amore, non l'ho mai voluto. Non m'interessa. L'ho sempre trovato un obiettivo triste. Non ricordo neppure il contesto in cui le dissi questa frase e la ridissi a George, mentre eravamo come due pazzi inondati da un'esplosione di follia sulla ruota di Londra. Com'è possibile trovarla in questo libro? Ma perché? Perché non esisti, perché? Devo assolutamente capire chi è riuscito a descrivere un uomo talmente meraviglioso da renderlo il mio sogno. Volevo farne un progetto sensazionale.*

In quel preciso istante Meg decise che solo Demian avrebbe potuto sciogliere quel nodo. Voleva conoscerlo, aiutarlo, magari fare qualcosa per svegliarlo e parlargli. Almeno un tentativo per capire. Era l'ultimo spiraglio per venire a capo della sua bizzarra avventura.

# 12

# Siamo giocattoli nelle mani della memoria

Meg partì per Londra e dopo un po' di ricerche arrivò all'ospedale dov'era ricoverato Demian. Appena lo vide, immobile, disteso sul letto con il respiratore attaccato, le palpebre serrate, le sembrò confermata l'idea d'aver inseguito un amore artificiale. Lo fissò a lungo, soprattutto per l'incredibile differenza fisica fra lui e il suo sogno, trasformato nel suo incubo peggiore. Lo immaginò come se fosse stato sempre solo, sempre lì, con la sua barba non fatta, con la sua voce assente che urlava tutta la sua incapacità di chiedere aiuto.

Decise che avrebbe completato la lettura del libro lì con lui, magari a voce alta. Non aveva mai creduto molto nella possibilità di un risveglio miracoloso. Ma in fondo tentare non avrebbe potuto peggiorare le cose. Quelle pagine erano diventate già ricordi. Ricordi avvolti dalle braccia di nessuno. Si affacciò alla finestra e vide altre persone che come lei, nello stesso istante, erano affacciate, forse per prendere la stessa sua boccata di speranza e sbarazzarsi un attimo dell'aria rarefatta della disperazione.

Iniziò la lettura, aprendo come al solito una pagina caso:

> Preferirei lo sporco al bucato controvoglia. Le centrifughe di mancanze tanto mi lavano solo in superficie.
>
> Chi dosa i sentimenti in superficie, di sapone ne mette sempre troppo poco.
>
> E sai di cosa ho veramente paura?

Di finire come te, nella tua lavatrice. Con quel tuo misurino avvilente.

Con il tuo dosatore d'amore a mezzo carico.

Calore umano sotto zero. Infeltrito.

Sai che c'è, amore mio? Da oggi spingo "stop", mi lavo a mano.

Non sarò di cashmere ma ci tengo alla morbidezza sulla pelle.

Spendo qualcosa in più di te, per un flacone che non inquini l'ambiente e soprattutto che non sia misurabile.

E sono molto più fresco di prima.

Mi stendo al sole, senti che bel vento.

Perché d'amore si vive.

Perché ci si lava e ci si sporca d'amore, ma l'amore è un capo delicato. Bisogna scegliere la giusta temperatura del cuore.

Leggendo quelle parole le bussava la coscienza. Era più che logico che Demian non avesse potuto scrivere nulla per lei, eppure si sentiva nuda, forse per la prima volta, dinanzi a un uomo nemmeno in grado di darle le risposte che avrebbe voluto.

Ti sto chiedendo "Amami".

Ti sto chiedendo "Arrampicati sulle mie parole verticali, lanciandoti, imparando a indossare anche il paracadute dei miei silenzi".

Ti sto chiedendo "Amami". Che quando avremo le vertigini faremo attenzione a non guardare giù, per volare ancora e per ridarci le radici, che il posto non è il luogo, il luogo è l'amore ed è in ogni dove. L'amore è un luogo vero e proprio che racchiude tutti i nostri altri luoghi interiori, è un modo di abitare la vita. Ed è l'ogni "dove" fondamentale attorno a cui ruota l'intero viaggio dell'esistenza.

Ti sto chiedendo "Amami". Non restare sulla porta e non lasciarmi sulle scale, affidati all'equilibrio che i tuoi piedi già conoscono, è solo il primo passo ad aver tanta paura.

Ti sto chiedendo "Amami", non vorrai aggrapparti a fughe infinite, indossare museruole emotive per mascherare la voglia di mordere la felicità.

Ti sto chiedendo "Ascoltami", chi si ama riceve in dono la

fortuna dell'ubiquità e potrai sentirmi ovunque. Ti abbraccio e sento l'anima come nelle conchiglie, sarai marea.

Ti sto chiedendo "Rompi la monotona armonia delle paralisi planetarie e ricomponila di passi, di presenze, anche da lontano per creare l'infinito, duri pure quel che sia".

Trasformami nell'uomo che vedi, perché sai che esiste, ha solo bisogno di completare il mosaico di domani con la cheratina dei fili sottilissimi dei tuoi capelli.

Ti sto chiedendo "Inarcami la schiena con le mani, sollevami e mentre attorno tutto dorme tu svegliami e chiedimi: 'Vuoi ballare con me in mezzo alla stanza?'".

Sorprendimi non con regali, non con l'Australia, ma con il tatuaggio di un sogno sulla parte sinistra del cuore, un ottovolante infinito, per poter viaggiare senza bisogno di agenzie di viaggi, di navigatori, di programmi precisi. Essenze e presenze, io, tu e il caos.

Non sei venuta a far la coda, sei venuta a percorrermi, senza barriere, senza caselli.

Ti sto chiedendo "Amami, cementa una sedia al centro dell'amore, sediamoci a incastro sull'orlo di un desiderio, e se dondola basterà un origami di carta a far da fermo per un volo migliore".

Ti sto chiedendo "Amami", che se per molti è un vanto quel che danno di sé, il mio vanto sarà in quel che tu sei e sarai per me.

Ti sto dicendo "Guardati", la tua foto mi sorride e mi sussurra che avresti la faccia di una che potrebbe essere felice, tu non sei mai così bella come quando guardi me.

Ti sto dicendo "Amami e bruciami" fino a far diventare il mio incendio cenere, spegnendolo con il tuo corpo, una candela liquida mentre mi lecchi con la mente le delizie del desiderio.

Ti sto chiedendo "Amami", rideremo delle insolazioni, delle insoluzioni dei nostri problemi irrisolti, gremiti, affollati in una piccola zona d'ombra, per ritornare a cibarci del sole.

Ti sto chiedendo "Amami", iniziami al secondo tempo del film della mia vita, antagonista dei miei ciak, dei miei tempi morti e sperpera con me l'impossibile per restare povera di luna, per sverginare gli angeli della perfezione, per smettere le ali e camminare a piedi, sfiniti, sorridenti, con qualche ruga in più, più belli anche per questo.

Ti sto chiedendo "Amami", al parco dei pensieri, con il giornale in mano della condivisione, a passeggiare l'erba della serenità, senza cogliere i fiori, soltanto le occasioni, i sospiri del vento. Senza indossare maschere né di bellezza né di cera, a sfumarci il viso solo di sensazioni e fra i cortocircuiti dei miei errori, elettricista del perdono, illuminami con le tue diversità, senza voler ragione e senza darne, che le carezze sono irragionevoli, sono prose e poesie mescolate al quadrato.

Ti sto chiedendo "Amami", ti sto chiedendo senza chiederti, perché se mi ami già lo sai e l'emozione è sfrontata, ma mai pretenziosa. E allora arrivami nella mia vita precedente a dare precedenza al pathos, a scoprirmi romantico senza farmi ammalare di gelosia, nella protezione e nella dolcezza, che sono petali della stessa rosa. Sii la mia rosa. Non ti coglierò.

«Infermiera, se non sono troppo indiscreta, vorrei chiederle se Demian ha lasciato scritto qualcosa prima dell'incidente e se ci sono possibilità che si svegli. Non sono una parente e in realtà non sono nemmeno una sua amica. Diciamo che sono stata molto intima di una persona a lui molto cara, ecco, per semplificarle la storia. Non è curiosità morbosa, avrei davvero bisogno che si salvasse. È l'unica persona in grado di risolvere una questione molto delicata che mi sta a cuore.»

«Signorina, l'unica cosa che abbiamo ritrovato è un libro, un'altra copia dello stesso che lei tiene in mano, mi sembra. Credo ci fosse dentro una dedica. È lì nel cassetto, lo prenda, se crede. Lo abbiamo lasciato lì apposta. Il signor Sinclair sembra non avere parenti. Nessuno è accorso subito dopo il suo incidente. È inglese, ma non è di Londra. Per ora non ha mostrato nessuna reazione agli stimoli esterni. Sulla base delle possibilità di recupero, valutiamo lo stato vegetativo permanente dopo dodici mesi dall'evento traumatico. Sono circa tre settimane che si trova in questo stato. Ma riguardo alle possibilità di salvezza, in queste circostanze non si sa mai. Mi chiami pure se ha bisogno, sarò in servizio per tutta la notte.»

Meg prese il libro, con i polpastrelli accarezzò la copertina, dopo un attimo di titubanza lo aprì. Vide per la prima volta la calligrafia di Demian in una dedica blu, sul bianco della prima pagina. La dedica era così lunga da continuare sulle pagine bianche alla fine del libro.

*Mia cara, ti ho sempre detto che sarebbe bello se continuassimo a scrivere lettere a mano. C'è una diversa intimità nel leggere qualcosa scritto dalla nostra calligrafia. C'è una parte del nostro* DNA *che si allontana per fondersi con quello di un'altra persona. Quando mi affido all'incoscienza dei sogni mi sento più responsabile, perché riesco ancora a visualizzare certe magie troppo leggere per esser viste da chi vuol toccare quello a cui non crede. Non bisogna mai sottovalutare gli effetti collaterali dei sogni.*

*È pericoloso sporgersi dai piani alti di un sentimento. Siamo giocattoli nelle mani della memoria e il nostro cuore se cade non si riaggiusta più. Forse i sogni sono sempre sogni e non dovrei toccare nulla. Ma sono un bambino. Mi arrampico per volare.*

*Ho visto milioni di visi svanire nel niente, milioni di vite in arrivo e immediate partenze ingiustificate. Sadiche promesse schiantarsi contro muri di gomma e la lenta dissolvenza del calore nel momento in cui il freddo punge le ossa. Ma anche l'amore che scagiona dalle attese. E mi accorgo che per questo sono al mondo. Per essere pelle della stessa misura dei sogni.*

*Mi hanno detto che non bisogna mostrare il cuore, altrimenti qualcuno lo asporterà come un trofeo da esibire in una teca, su un mobile stracolmo di cimeli di guerra. Mi hanno detto una bugia.*

*Il mio cuore sta sempre al suo posto. Non è invadente, ma tenerlo fermo non mi è mai piaciuto. Considerando che la nostra carica non è infinita, a un certo punto dovrò comunque arrendermi, prima o poi. Sì, ma non ora, non ancora. Il brutto è quando il sangue ti si coagula nel petto prima del tempo, non quando ti sei ricucito le vene con l'ago dell'anima. Il respiro a singhiozzi non m'interessa, voglio farne uno puro, da intossicarmi la mente se c'è smog in terra o fuliggine nel cielo.*

*Brindo ai posti dove non siamo stati, all'esigenza di viversi senza dosi precise di tempo, strategie di sorta, manipolazioni del cuore, tattiche a renderci vittime e carnefici, intercambiabili. Mi spiace, ma io non ho un telecomando per i sentimenti.*

*Se ci sono, li mostro, e soffiano cielo, se si spengono precipitano d'improvviso nei ghiacciai dell'inferno, se li vivo sono il mio purgatorio più vero, estremo. Il mio cuore non sintetizza i sentimenti come il fegato fa con l'alcol. Se potessimo vedere il nostro fegato alle prese con lo smaltimento dei rifiuti, capiremmo che anche il cuore si rifiuta di appartenere alle sintetizzazioni. Epatiche emozioni che fanno girare la testa e tutti i dettagli degli occhi in una sbornia di sogni. Mi rifletto. Non voglio vivere per qualcuno che sia solo me stesso. Voglio sentire gli uccellini cinguettare nei polmoni al suono di un respiro, e se la mano è giusta loro non avranno paura di appoggiarsi. Sanno che non verranno messi in gabbia o strangolati, sanno che verranno nutriti con un impasto di anima e sogni. E gli verrà il singhiozzo, ingoiando un sospiro di paradiso. E se poi dovrò soffrire, benvenuto dolore maledetto. Vorrà dire aver riprovato quel semplicissimo gusto di dire a una donna: "Mi piaci e vorrei uscire con te". Vogliamo dare troppo spesso un tempo alla durata dell'amore, cerchiamo di quantificarlo. L'amore per me dura il tempo che deve durare, ma per farlo durare penso che si debba imparare a rendersi e considerarsi unici. E riconoscere che è quella persona che vuoi, e la difenderesti sempre come prima cosa. Lei è ciò che resta sulla Torre con te.*

*E allora non spergiurare la parola "sempre", prometti la parola "ora" e rinnovala ogni giorno.*

«Che strana scrittura che hai, Demian, e chissà per chi era questa dedica. Chissà a chi era destinato questo libro. Questa frase, tu non lo sai, ma tramite te mi è stata detta in sogno. Chissà se puoi sentirmi. Chissà che penseresti di me.»

Con dentro un miscuglio di ansie e incertezze continuò a muovere gli occhi sulle righe:

> Il libro della vita non è un destino scritto di per sé, è l'insieme di due calligrafie che si fondono volontariamente, e i sogni non stanno nei cassetti. Sono liberi, i sogni. Tante volte fuggiamo da noi stessi per scrivere altrove e quando ci fermiamo siamo uguali a prima.
>
> Solo un po' più stanchi. Stanchi di futuro astratto.

Stanchi di passato sulla strada. Stanchi di presente incastrato fra due proiettili da estrarre ancora.

Perché dovremmo solo imparare a darci una direzione.

La corsa da sola non mette punteggiatura alla vita.

Sarebbe bello non capirlo alla fine.

Meg saltò con un'irrefrenabile compulsione alla fine, sfogliando in rapida sequenza le pagine visibilmente consumate.

Per te che non so chi sei. Forse tu sei nata nella parte buona del mondo e io sono nato in quella cattiva, e per questo non ci siamo ancora incontrati. Ma noi siamo al mondo per questo, per le cose buone e per quelle cattive, per comprendere il leggero passaggio delle nostre piccole grandi anime su questo pianeta.

Io un ossimoro vivente, fra il desiderio e la negazione, da un pezzo ho scoperto che, sia che tu sia colpevole sia che tu sia innocente, quando vai via dalla vita di qualcuno in preda alla tua confusione mentale, a torto o ragione che sia, scopri che fai del male prima di tutto a te stesso e alla tua vita, oltre che a chi stai lasciando senza spiegazioni sulla porta.

Oggi ho sbagliato strada, sono finito nel mondo parallelo dell'anima.

Cercavo uno sguardo del terzo tipo addosso.

Come ritrovarsi in un altro mondo senza volerlo, senza saperlo. Magari la strada del ritorno puoi indicarmela tu. Portami via da tutte le cose che non sono te, tanto non posso arrivarci senza. Sono stato capace di provare a svuotare il mare dal sale con un secchiello bucato, per lei, ma non ho mai sentito il desiderio di tuffarmi nel mare offerto da chi non misurava l'amore col secchiello. Voglio sperare che cambierà. La speranza nuda e cruda, senza troppi lustrini, quella che non si siede nei salottini chic, quella da osteria, dovremmo sempre invitarla a cena. È con lei che incontriamo qualcuno o qualcosa. Ti ho pensato d'improvviso, anche se non mi stai cercando, anche se forse ancora non ti conosco, anche se non so chi sei. Se avessi saputo chi sei ti avrei telefonato per dirti: "Sono felice, mi sono perso".

So che non sei più lei, questo sì. Mi sembra un bel passo avanti nel labirinto di rose della mia anima. Ché nell'aria stranamente c'era odore di bucato, l'odore di quelle lenzuola che si scambiano impressioni sulle notti passate. E tutto intorno girasoli sfrontati.

E lo sai, non lo so se ho più paura di cambiare o di non cambiare più.

E lo sai, non lo so se ho più paura di innamorarmi ancora o di non innamorarmi più.

Ci sono persone che non restano nemmeno se le lasci andare, tradiscono i luoghi comuni a cui ingenuamente ci aggrappiamo per coltivare inutili speranze già morte, senza più radici.

Ti invito a restare, anche se non sei mai arrivata.

Ti invito a cambiarmi la pelle, lasciandomi la stessa, perché solo così si può scegliere di cambiare davvero.

C'è un tempo per tutto, ma se non vieni inventati una cattiva scusa, così per stanarti verrò a prenderti io.

Per il troppo amore si ama male, a volte. Da ogni balcone per farci perdonare si dovrebbe poter mettere una cannuccia nella luna e bersi il suo cocktail di desideri estremi. Saprebbe un po' di Sex on the Beach il cocktail della luna? Non ti senti un po' meglio mentre gocciola il respiro dal bicchiere del cuore? Amo il silenzio che mi fai dentro, quando desidero dormire per svegliarti e riconoscerti.

Lascia pure lottare i tuoi giorni e le tue notti. Stremati, dovranno arrendersi. Riprenderanno a fare l'amore, perché c'è bisogno di entrambi per dare vita al tempo.

Riportami a casa. Chi porta con sé un pezzetto di cielo non perde mai la strada, non è mai del tutto al buio. Io un pezzetto ce l'ho, sembra stia nella parte buona del mondo. Sembra voler diventare una piccola storia.

Ti aspetto nudo. Non servono i vestiti per sentirsi coperti dal calore di una gioia improvvisa.

«Sei finito davvero nel mondo parallelo dell'anima, Demian.»

Meg parlò a voce alta con parole in bilico, scucite dalle labbra, cadute sul riflesso di un uomo in quel momento irraggiungibile, ma che appena un po' dietro la coscienza custodiva sicuramente intatta l'impronta del suo sogno. Lei si era sempre affidata all'istinto, come un animale ferito. Quando la vita si faceva troppo dolorosa, per difendersi si dava alla fuga, prima che qualcuno l'azzannasse ancora, prima che qualcuno le sbranasse quei pochi lembi di pelle rimasti intatti. Ora un impulso incontrollabile l'aveva condotta proprio da Demian e, piuttosto che spingerla via, la intrappolava nell'urgenza della sua stessa curiosità.

Chiuse gli occhi sulla sedia accanto a lui. Con il cuore nudo, nell'immobilità del buio assoluto che circondava la stanza, sperò di sovvertire quel gelo asettico, di cancellare l'odore di alcol pungente che proveniva da ogni angolo intorno a lei.

Doveva essere stato davvero infelice, Demian. Ora giaceva inerme in un luogo in cui un bisturi era in grado di eseguire incisioni precise, ma purtroppo non poteva recidere il mal di vivere. Pregò con tutta se stessa che il suo desiderio si avverasse. Si concentrò così tanto da perdere le forze e abbandonare lì intorno tutta la sua energia. La testa si appoggiò sul vertice del suo sogno. Lo lasciò vincere e si addormentò.

13

# Incanto per disincantati

«Demian, Demian, chissà se mi senti. Sai, prima che iniziassi a sognare il tuo George, mi dicevo di non essere in grado di cambiarmi la voce. Non so perché, ma non mi è mai piaciuta un granché. Eppure spero che possa essere utile stavolta, perlomeno perché vorrei tanto parlarti e farti alcune domande. Sì, forse sono una donna egoista, d'altronde mi è stato detto spesso dagli uomini della mia vita. Che poi definirli "uomini della mia vita" è dire troppo, visto che scappo sempre, sono sempre fuggita. Forse è giunto il momento che ti racconti io qualcosa di me. Sono un po' arrabbiata con te, ma in realtà sono più arrabbiata con me stessa, per aver alimentato una follia.

Non so in che stato di coscienza ti trovi. Coscienza. Che parola strana. Quando mi affido all'incoscienza dei sogni mi sento più responsabile, lo so, so che lo sai anche tu. È un pensiero comune. Chissà se adesso stai sognando, orgogliosamente, dentro un mondo parallelo come quelli che io stessa ho attraversato. Sai che alle volte una parola la ripeto così tante volte, come fosse una trottola che gira, gira e gira ancora che mi sembra quasi perda il suo significato? Ti capitava mai, Demian? A te che giochi con le parole? Anch'io ci gioco, sai? Io sono italiana, non inglese. Forse potresti anche ridere del mio accento, se ti svegliassi. Sarebbe già qualcosa.

Eppure chi lo sa, oggi penso che l'incoscienza dei sogni debba fidanzarsi con il coraggio delle scelte terrene. In modo diverso da te, anch'io sono un ossimoro vivente. Tornerò tutti i giorni a trovarti. Chissà se ti darebbe gioia o se la prenderesti come una minaccia. Tanto per ora non puoi dirmelo. Ti toccherà sopportarmi per forza. In questo momento mi è più facile restare qui con te piuttosto che fare finta di niente e andarmene per sempre. Va bene, ora basta. Continuo a leggerti il tuo libro.»

Affondare su un divanetto, i piedi sul tavolino e un cocktail che suda dal bicchiere. E contare le sigarette dentro un pacchetto nero come fossero giorni, senza sapere quanti e come passeranno per abbracciare il suo cuore che è via, verso nord. Attorno solo gente che si diverte, che non si guarda dentro più di tanto e che sorride solo quando ne ha voglia, forse solo se beve. Cosce sottili, trucco sfacciato e schiene nude. E nella musica assordante immaginare lei. Lei bellissima quando ride e anche quando piange.

Lei e i suoi occhi silenziosi, due piccole gocce che vivono in segreto nel mio sguardo, due piccole gocce in grado di annegarmi e ridestarmi l'anima. Lei e le sue piccole orecchie, lei e la sua piccola voglia di fragola sopra il sopracciglio sinistro, dove passano le coincidenze di tutte le linee della mia mano. Lei che mi ha frugato dentro e che ha messo ordine nel cuore e nella casa senza toccare niente. Lei che avrebbe detto che non esiste un posto più triste di una discoteca. Conoscere gente e sapere che non ricorderò mai i loro nomi e non capire più la differenza tra lo scrittore e il suo personaggio e soprattutto sentire di non andare bene per qualcuno, ma sapere di avere una vita intera per poter cambiare e riconoscere di volerlo fare. Per sé, ancor prima che per quel qualcun altro. Potrebbe essere la soluzione a buona parte dei problemi irrisolti.

Meg si toccò la fronte poco sopra il sopracciglio sinistro, dove, nascosta dal trucco, c'era quella piccolissima voglia di fragola che aveva sempre considerato un po' buffa e che cercava sempre di coprire in tutti i modi.

«Dire che non ci capisco più niente, Demian, è dir poco.

Ogni tanto sembri aver descritto me. Ti prego, svegliati. Farei qualsiasi cosa perché ti svegliassi!»

C'è un'élite che amo ancora frequentare. Quella che non compra le sue scelte con carte prepagate, tra "ti amo" tossici che tolgono il respiro. Il mondo è fatto di merda e meraviglia, non ci sono dubbi. Sta a noi scegliere di quale delle due cose terremo esempio e memoria. Il paradiso è soltanto un sostantivo, per renderlo vivo dobbiamo fissarlo nell'anima. Non basta cercarsi dentro ai sogni che non sanno finire, la realtà è un'altra cosa.

Le notti d'amore non smettono di attendere l'alba nemmeno quando si ubriacano di punti di domanda. Perché a volte bisogna proprio scoparsi il cervello per uscire indenni dall'emozione che scarti e ti ingoi senza pensare. E con il cuore ubriaco correre all'impazzata senza il timore di schiantarti, perché te ne scordi dei freni, se ami. E c'è chi è bravo a giocare al non-gioco dell'amore mentre altri non ne imparano mai le regole. Credono di vincere e invece perdono.

La vita è un aldilà di smarrimenti e confusioni, ma al di qua chi ama non si fa mai comodamente i suoi comodi.

Appar_tenersi. La lune - liəlos əl. Fino a che punto una semplice linea di confine divide inesorabilmente un "di qua" e un "di là"?

«È incredibile ritrovare nel tuo libro alcune frasi che mi ha detto George. Devo ancora abituarmi all'idea che quest'uomo non esista, che sia la proiezione di ciò che probabilmente avresti voluto essere e non sei mai stato.

Associo il tuo sguardo a una sorta di maledizione, c'è come un polo diamagnetico che mi allontana dalle tue corde. Però vorrei tanto che ti svegliassi, vorrei tanto parlarti, capire, conoscerti, sapere. Sì, sto diventando noiosa e tanto ripetitiva, ma tornarmene a Torino lasciandoti qui così, non so, mi mette addosso una sensazione di freddo triste. Hai mai associato le condizioni climatiche di un evento alla felicità? Chissà, forse dovrei leggermi anche i tuoi due libri precedenti per rendermi conto un po' meglio di chi sei. Possibile che nessuno venga mai a trovarti? Sei davvero così solo?»

In quella città sconosciuta era libera di essere chi voleva essere, di riconoscere i draghi che le vivevano dentro per poi sconfiggerli, lasciarli per strada senza il rischio che la seguissero ancora.

Iniziò a telefonare alle librerie per sapere se avessero gli altri due romanzi di Demian. Quando le rispose la libraia della Libreria Bookshop, si sentì sollevata. Avevano uno dei due libri di Demian. Finalmente un itinerario che guidasse la speranza. 65 Hanbury. Chiudevano alle diciotto. Doveva sbrigarsi.

Non appena arrivò, l'accolsero delle tenui luci gialle in uno spazio di legno color miele. Si addentrò tra le file e file di scaffalature e si accorse che l'uso intelligente degli specchi estendeva lo spazio, facendolo sembrare quasi magico. Delle piccole nicchie rassicuranti erano state trasformate in graziosi angoli di lettura. Proprio il luogo ideale per nascondersi a leggere disperdendo le ansie. Si sentì così tanto al sicuro che per un attimo immaginò di poter vivere lì dentro e non uscire più.

«Mi scusi» si rivolse alla libraia che le sorrise in modo gentile. «Ho chiamato prima. Sto cercando i romanzi di Demian Sinclair... E comunque complimenti, è davvero un posto accogliente, rasserena davvero stare qui.»

«Grazie infinite. Facciamo del nostro meglio. L'ispirazione per Libreria ci è arrivata dalle parole dell'autore argentino Jorge Luis Borges: "Ho sempre immaginato che il paradiso fosse una specie di biblioteca". E noi abbiamo cercato di replicare il suo concetto. Comunque sì, ricordo, ha parlato con me. Ho un solo volume, *Never against the heart*.»

«Eh già, dovevo aspettarmelo. "Controcuore non possiamo andare."»

«Come dice, mi scusi?»

«Mi scusi lei, ho fatto una considerazione a voce alta. Lo ha mai visto, Demian?»

«Certo che sì. Abitava qui vicino e veniva spesso a fare visita alla libreria. È un tipo gentile, molto schivo e silenzioso. Un uomo timido, direi. So che purtroppo è finito in coma e che i giornali hanno iniziato a dare valore alla sua scrittura solo adesso. Non l'ho mai visto entrare con nessuno in libreria. Abitava da solo e ha avuto un'infanzia piuttosto infelice. Una volta mi disse una cosa che mi è rimasta impressa: "È triste avere una casa e non avere nessuno da invitare, non trova?". Può trovarlo nella sezione "Incanto per disincantati".»

«Non ci credo! Avete una sezione che si chiama "Incanto per disincantati"?»

«Le sezioni comuni ormai sono piuttosto banali, non crede?»

«Già! E in quanto a disincanto ne ho conosciuto molto anch'io. Magari mi farà bene.»

«Essere custodi del bene è un privilegio. Se ci pensa, quand'è che un libro ha valore? Non quando qualcuno decide di scriverlo, ma quando il libro stesso ha il desiderio di essere scritto. Spero che troverà quel che cerca.»

Meg comprò il libro e lo strinse a sé, come se fosse un oggetto animato. Lo annusò e immaginò pagine di rinascita. Pensò a un albero tagliato a metà che può svelarti con i cerchi i suoi anni, e il dolore che esso stesso contiene.

Tornò in ospedale e cercò l'infermiera che di solito la lasciava intrufolare nel reparto senza fare troppe storie. Si preparò per ritornare dentro. Entrò in quel vuoto freddo che riempiva la stanza e il rumore dei suoi passi si fermò davanti al letto di Demian. Tirò fuori dalla borsa un campioncino di profumo che custodiva nella tasca interna. Era sempre rimasto lì, probabilmente da mesi. Ne spruzzò quasi una lacrima nell'aria.

«Senti che buon profumo, Demian? Sono tornata.» Lo osservò da vicino in penombra, sembrava un uccellino indifeso con le ossa rotte. Pensò che il profumo potesse servire. Non poteva sapere se lui fosse riuscito a sentirlo, ma magari un miracolo glielo avrebbe fatto associare alla sua presenza e un piccolo gesto avrebbe smorzato per un po' la sua vecchia solitudine.

Infaticabile riprese a leggere per lui, per lei, per la salvezza di loro due.

Questo libro è un testamento vivente e spero che qualcuno venga a cercarmi prima della fine.

Scrivere è un po' come regalarsi l'immortalità ancor prima di andarsene altrove. Che tu ci creda o no, in un paradiso perfetto o artificiale, che tu vi giunga o meno non è rilevante.

Chissà perché, ho sempre avuto timore dell'amore romantico. Non volevo farmi sorprendere, forse nel dubbio di essere incapace di restare fedele a una sola donna, a una sola idea, a una sola vita. Forse non ci sono mai riuscito, perché non sono mai stato fedele a me stesso ancor prima che esserlo alla stessa donna, alla stessa idea, alla stessa mia vita. L'ho tradita, deturpata, macchiata di crimini contro me stesso. Mi sono architettato attentati alla gioia. Perché l'amore è soltanto così: se è un po' meno di troppo già non basta.

Questo è un tentativo di parlarti di me, chiunque tu sia. Questo è il mio messaggio nella bottiglia per la salvezza dei sensi. Se morirò, vorrei rinascere con te. L'amore muore dove non c'è costanza. L'amore si spoglia di se stesso se non è curato, nutrito, ascoltato. È un bambino che ha bisogno di attenzioni, di cure e premure. Io forse non ho amato mai, o forse nessuno mi ha amato mai abbastanza da farmi sentire degno d'amore. Ma sono un sognatore. Noi bambini non abbiamo altra scelta che invecchiare così, grandi sognatori.

Meg in quel momento si sentì un po' l'alter ego di Demian. Leggere quelle parole era come guardarsi allo specchio e vedere riflesso un uomo inerme, alimentato da un mix di sale e destrosio, con una voglia di vita probabilmente spenta dalla sfortuna. E la sua, di vita, dov'era adesso? Ora che si crogiolava nel desiderio struggente di svegliare uno sconosciuto, con l'indulgenza che non aveva mai avuto. Ora che si accaniva per riempire delle scatole vuote senza sapere precisamente con cosa, con quali dettagli, con quale nostalgia. C'era anche la sua vita lì davanti, la cura al disincanto e il morbo dell'incompletezza. Il desiderio e la negazione. La felicità col suo dolore dentro. In quella stanza c'era l'odore asettico di un'aria senza amore, ma anche il silenzio che ha in sé il rumore della speranza.

L'uomo che non deve chiedere mai, in realtà, ha perso la

voce. La donna che non distingue i complimenti dal vero interesse ha perso la bellezza. La bellezza ha per forza una voce, quella del coraggio.

C'è chi pensa che siamo in viaggio verso la felicità. Per me i viaggi conducono alla consapevolezza di quel che vogliamo. Qualsiasi cosa decidi di essere, sii il prodotto del tuo amore. Il diritto a essere davvero noi stessi è la meta che ci guadagniamo attraverso quel viaggio. Tutta la vita è un viaggio verso e dentro noi stessi. E la felicità sta tutta nelle gambe del nostro coraggio.

Voglio una donna bella davvero, di una bellezza inarrivabile nemmeno per chi usa la bellezza per mestiere, perché negli occhi avrà il sorriso di chi sfida la vita con l'umiltà di vincerne unicamente il dolore. E lo farà e saprà farlo al di là di me, ma restando con me darà una luce diversa anche ai miei occhi e sarò più bello anch'io, sarò migliore, e lei sarà Miss Anima nel mio mondo. Io non sono immortale, la mia anima forse non lo è, ma se anche si chiamasse "coscienza", se anche si chiamasse "lampo di infinitesima luce interiore", riuscirò a scorgermi immortale negli occhi e nel sorriso di una donna che avrà dentro l'immensità.

La sua giornata trascorse in fretta. La mattina successiva Meg si svegliò presto e non riuscì più a riprendere sonno. Uscì poco dopo l'alba per una passeggiata e si ritrovò vicino a una fontana, a Russell Square. Tutta la piazza era sistemata a giardino, con sentieri che costruivano geometrie. Si accorse di una quercia giovane. Si avvicinò. Ai suoi piedi c'era una targa commemorativa, in ricordo delle vittime degli attentati avvenuti nella metropolitana di Londra. Le ritornò in mente la terra desolata di Eliot proprio in quella piazza, la piazza in cui lui stesso aveva lavorato per quasi quarant'anni al numero venticinque. Le sembrò una profezia di quei giorni, e di infiniti giorni di memorie inconsce che accomunano le sofferenze degli uomini. Memorie che fingono di ignorarci per salvarci, che provano a occultare il dolore dell'assenza, in realtà solo in apparenza. Si accorse che la terra desolata non è altro che la nostra mente, una terra guasta per certi versi, ma non sempre in modo prettamente visibile, e così nessuno può comprendere i messaggi che lancia, le sopite richieste d'aiuto. Eppure, se si riuscisse a darle un'intonazione, sarebbe così diretto il suo messaggio, tanto che sboccerebbero parole come fiori, e la terra tornerebbe a fiorire. Forse sono questi i veri sogni.

Mentre tornava da Demian, Meg non fece altro che ripensare a certi passi trovati nel libro. Come poteva un uomo sconosciuto parlarle come il suo sogno? Quale correlazione poteva esserci fra il personaggio del libro e il suo autore? E soprattutto, quand'era arrivato esattamente il momento di quella sua cedevolezza? Da quando il suo carattere era diventato un mistero anche per se stessa? Non fece in tempo a chiedersi altro che era già nuovamente davanti all'entrata dell'ospedale.

«Sai, Demian, ogni tanto mi sembra che questo libro tu lo abbia scritto per me. Ritrovo così tante frasi che George mi ha detto in sogno. Mi sembra di dover fare un collage fra due personalità, una pura e l'altra maledetta. Chissà quale delle due parti di te ameresti far ritrovare. Chissà quale delle due prevale in me.

Hai paura adesso, George? Oh, Demian, scusami, ho avuto un lapsus. È che forse nelle favole si spera sempre che non vincano atti mancati. Nelle favole ci sono sempre professionisti dell'anima che in un battibaleno ti risolvono tutto e ti montano e smontano la felicità come i mobili dell'Ikea. E i cattivi nelle favole non vincono mai. Eppure, se non esistessero i cattivi, le storie non avrebbero una fine, non credi? E forse neppure un inizio. Con cosa lotterebbero i buoni e per cosa soprattutto? Posso dirti che sotto sotto ho sempre parteggiato per i cattivi? Forse perché ogni tanto sono stata definita anch'io così, la Crudelia De Mon dell'amore. Forse perché sotto la scorza dei cattivi vi è un cuore buono in attesa di essere scoperto, e spesso solo tanta paura che questo accada. Ma poi esistono i buoni o i cattivi? Siamo tutti un po' vittime e carnefici, non trovi?

Che devo dirti, forse sono sempre stata l'antagonista della mia vita e mai la protagonista. Come scoprirlo? Raccontamela tu, una favola vera. Svegliati. Sei un bell'uomo, Demian, ma molto diverso dal personaggio che sognavo. Che strano. Chi potrà mai dirmi se non tu come avevi immaginato che fosse George Cabot? Sarebbe davvero come lo sognavo io, con le stesse labbra, le stesse mani?»

Meg fissò la bocca di Demian e le sembrò che le sue labbra si muovessero appena, che ci fosse un lieve accenno di sorriso. Le sembrò sciocco anche sperare, ma si rese conto che la speranza era l'unica arma buona che nascondeva nel cuore.

«No, non devo lasciarmi suggestionare! E soprattutto, considerando che la mia permanenza si protrarrà, devo trovare un modo per lavorare da qui.»

# 14
# Tutti abbiamo bisogno di qualcuno

Meg prese dalla borsa lo specchietto per rifarsi il trucco. Si accorse che gli occhi di Demian erano quasi aperti e che seguivano le sue mani.

«Demian!» Presa da un misto di euforia e incertezza aprì la porta e corse nel corridoio.

«Infermiera, infermiera, il signor Sinclair ha aperto gli occhi!»

«Aspetti, questo non vuol dire niente! Non voglio assolutamente spegnerle l'entusiasmo, mantenga però una sorta di cautela e cerchi di non illudersi. Più tardi ci penserà il neurologo a visitarlo. Intanto lei vada a prendersi qualcosa, scenda giù al bar, la chiamerò io quando arriverà. Fra l'altro, gliel'ho già detto, non può restare tutto il tempo qui, fuori dall'orario di visita. Non possiamo sempre chiudere un occhio.»

«Preferirei restare, se è possibile. La prego, non darò fastidio. È necessario che io continui a parlargli per capire se ci sia o meno un vero miglioramento, non crede? Tanto ero abituata a non riposare molto prima di... insomma, senza che stia a spiegarle cose che non le interessano, non sarà un grave problema per me restare qui.»

«Demian, mi vedi? Riesci a sentirmi? So che non mi conosci, neanche io conosco te, ma conosco una parte di te, quella che è nel tuo libro.» Meg gli poggiò il libro sulla pancia. Gli spostò la mano fino a incrociarne le dita e gli prese il pollice con lenta delicatezza.

«Senti la mia mano, Demian?»

Lui sembrò stringerla lievemente. In una sensazione mista fra gioia e incredulità, Meg urtò il sondino naso-gastrico di Demian e il libro di riflesso cadde in terra. Si chinò per raccoglierlo e cercò di riaggiustare le sue pagine stropicciate. Lo appoggiò sul comodino accanto al letto e continuò a guardare Demian per scorgere qualche segnale. Si espanse in lei l'ossessione di potergli parlare. Continuava a fissargli le labbra e poi gli occhi. Scrutava il suo viso, il suo pallore. Seguiva come fossero strade le sue rughe di espressione. Erano statiche, così cercava di immaginarne i movimenti di un tempo.

L'infermiera le chiese di accomodarsi nella sala d'attesa. A malincuore dovette assecondarla. Non riuscì a sedersi e iniziò a passeggiare nervosamente aspettando di vedere uscire il neurologo. Non appena intravide il camice bianco del medico sulla soglia quasi lo aggredì con insistenza: «Dottore, la prego, ci sono buone notizie?».

«Il signor Sinclair era in coma semivigile, non gliel'hanno detto quand'è arrivata?»

«No, o forse non sono riuscita a capire io la situazione...»

«Faremo tutti gli accertamenti del caso. L'ematoma cerebrale si sta riassorbendo. Il signor Sinclair ha avuto un incidente in auto, guidando in stato d'ebbrezza. Lei è la moglie? Che io sappia non è mai venuto nessuno a trovarlo.»

«No, sono un'amica.»

«Comunque, si prepari. È anche possibile che abbia delle amnesie. Quando ci si risveglia, spesso si è in stato confusionale. Potrebbe avere una consapevolezza limitata e quindi sarebbe meglio rassicurarlo ed evitare di farlo agitare. La capacità di miglioramento dipende dal soggetto, ovviamente, ma sono certo che sia stata determinante la sua presenza. Nessun uomo nasce per stare solo, tutti abbiamo bisogno di qualcuno. Il non sentirsi amati è quasi più traumatico dello stesso trauma cerebrale che il nostro paziente ha subìto.»

«Sono d'accordo con lei, dottore.»

«Ora vedremo nei prossimi giorni quali risposte verbali ci darà il signor Sinclair e se ce le darà, soprattutto. Vedo che gli sta leggendo dei libri.»

«Sì, è un libro scritto da lui. Probabilmente gli ha riattivato qualche stimolo interiore.»

«Bene! Mi auguro che ci siano presto delle novità interessanti, la ringrazio per essere venuta. Qualsiasi motivo l'abbia spinta qui è stato provvidenziale.»

Meg per un attimo si rassicurò, poi d'improvviso i suoi pensieri andarono così veloci che si spaventò al pensiero di non sapere come comportarsi. Cercò nell'armadietto di Demian un suo documento d'identità per capire almeno dove abitasse. Sperava anche solo in un piccolo segnale, così sarebbe potuta andare a parlare con qualcuno di sua conoscenza. Sentiva davvero il bisogno di qualcuno che l'aiutasse nel compito di ricondurlo alla sua vita di prima.

## 15
# Il rumore delle cose perdute

Alla notizia del suo risveglio i giornalisti incuriositi iniziarono a presentarsi sotto l'ospedale. Il libro *Blue Moon* aveva avuto un picco improvviso di vendite. Da quando Channel 4 aveva raccontato la sua storia al telegiornale, tutta Londra ne parlava. Era diventato uno degli argomenti principali di discussione fra la gente.

Presto Meg avrebbe potuto farsi strada nello spiraglio che da tempo cercava e che, senza saperlo in modo conscio, sperava di non trovare. Continuò per giorni a leggere e rileggere il libro a Demian. Riuscì pian piano a farsi ascoltare, a fargli prendere consapevolezza dell'ambiente. Demian riusciva a fare dei piccoli movimenti ben precisi. Le stringeva la mano, sollevava il braccio, muoveva la testa e soprattutto riconosceva la sua presenza come familiare e aveva ripreso a sorridere.

«Caro Demian, vorrei soltanto che tu sapessi che sono davvero felice, profondamente felice che ti sia svegliato. Ora so di non essere in un sogno, anche se a volte la mia mente si comporta come se stesse ancora sognando. Se ti andrà, ti racconterò un po' di me, forse mi aiuterà a comprendere il tuo libro. Non so ancora se ho fatto bene o male a leggertelo. Magari me lo dirai tu, che ne pensi? Io sono una traduttrice e non ho ancora capito se degli scrittori ci si possa fidare o meno. Se si possa davvero credere al dolore che raccontano. In ogni caso il tuo libro è quasi finito. Sto per leggerti l'ultima parte.»

La luna blu, né qui né altrove, insomma dove? Perché tra tutte le vite possibili da toccare è necessario scegliere di toccarne una e poi con lei ripartire per l'universo, e se la somma di due vite è l'immensità, col suo totale non si arriva alla fine. È un cerchio nel cielo. Perché l'eternità si dispiace per noi, mentre ci vede soli, rinchiusi nei cassetti solitari dei mai più. Credo che si possa arrivare a spostare con un dito la luna. A farla arrivare dove vuoi, da chi vuoi, per tutto il tempo che vuoi, se lo vuoi davvero. E mi accendo un'altra sigaretta dopo quella che ho appena finito e so che non è bisogno, è vizio. E ti saluto mentre ti allontani e ti tratterrei con il vento e so che non è vizio, è bisogno. Un bisogno che non sarà mai l'ultimo. Un bisogno di te che sei il mio incantesimo vivente.

Apro il mio zainetto di sogni. Ci trovo dentro anche quella luna.

Il mio tempo ha lavato le mie priorità di uomo e le ha stese al sole come panni fra i sogni. Chi si ama si scalda dallo stesso sogno.

Chi si ama, sì, sarà banale, ma guarda la stessa luna. E tutte quelle sciocchezze melense: corrersi incontro in stazione, prendersi in braccio, per mano, strapparsi il tempo, le ore, i sospiri.

Ma che ne so se ci credo ancora.

Mi ripeto spesso di sì, oggi mi ha sorpreso un "boh" improvviso, gelido sui polsi. Ammazzare in gola quel ronzio che punge a dirti: "Non hai più mollette per i panni per appenderci le emozioni". E scoprire che muori un po' anche tu quando pensi questo, e che il tempo passa ma sei sempre lo stesso, tu, e in fondo e per fortuna, o purtroppo, non cambierai.

Volevo dirti una cosa, fra tutte le cose che ti ho detto o scritto, frasi d'amore, di rabbia, d'incosciente serenità e passione senza misura. Volevo parlarti dell'amore visto dal di fuori. Ogni tanto penso: se mi vedessi dal di fuori quando guardo te, vedrei lo stesso amore che sento? Che credo? Sai, l'amore è illogico, non ha una spiegazione tangibile. Molte persone si abituano ad avere accanto qualcuno, a sentire calore o un leggero tepore emozionale, una sensazione di lieve tranquillità. Qualcosa a cui non potrei mai abituarmi. Stare bene non è amare. L'amore, se lo senti, ti prende tutto o non ti prende nulla. E se te lo fai andare bene è un quasi amore, ma non è amore. Puoi fingere di amare ma non puoi convincerlo, l'amore.

Non esiste nessuna magia che non sia quella del cuore a farlo nascere se non c'è. È inutile annaffiare il cemento, dar fuoco a una miccia sperando in una stella.

Puoi confonderlo con la gratitudine, con la tenerezza, con l'amicizia, con la complicità. Ma non disseta e non brilla. Ecco, io voglio lottare per qualcosa per cui valga la pena vivere e morire per lo stesso esatto motivo, un'equazione illogica, la variabile che determina inequivocabilmente la differenza fra le cose e le cose importanti. Questo nella vita capita con molta difficoltà, ma se non dovesse capitare io surrogati non ne voglio.

E se non riesco a stare zitto mai, è solo perché penso sempre che le mie parole possano raggiungerti e stravolgere quel destino in cui non credo. I pensieri più belli ci spaccano dentro, sono estasi e tormento. Quel che non esiste non lo troverai neppure cercandolo all'infinito, mentre l'infinito è lì, davanti agli occhi, non lo puoi non vedere.

Oggi metto un passo fuori dal diametro della mia solitudine. È un passo avanti verso di te o irrimediabilmente altrove, con quella sottile vena d'insoddisfazione che mi si staglia e mi s'incide sul collo, quando a fatica deglutisco; come una spina di pesce che mi s'incastra in gola, mentre provo a rimandare indietro le parole o a sputarle fuori una volta per tutte, e riprendere finalmente a respirare. E camminare e non saper dove andare, ma continuare con quel blu di sottofondo che non se ne va. Resta. Posso mettere me stesso dietro a un vetro, osservarti da lontano e sentirmi al sicuro. Ma poi quella luna io voglio toccarla. O qui o altrove, ma in un posto solo nostro e che ogni tanto, perlomeno, venga prima del resto. Prima che torni giorno. Prima di raccogliere coriandoli di mancanze. Prima che arrivi domani senza noi, in una lettera lontana chilometri se non galassie in cui leggere:

*Avevi la mia luna blu. Unica.*

Non hai mai pensato a quanto rumore possa fare una cosa...

D'improvviso le squillò il telefono. Lo prese dalla borsa e si affrettò a togliere la suoneria. Guardò lo schermo, sorrise e rispose.

«Pronto, Meli.»

«Tesoro, mi hai fatto preoccupare, sono giorni che non rispondi. Dove sei?»

«Ancora in ospedale, da Demian, lo scrittore. Si è svegliato, sai? Ti avrei chiamata oggi.»

«Meg, ma sai come vanno queste cose, la ripresa è molto lunga. Non è che voglio remare contro, in quest'ultimo periodo sembra sempre che io debba essere una sorta di grillo parlante ma...»

«Ma tu lo sai che sono una sovversiva per natura.»

Le due amiche risero insieme.

«Dài, fammi sapere allora. Ti manderò via Internet il lavoro, se riesci a trovare un po' di tempo per farlo da lì. Anche per distrarti. Altrimenti non ti passa più. Salutami George, se lo sogni.»

«Ho un po' di nostalgia di quei sogni. Ma dimmi qualcosa che duri per sempre, Meli. Non credo che ci sia.»

«Le... o...n...de.»

Meg lasciò cadere il telefono e il vetro si frantumò in mille pezzi. Mille pezzi e un chiasso di sguardi, uno sull'altro, precipitati come slavine dolcissime sui sogni. L'emozione s'illuminò di un colore che sapeva di primavera: «Demian!».

Con un carisma da rockstar corse all'impazzata a cercare qualcuno, ripetendo «*The patient spoke, the patient spoke*».

«Dottoressa, il signor Sinclair ha parlato.»

«Cosa le ha detto?»

«Ha detto "le onde". Stavo parlando al telefono, evidentemente ha sentito la mia telefonata.»

«Buon segno, allora, il processo di recupero mi sembra andare bene. Bisognerà testare la soglia dell'attenzione. So che sarà bravissima in questo. Vedremo nei giorni a seguire quanto sarà orientato alla realtà.»

«Pensa che potrà ricominciare a mangiare? Da solo, intendo.»

«Fra qualche giorno, in base ai progressi, vedremo se è in grado di mangiare da solo. Capiremo anche se ha riportato dei lievi danni motori, per ora non ci è stato possibile constatarlo fino in fondo. Dovrà fare un processo di riabilitazione, probabilmente di terapia domiciliare. Pensa che potrà aiutarlo in questo?»

«Certamente, cercherò di essere utile, per quanto possibile.»

Meg notò i progressi di Demian giorno dopo giorno. Iniziò anche a immaginare un vero dialogo con lui. Pensò a come aprire il discorso su George in modo diretto, ma allo stesso tempo senza assillarlo troppo, o macchiare le sue richieste di morbosa curiosità, senza sentirsi imbarazzata di fronte a lui per tutto quel suo intenso fantasticare. Voleva sciogliere il nodo una volta per tutte e venire a capo di quell'assurda situazione ferma a mezz'aria fra realtà e fantasia.

«Demian, mi senti?»

Demian sorrise e fece cenno di sì con la testa.

«Mi piacerebbe insegnarti l'italiano, sai? Appena starai meglio, se vuoi ti darò qualche lezione.» Meg strizzò l'occhio in segno d'intesa e Demian provò a imitarla portandosi un dito sul viso, poi lentamente tese il braccio fino al viso di lei e le fece una carezza.

«La ricorderò per sempre, questa carezza. Forse nella mia vita non ne ho mai desiderata così tanto una.»

Meg si dedicò anima e corpo alla ripresa di Demian, trascurando ogni cosa: sonno, lavoro, hobby e amicizie. Trascurando persino se stessa. Il suo unico pensiero era che Demian si rimettesse alla perfezione.

Notava che Demian era molto irrequieto dopo il suo risveglio dal coma, capiva però che questo non aveva nulla a che vedere con la sua presenza. D'altronde lui non era rimasto sorpreso nel trovarsela davanti, anche se non l'aveva mai conosciuta prima. Le aveva detto di aver riconosciuto in lei un viso familiare, perché l'aveva già incontrata in sogno. Si avvicinava a lei come se lei stessa fosse un luogo conosciuto in cui lui era già stato: aveva già visitato molte stanze della sua mente.

16

# Fotografando un sogno di realtà

Dopo il risveglio Demian fu travolto da un successo inaspettato. Nei giorni a seguire una folla di giornalisti si mostrò onnipresente fuori dall'ospedale. Persino Meg era stata seguita fino al b&b nel quale soggiornava, ma non aveva voluto assecondare quella luce accecante e non aveva rilasciato alcuna dichiarazione. D'altronde non sapeva niente della vita di Demian, sarebbe stata impreparata nel rispondere a qualsiasi domanda. Poteva condividere con lui soltanto un lembo d'anima strappata dalle assenze, e forse ormai nemmeno le apparteneva più, non apparteneva più a nessuno.

Il giorno delle dimissioni dall'ospedale, il neurologo le spiegò alcuni esercizi di riabilitazione che avrebbero contribuito alla sua ripresa.

Meg lasciò la stanza del b&b e accettò di trasferirsi a casa di Demian per aiutarlo nella riabilitazione. Da una parte si sentiva risucchiata da un dovere, dall'altra lei stessa non avrebbe desiderato tirarsi indietro. Aveva a disposizione dei giorni per insegnare a Demian l'arte di smettere di punirsi. Gli avrebbe probabilmente buttato via tutti gli alcolici dentro casa. Voleva dimostrargli che era un uomo capace di destare interesse, anche senza attirare l'attenzione con l'autodistruzione. Certo, insegnare a lui l'arte di amarsi sarebbe stato più semplice che parlargli del cellophane che avvolgeva il suo, di cuore. Sarebbe bello scambiarsi l'anima e invertire i problemi, visto che a quanto pare siamo sempre più bravi a risolvere quelli degli altri.

Meg aspettò qualche giorno e poi con una docile pacatezza cercò di mettere alla prova la memoria di Demian.

«Il momento dello schianto non lo ricordo. Ho solo alcuni brevi flashback... Ricordo però che era notte, pioveva forte e io mi sentivo davvero triste. Credo di aver bevuto molto. I tergicristalli si muovevano al ritmo delle mie vertigini. Ricordo la perdita improvvisa della visuale e l'immagine sfocata delle mie mani sul volante. Una fortissima sensazione di freddo addosso, poi nulla più. Invece mentre tu mi parlavi avevo sete e avrei voluto chiederti un bicchiere d'acqua frizzante. Riuscivo a immaginare le bollicine in movimento, mi sembrava che in me ci fosse ancora vita.»

Nei giorni a seguire Demian aveva fatto ogni volta un piccolo progresso in più, e Meg era riuscita a racchiudere nel suo caos la pazienza. Non sapeva ancora come affrontare con Demian il discorso del personaggio del suo libro, ma aspettava il *kairos*, il momento propizio. Per ora vederlo rinascere le bastava.

Lui non sapeva il motivo per il quale lei fosse finita in ospedale e lo avesse aiutato, e nemmeno in quei giorni di miglioramento le chiese niente. Meg lo trovava piuttosto strano.

A lui non interessava sapere da dove venisse, gli importava solo che ci fosse. Grazie a lei una giornata comune si caricava di capitale umano, ogni minuto si trasformava in un disinteressato gesto di bellezza.

Ogni giorno che passa qualcosa si rompe, s'infrange su muri invisibili, su barriere emotive. Ma certi sguardi rimangono, irriducibili lame nel pensiero. Forziamo i divieti di accesso e cavalchiamo incomprensioni per non perdere tempo. E ci si accorge di quanto tempo sprechiamo in questi momenti quando diventano fragili, sottili e ci attacchiamo disperatamente alla loro consistenza, sottraendoli al già vissuto, sperando di aggiungerli al nostro domani. Sono attimi vivi, si muovono a guizzi, come pesciolini nel mare delle emozioni. Li vogliamo per noi, ma allo stesso tempo non vogliamo che abbocchino, perché se li peschiamo muoiono, e questa è la sottile contraddizione che accompagna la linea d'amore. Abbiamo paura delle esche emotive, ma anche di nuotare da soli per sempre.

A Meg non sembrava vero di poter passeggiare accanto a Demian al mercato dei fiori di Columbia Road, un bellissimo mercato domenicale di Londra, e di respirare finalmente insieme dopo mesi, fuori dal clima di un ospedale. Passeggiare accanto a piante e fiori di ogni genere, annusarne il profumo addirittura dal fruscio delle dita sulle foglie.

«Sai, Meg, molti di questi commercianti lavorano in questo mercato da tutta la vita. Qui ci sono generazioni di venditori di fiori. Il mercato ha subìto vari momenti di crisi, ma è sempre riuscito a sopravvivere. In un certo senso mi assomiglia. Venivo qui ogni domenica. Era un appuntamento che mi faceva sentire meno solo. Dopo il mio risveglio ho avuto una serie di prime volte, una nuova prima parola, un nuovo primo boccone, un nuovo primo sorso d'acqua, un nuovo primo passo. Impresse sulle retine ci sono le resurrezioni degli sguardi che non dimenticheremo mai, il tuo per me, ad esempio. Credo di non averti ancora detto grazie.»

«Ho fatto quel che dovevo, lo avrebbe fatto chiunque al mio posto.»

In quel momento Meg dovette fare i conti con un soffio di vento violentissimo che la spinse molto lontano, lontanissimo da ciò che Demian credeva che lei fosse. Il senso di colpa la colse impreparata, temette di poter essere scoperta, esposta al freddo di un giudizio, se Demian avesse scoperto il motivo che l'aveva condotta a lui. Lei non era buona, era una persona che aveva fatto dei sogni, e forse quei sogni non erano nemmeno i suoi, non erano destinati a lei, e doveva smetterla di immaginare uno sdolcinato lieto fine, mentre lui non poteva sapere di quella strana ambivalenza, di quei sentimenti opposti per un sogno da svegliare e un reale risveglio.

«Posso leggerti una cosa che ho ritrovato nella carcassa della mia vecchia auto distrutta?»

«Certo, Demian.»

Puoi passeggiare e scattare foto alla mente. Io ho fatto un giro in tutti i posti che amo. Mi sono trasferito da un luogo all'altro di me e, girando e girando, ho capito che continuavo a cercare l'unico luogo che dentro non ho. Mi sono fermato davanti ai vicoli di piccole pietre che conducono al mare, a Brighton, in quei passaggi ristretti, quasi sull'onda di qualcuno che poi va subito via. Fra l'eco della sabbia bagnata e i rimasugli di castelli di sabbia. I castelli sono un po' rabbiosi di non esser fatti di quelle piccole pietre, vorrebbero edificarsi più forti. Eppure quelle piccole pietre sono ferme solo un po' più in là e vorrebbero essere castelli. Vogliamo sempre quello che non c'è.

Mi sono fermato nel punto della contraddizione dove il mare levigava gli scogli e la salsedine emozionale ricopriva un po' viscida i bordi dei miei autoscatti. Puoi scattare le foto al suono della vita che si consuma tutta in una stanza e tutta la stanza in strada, e tu fuori, a scattare foto alla mente, a scattare foto alle mani, vagabondo dentro e fuori, arrampicandoti col tuo carico di storie sulla spalla fino al punto più alto che c'è, per guardare il mare da lassù. Lì, dove cresce perfino un po' d'erba e in mezzo c'è lo sporco che hai cercato di pulire, giorno dopo giorno, quello sporco che si insinua fra le fessure mentre raschi i pensieri, uno a uno, mentre ti sporchi le unghie aggrappandoti alla tua terra, franando, riprendendo il passo, pur di arrivare lassù. Perché è una terra strana la tua mente.

Puoi fotografare i polmoni, mentre strusci il respiro su un piccolo chiosco dove sognavi di fermarti in compagnia di qualcuno, e i tuoi occhi cominciano a sfocarsi come un obiettivo imperfetto.

Puoi fotografare il dolore, fracassandolo sulla rabbia, scendendo passo per passo per tornare alla tua auto, ad abbrustolirti d'estate senza una meta precisa.

Puoi arrabbiarti e sorriderne insieme, ridere di te perdonando i passi falsi e le foto malriuscite, un po' mosse o troppo smorte, prive di pathos o a occhi chiusi. Puoi riguardarle tutte, le foto, e accorgerti che poi è una sola quella che volevi venisse bene, e non c'eri dentro solo tu e non c'era dentro solo lei.

Quando la foto diventa conflitto, quando diventa un campo di battaglia, quando la tua mente la strappa e il tuo cuore se la dipinge a mano dappertutto. Quando ti accorgi che vorrai ancora scattarla per te, per lei. Per tutti quelli che danno un senso a quel che pensano, fotografando un sogno di realtà.

Ma poi, quando finalmente arrivi lassù, riscendi rapidamente, perché ti accorgi che le città reali sono solo quelle viste dal basso. Tutto ciò che guardiamo dall'alto in basso manca della giusta prospettiva per essere visto davvero. Per amare qualcosa o qualcuno dobbiamo scorgerne bellezza e problemi, impastarli di sogni reali e di lucide speranze. Perché da lassù non ci si accorge che i puntini sono cuori, da lassù si commette il crimine di non sentirne il battito.

«Ti piace Meg?»

«Moltissimo, quando l'hai scritta? Te lo ricordi?»

«No, ho ancora dei piccoli vuoti. Nell'auto c'era anche questo...»

Demian tirò fuori dalla tasca un piccolissimo sassolino blu e Meg impallidì come la luna, dinanzi all'ennesimo déjà vu di un vecchio sogno che le sembrò ormai distante anni luce. Quasi annientata dal contesto, avrebbe voluto chiedere a Demian delle spiegazioni. Temeva di turbarlo, ma allo stesso tempo desiderava sapere qualcosa in più sul personaggio George. Era il vero motivo che l'aveva spinta da lui. Lo fissò dritto negli occhi. Il suo sguardo aveva mani forti che con insistenza non lasciavano la presa e che provavano a innestare il suo nome in un altro nome. Alla fine si arrese, come una bambina triste nel momento esatto in cui sente un segreto dissolversi. Si accorse solo di cercare qualcosa nel volto sbagliato, di cercare in lui un volto che non era il suo.

"Dimentica il passato, ciò che conta è quel che decidiamo d'ora in poi" sembrava dirle lui. E infatti lei non riusciva più a sognarlo. George era quasi territorio di conflitto. In fondo un sogno – o il personaggio di un libro –, quando smettiamo di parlarne, piano piano si dissolve, svanisce come un vecchio ricordo smantellato dai cassetti della mente.

«All'esterno si cambia tanto e spesso, ci si annoia, si modificano abitudini, amicizie, luoghi in cui star bene. Crediamo perfette storie che non lo sono e ci ripromettiamo di cambiare, ma dentro di noi è difficile fare delle vere e proprie rivoluzioni. Eppure le persone che si amano ricevono in dono le proprietà per rendersi trasparenti, non solamente davanti all'altro, essenzialmente davanti a se stesse. Smettono di mentirsi, d'inventare pretesti per andare sempre via. Riescono improvvisamente a capire tutte quelle cose assurde che facciamo, ma a cui non riusciamo mai a dare una profonda spiegazione senza giudicarci.

Possiamo convincerci di volerci bene, di aver raggiunto l'apice della nostra autostima, eppure continuare a desiderare sempre lo stesso amore fallimentare e tossico, un amore che ci svuota. È l'alibi perfetto per non avere niente. Sai, molto tempo fa mi sono svegliato nel cuore della notte e ho mandato un messaggio improvviso. Mi era sembrato di essere rimasto senz'anima, ma di non essere solo. Lì dentro, in quella stanza, c'era un'altra anima, non era la mia, sapevo solo di non conoscerla ancora. Solo che la mia anima a un certo punto mi aveva abbandonato e non era mai più tornata. Fin quando la mia anima non avesse deciso di tornare, non avrei mai potuto riconoscerne un'altra.»

«E con questo cosa vuoi dirmi, Demian?»

«Che la mia anima è tornata grazie a te, e che ciò che non esiste va gettato via. Io sono sempre stato un animale randagio. Non ho mai avuto bisogno di dare in mano a qualcuno il collare delle mie scelte. Ma non è sempre bello star fuori, non in tutte le stagioni. Spacca il vetro alla paura e sarai libera!»

Meg d'improvviso lo baciò. La sua mente annebbiata si ritrovò in cerca di una follia per schiarirsi. Baciò davvero la carne, succhiò davvero la polpa, il sangue, le labbra. Il vero incontro è un bacio, e nel momento esatto in cui staccò le labbra da quelle di lui, lei lo conobbe.

Lui rimase a guardarla quasi sorpreso, con addosso il suo sapore, spettatore di un momento incantevole già svanito. A lei invece scattò subito una morsa nel cuore. Aveva inseguito le sue fantasie, le aveva percorse fino in fondo, le aveva caricate di aspettative concrete, e loro in maniera subdola le si erano insinuate dentro per illuderla, garantendole il finale inaspettato. Lei si era sentita sospesa in un non-tempo, in tutti i giorni nei quali aveva contribuito con il suo aiuto alla ripresa di Demian. Ora invece si sentiva intrappolata in una scelta possibile.

Si catapultò su un pianeta lontano, ancora più lontano del suo sogno ormai infranto. Non poteva certo presentare a Demian la solitudine spietata che le cresceva dentro, e che da sempre era abituata a mascherare travestendola da audace indipendenza. Non poteva certo dirgli che per lei ogni desiderio era sempre stato più importante del traguardo, e che arrivare a destinazione era un'implicazione capace di farle perdere interesse. Stabilirci a vivere nel nostro luogo preferito di vacanze smette di farlo diventare un luogo di vacanza. Gli fa perdere splendore, lo relega nella lista dei posti già visti, lo trasforma in un posto come tanti, in attesa di viaggi nuovi.

Demian se ne accorse. Si accorse della solida distanza che si era fatta largo fra di loro. In mezzo a loro sorgeva un enorme muro invisibile, lei era dentro, lui fuori. Diede a quel bacio un significato violento, affogato dalla saliva di una disperazione indecifrabile.

«Un bacio deve essere lieve, per non sembrare un bacio d'addio. Quando qualcuno ci cammina accanto ma non c'è più, i baci se ne accorgono.»

«Scusami, Demian. Hai sempre una risposta a tutto, come se stessi sempre cercando ispirazione per un libro, a volte mi sento proprio inadeguata con te. Mi fai sentire una sciocca» disse Meg sentendosi quasi scoperta. Usò il sarcasmo per tirarsi fuori da quella sensazione di nudità.

«Veramente non do mai per scontato niente di ciò che pensi. Ma visto che non mi parli molto di te e delle tue emozioni, a me non resta che interpretare.»

«Pensa un po'. L'interprete e la traduttrice dovrei essere io, e invece vedi? Non faccio altro che rovinare e sbagliare momenti.»

«Io credo che niente accada per caso e che il nostro incontro abbia un motivo profondo. Ogni bacio racchiude una promessa. Se si tradisce la promessa, finiscono i motivi per stare insieme. La consideri una traduzione?»

«Anche gli stati d'animo si possono tradurre? Non ne ero a conoscenza.»

«L'amore è sicuro di sé. Davvero non sente ragioni. Se le comincia ad ascoltare troppo c'è un tassello che non va, che ormai è fuori posto o che non si è incastrato mai. Se manca anche solo un tassello, l'incastro diventa impossibile. Quando ti innamori di qualcuno non esistono due modi per amare, perché dentro di te non battono due cuori differenti. Esiste un solo cuore, che è l'ultimo ad arrendersi, esiste un unico modo di amare: dare tutto prima di arrendersi. Per cui se davvero è amore darai tutto, perché se non avrai dato tutto, non avrai dato ancora niente.»

«Possiamo rimandare la filosofia a stasera? Mi è venuta fame, mangiamo qualcosa, che ne pensi? Qui però vendono solo fiori. Dove possiamo andare per fare la spesa? Non tornavo a Londra dai tempi del mio Erasmus. Accetto consigli.»

«Lascia stare la spesa, ti porto allo Spitalfields. È ancora uno di quei posti non meta di turisti e potremo mangiare delle ottime tapas in un ristorantino spagnolo. Ti fidi di me?»

«Non mi fido mai completamente di nessuno, ma per te farò un'eccezione. Solo oggi però, eh? Non farci l'abitudine.»

«Non fidarsi è un modo comodo di vivere. Ma lasciando il nostro pranzo nella leggerezza, puoi fidarti. Le tapas non ti deluderanno.»

## 17
# Resterai dentro intorno

«A cosa brindiamo?»

«Non so, al dolore, alle persone che non ci amano.»

Meg lo guardò di stucco, come se avesse commesso un sacrilegio, ingoiando l'ostia masticandola e senza confessione.

«Dopotutto fanno parte della nostra vita anche loro. Sono inconfessabili i miei peccati, ho il vizio dell'amore e credo solo nell'al di qua. Mi guardi nei *mieinonpiùmiei* occhi, risucchiati da una pozione liquida e nera più del nero, come una rigenerazione vitale. Si sono appoggiati su di te, sono tuoi, ormai. Perché sei come una fede silenziosa, posso pensarti o non farlo, tu ci sei.

Siamo come i cerchi concentrici che fuggono dall'impatto. Ci allontaniamo solo per capire quanto sia importante il centro in comune della nostra anima. Quando ti guardo, non solo mi ricambi gli occhi, quando ti guardo mi riconsegni l'anima.»

«È una bella immagine, molto poetica. Peccato io non c'entri poi molto con la poesia. Traduco solo quelle degli altri. Forse, devo ammetterlo, non sono mai stata abbastanza creativa. Eppure la poesia mi piace tanto, è davvero la fine del mondo.»

«T'immagini mai la fine del mondo?»

«Sì, ma devo dirtelo prima che tutta questa sangria inizi a circolare senza via di scampo per il corpo. Immagino qualcosa che colpisca la terra d'improvviso, un'esplosione che annienti ogni cosa, spenga il sole, spenga la vita. E per te?»

«Per me la fine del mondo può avvenire senza nulla di così plateale. Basta che l'uomo perda l'ultima molecola di umanità che gli rimane. Sai cos'è scientificamente una molecola? È un insieme di almeno due atomi uniti. Amore, quindi. Ma io ho imparato che l'amore fa paura all'infelicità e che lei potrebbe fargli tutte le macumbe del mondo. I sogni se ne vanno solo se sei tu a tagliare il filo.»

«È tutto il giorno che vuoi convincermi di qualcosa, ma non ho capito perché...»

«Il mio universo ormai si è posato sulla tua piccola voglia di fragola. Ci passano tutte le autostrade del mio sangue, arterie, vene, capillari. La guardo e mi innamoro.

Se andrai via, non mi dimenticare.»

«Se andrò via è solo per non ferirti...»

«Se andrai via soffrirò comunque, dunque rimani.»

«Allora ami soffrire?»

«Io ti amo e amo tutto ciò che potrai darmi. Sei il sentiero di sangue che porta al mio cuore. Non mi pentirò mai di averti amato. Mai. Nemmeno il giorno che rimuoverò con il bisturi i coaguli di questo brindisi. I segni resteranno.»

«Prometti solo che non mi dimenticherai. Questo basterà.»

«Se dimenticassi l'immenso non avrei più spazio per appoggiare i sogni. Il cuore è il battito, l'anima sono le ali. Li ho in me non per caso, ma per raggiungerti. Il giorno in cui finalmente penserò di dimenticarti, perderò la memoria a breve termine, un'altra volta. Resterai. Dentro, intorno. Come quando in una bella giornata di sole d'improvviso viene a piovere, e quelle gocce ti pungono i sensi, e il brivido è un tuono secco a spezzare il sereno. Non si nasce insieme ma nemmeno si sta insieme. Si è insieme da quando ci si incontra nei pensieri. Il legame va oltre l'apparenza, è sostanza invisibile.

Ti scriverò una lettera ogni giorno finché non capirai e non tornerai. Finché avrò il cuore vuoto ma mai vuoto davvero, perché lo abiterà la tua presenza, lo abiteranno i miei ricordi, presenti nel presente.

Anche tu se vuoi... Scrivimi una lettera fra tanto tempo.

Scrivimela a mano, con la tua calligrafia. Prova a mandarmi tanti pezzi di cuore. Scrivimi come stai, dall'inizio alla fine, sei origine e polvere magica. Oppure non scrivere niente, mandami la busta vuota con dentro la tua anima e io, senza scriverti niente, ovunque sarò, ti risponderò e tu saprai sempre riconoscerti nelle mie parole, solo tue.

C'è un bacio sul tavolo, me l'hai lasciato qui. E ricordati, non sempre ma spesso, una cosa: la tua vita può vedere tutti i miei desideri, perché i miei desideri hanno l'altezza dei tuoi occhi.»

Meg ormai non era più in grado di gestire un discorso serio, aveva mandato giù bicchieri e bicchieri di sangria. Avere la mente come un girotondo in un luna park non l'aiutò a mantenere saldi i suoi barlumi di razionalità. Così, mentre era in auto accanto a Demian, il suo stato, una fusione di confusione e dormiveglia, le permise guardandolo di rivedere George. Quelle labbra sottili, quasi severe, della prima volta, un tremito, un sussulto. Erano troppo poche le mani che aveva. Avrebbe voluto avere tutte le mani del mondo per accarezzarlo dappertutto, tutte le molecole a scindersi in quelle mani. L'amore è l'esasperazione dell'anima che impazzisce nel non trovare abbastanza immenso per costruire l'infinito.

Due ali della stessa farfalla, due battiti dello stesso cuore, due pezzi della stessa anima, due schegge dello stesso dolore, due in una vita, due in una strada, due in un mare di differenze, sostanze, fragranze. La stessa punta di due lingue distanti, quando si parlano, dure come il gesso a ferire il cuore; vicine quando si baciano, duttili come la creta. I pensieri sospinti dentro arrivano alla carne, e dalla carne al sangue e dal sangue all'anima.

È così che ci fece l'amore, in piedi, attaccata al muro senza coscienza, senza passato, senza domande, modellando il suo corpo fra zampilli scomposti di felicità. La felicità è l'orgasmo dell'anima.

Al risveglio, Meg si trovò abbracciata a Demian, nel suo letto. Lui dormiva ancora con il volto sereno, il lenzuolo che gli scopriva il petto. Cercò di guardarsi dal di fuori accanto a lui. Avevano le movenze di un'emozione a metà, perché l'altra metà apparteneva a un sogno finito.

*E questo è forse l'errore centrale di questo viaggio*, si disse in silenzio. *Ogni cosa ci viene data davvero in relazione a ciò che diamo? Forse no e dobbiamo accettarlo. La differenza fra fiato e respiro la fa soltanto la comunione dei peccati.*

Meg cercò i suoi vestiti in fretta, accorgendosi di aver fatto l'amore con lui, ma non ricordandosi cosa e perché l'avessero spinta nel suo letto. Si rivestì e andò in cucina con un senso di freddo dentro, quel freddo triste, lo stesso che aveva provato mentre Demian era in coma.

Mentre apriva il frigo notò una targhetta di metallo attaccata allo sportello. C'era scritta una frase:

> Utopia dell'illusione dell'eternità: non arrabbiarti più per i miei silenzi, per le mie assenze, per le intermittenze, per le folate di vento gelido dopo i caldi sospiri. Sono il frutto delle risposte non ricevute, delle mancanze, della mia infanzia labile, tradita dai frammenti di un amore a metà. Ho conosciuto solo questo modo di essere amata. Ma ora non sono più disposta a perderti, perché non sono più disposta a perdere me stessa e l'occasione, incerta ma possibile, di essere felice finalmente con te.

Meg prese l'acqua e tornò da lui, di là, nella stanza. Mentre camminava, rimuginò sulla presenza di una donna nella vita di Demian. Poteva diventare l'alibi perfetto per andarsene.

Demian aprì gli occhi lucidamente assonnati. Se li stropicciò. Sembrava un bambino, un bambino felice solo per quel dolce starle accanto.

«Non vorrei che tu pensassi male di me. Non mi sono mai piaciuti gli uomini che si vantano numerando le proprie conquiste e le sbandierano ai quattro venti. Sono proprio quegli uomini che fanno perdere al sesso quella viscerale importanza segreta. Loro non ne possiedono la chiave. Non possiedono la chiave dello scrigno che contiene il reale desiderio, quello che ti fa perdere la testa, che non ti lascia pensare a nient'altro al mondo, che ti annienta le difese ovunque ti trovi, che vorresti spegnere con l'acqua fredda se ti sorprende fuori luogo. Un numero non potrà mai sostituire l'unità irresistibile. Non si può desiderare così profondamente una donna a caso, ma soltanto e semplicemente una donna. La tua. Perché probabilmente è facile far esplodere di passione un uomo che non vuole che te, e amare il suo corpo, essendo muschio e terra, fragranza indiscussa di attimi carnali, per coglierne infine il seme dell'estasi. Ma è davvero improbabile strappargli il gemito primordiale, il vagito dell'anima, l'essenza. Tutto in una volta, la prima, e poi tutto per sempre. Se non sei tu l'amore, l'amore non esiste.»

«Non penso affatto male di te, ma forse è un po' troppo questo sentimento che senti. Magari ha più a che fare con la riconoscenza, non trovi? Cos'è quella frase che hai sul frigo?»

«Qualcosa che avrei voluto mi dicesse la donna che avrei voluto accanto. Una sorta di confessione segreta dopo essersi sviscerata il cuore, investigata la mente.»

Meg di colpo si sentì come incastrata nel tunnel di una risonanza magnetica. Doveva assolutamente riprendere a respirare liberamente. La speranza di arrivare a George attraverso Demian si era ormai dileguata, una fase passata da lasciare indietro.

«La mia esperienza qui sta per terminare, Demian. Ormai stai bene, è ora che io torni a casa.»

Senza dire una parola Demian si alzò e uscì dalla stanza.

«Ti faccio un irish coffee?» chiese poi dalla cucina.

«È inutile che cambi discorso, hai capito benissimo.»

«Ne parliamo dopo, se non vuoi niente vado a farmi una doccia.»

Demian si allontanò quasi con aria di sufficienza e Meg si infastidì di essere stata ignorata, di non essere riuscita a terminare il discorso. Sentì l'acqua scorrere. Non avrebbe di sicuro portato via con sé la sua decisione. Si voltò verso il piccolo comodino dalla parte del letto di Demian. Era bianco e curvo e assurdamente le sembrò a forma di luna. Il cassetto era quasi aperto, istintivamente ci guardò dentro e ci infilò la mano. Prese in modo casuale dei fogli tutti stropicciati e un'agenda. C'era la data. Erano tutte bozze scritte prima del suo incidente. Iniziò a leggere.

Mi piacciono le donne che sanno le cose e sanno quando non dirle perché in quel momento è poco importante.

Mi piacciono le donne che sanno conoscersi e conoscerti senza sbatterti in faccia anche le presunzioni della verità.

Quelle che decidono che quello che sono è più importante di quel che tu vorresti fargli credere che siano, e invertono il senso di marcia alla tua corsa, abbassando lo sguardo con quell'umile sicurezza, e per questo ti ci siedi accanto.

Quelle che quando le guardi negli occhi ti fanno capire che sei ancora vivo. Quelle che sai che le devi proteggere e in un ossimoro ti fanno sentire al sicuro.

Quelle che anche quando non ci sono ci sono, perché anche lo sbatter d'ali di una farfalla lontana ti si posa sulla schiena, alleggerendo la fatica di un attimo.

Mi piacciono le donne che quando ti ammali di silenzi ti curano le parole e ti fanno uscire le nuvole dall'alito, insieme alle bugie e ai sensi di colpa, t'insegnano una lingua nuova.

Mi piacciono le donne che fanno uso di stupefacenti emotivi senza mai aver assunto sostanze tossiche.

Quelle che ti scippano il tempo senza che te ne accorgi, e se te ne accorgi ti prendono in giro così dolcemente da farsi regalare un altro giro sulla luna.

Quelle che non sono nobili o snob, ma che hanno l'eccellenza blu della modestia nel sangue, arrivano nei bassifondi a prendersi la tua vita.

Quelle che non vanno controcorrente perché fa moda, ma hanno la moda nei respiri e l'anima vintage.

Quelle che hanno gli occhi come un caleidoscopio, e in tutta quella confusione riesci a guardarci dentro e scorgerci la coccinella del futuro.

Quelle che ti sfiniscono perché gli piace fare l'amore e senti che il momento del loro orgasmo mentale è quando vieni tu, e poi ti chiedono di restare. E ti fanno sentire come un animale libero, tu e la tua liquida indecenza sul loro corpo, rinato dalle tue spasmodiche emozioni.

Quelle che non sanno cucinare, ma ti montano l'anima chiara e fanno dolce il tuo sorriso dopo uno scuro pomeriggio.

Quelle imperfette che sanno rendere perfetto il volo delle tue imperfezioni.

Quelle che lasciano che a parlare sia il tuo respiro.

Quelle che non ti prestano il loro corpo e ti regalano e ti scopano l'anima.

Quelle che gli tocchi un punto che non ha mai toccato nessuno, con la punta estrema dei tuoi pensieri, dei tuoi sogni, dei tuoi sbagli arrugginiti con il tetano fra la polvere, e tu gli piaci così, non ti vogliono cambiare.

Quelle che giocano la tua partita pur continuando a giocare anche la loro.

Quelle che quando gli sposti i capelli dal viso ti si apre il sipario sul mondo, e spalancano i tuoi limiti come finestre sull'infinito.

Quelle che sono così belle che non ti vergogni a tener loro la mano mentre cammini per strada, perché ti camminano già nude nei labirinti dell'anima.

Quelle che giocano con i tuoi battiti, ma non con il tuo cuore.

Quelle che ti sembrano comete, come te.

Meg sentì sbattere la porta e continuò a leggere.

E così oggi ti dedico un pensiero. Piccolo piccolo. Impercettibile.

Potresti essere come me, cercare il perché di ogni cosa, stremata, fino a comprendere che non sempre c'è un perché a tutte le infinite domande che si affacciano alle finestre del tempo.

E ogni tanto il dolore si trasforma in rabbia, e ogni tanto la rabbia si trasforma in dolore, e ogni tanto le parole perdono il loro significato originale per lasciare originale solo la nostra condizione del cuore.

E così oggi ti dedico un respiro, profondo e leggero, impalpabile.

Potresti essere come me, sentire la necessità di scrivermi i momenti di estrema serenità, quando prendi il sole e una coccinella ti si posa sul braccio, sorridi e vorresti mostrarmela, appoggiarla lievemente sul rosmarino e bere il tuo sorso di birra ormai calda, e sentire il profumo del pesce in lontananza a condire una cena di attenzioni. Buone, finalmente. Per dimostrare che non è per necessità che vuoi assaggiare una vita, ma per l'emozione di sapere che solo i morsi dell'amore levano la fame.

E così oggi ti dedico una canzone, lenta, sensuale, incalzante.

Potresti essere come me, mentre ti scopri a stonare con gusto le note esplosive della realtà, senza perdere mai di vista il bambino sulla spiaggia. Senza farlo piangere a causa di speranze sbagliate in cui riporre le mani e farsele mozzare da cruente verità. E con le migliori intenzioni insegnarmi a camminare su terreni sconosciuti, sapendo che anche al buio seguirei i tuoi passi, forse non senza paura, ma vincendola a ogni passo in più, impazzendo per l'intreccio dei tuoi piedi con la mia ombra, senza derive verso le false libertà.

E così oggi ti dedico un'emozione, viscerale, cosmica, dolceamara follia.

Potresti essere come me, mentre urli a squarciagola al tempo e metti a soqquadro i lamenti delle poesie perdute per ritrovarle sul palmo della mano, nelle linee della mia, dove il solletico che ti sfiora è la risata del destino che gira la testa e si arrende, consenziente a questo amore.

E così oggi ti dedico una notte. Libera, silenziosa, bellissima.

Potresti essere come me, mentre la tua anima spara vibrante fuochi d'artificio che non morranno dopo mezzanotte, ma conterranno gli spasmi di sospiri dei piaceri tuoi, miei e delle stelle. E quando mi parli nel sogno, non darmi ragione svegliandomi senza esserci, lì con uno sguardo innocente e allo stesso tempo terribilmente sensuale da riempirmi i bordi e i contorni della mente, per non farmi pensare a niente, a nient'altro se non che a svestire il tuo pudore, a sudar liquidi su lenzuola distese su un'estasi perfetta.

E così oggi ti dedico un mattino, fresco, avvolgente, puro.

Potresti essere come me, con lo sguardo nel colore di un caffè, a fumare previsioni del giorno senza che alla gente importi niente di sapere se piove oppure no, e nella musica della radio la traccia nascosta di un paradiso terrestre normale, niente alberi proibiti su cui lanciarsi per fare uno sgarro all'entusiasmo della quotidianità, alla pace di un ritorno dopo l'altro, senza curve d'assenza, senza picchi e ripartenze e addii traditi a riconferma di atti mancati.

Ma tu non sei come me.

Ma io ti volevo lo stesso con me.

A dedicarti la mia vita.

A farmi dire: "Vorrei stare in un altro posto, ma non so dove e non saprei con chi se non ci fossi tu". A farmi dire di quelle finestre aperte appena dietro la mia ombra, che focalizzano lo sguardo sui paesaggi delle anime, su quelle ricchezze naturali che ci portano alla gioia e non hanno niente a che vedere con quello che possiamo comprare, perché la gioia non è artificiale, è nello spendere se stessi per qualcuno e nel trovare il proprio demone negli occhi dell'altro, come talento sconfinato d'amore.

## 18
# Ogni scelta comporta una perdita

«Ti ho portato un regalo.» Demian tornò con una tazzina in mano e Meg in un sussulto lasciò l'agenda, che le scivolò dalle mani.

«Che cosa mi hai preso?»

«Amore per te stessa. L'ho preso a buon mercato, non preoccuparti.»

Meg rimase stizzita e lo diede a vedere.

«Scusami, Demian. Non volevo farmi i fatti tuoi...»

«Brucia di più che cosa? La menzogna o la verità? Hai paura che io non ti ami? Per questo hai paura di amarmi? Da piccolo avevo paura che il cielo mi cadesse sulla testa, ma non per questo ho scelto di smettere di guardarlo. Ogni scelta comporta una rinuncia e chi non sa a cosa rinunciare probabilmente o non sceglierà mai niente, facendo scegliere gli altri al suo posto, o farà sempre scelte che non costano fatica. Le scelte che non costano fatica sono prive d'amore. L'amore senza le sue gambe resta nelle parole. Posso risparmiare sulla luce, ma mai sull'amore, perché non so spegnere tutte le stelle che ho dentro.

Sono innumerevoli i danni che fa la prudenza. Il cervello innesca un meccanismo che scatta sempre nel medesimo punto, quando si deve scegliere di rischiare. Forse lo sai anche tu che chi ama troppo non vive a lungo. Ma quando hai provato l'attimo che ti conduce all'eternità, non ti accontenti dei paradisi artificiali a lungo termine.»

«Credi in Dio, Demian?»

«No. Eppure adesso ci crederei, con l'ignoranza della felicità, che non finirà mai. Non credo nella perfezione di un paradiso artificiale, anche l'originale per me è un falso d'autore. Credo nella condivisione di due piccoli inferni che scontrandosi creano un paradiso imperfetto a immagine e somiglianza dell'amore. Perché sono un testimone di favole vere. Quelle che solo quando chiudi il libro puoi toccare sul serio.»

"Chiudi questo maledetto diario e guarda me!" sembrava dirle.

Meg puntò lo sguardo su un biglietto aereo, contenuto all'interno dell'agenda: Londra-Torino Caselle. Ci giocò un po' e forse un miscuglio d'incredulità e scetticismo la ubriacarono come un cocktail a piccoli sorsi.

«Sembri sorpresa, Meg. Ho la netta sensazione che tu non voglia più sorprenderti, altrimenti lo faresti. Ci sono vene senza più un nome, a volte, ma continua a scorrerci dentro la vita. E allora macchiati di un peccato che si chiama amore, anche se ti diranno che non è originale, anche se ti senti innocente. Assumitene responsabilità e conseguenze, senza alibi, senza far caso all'orario, alle convenienze, senza far caso alle partenze. E se te ne hanno parlato tanto e male, se te lo hanno svenduto così tanto da non farlo più andare di moda, l'amore, tu non crederci e allunga il passo. Resta orgogliosa della tua anima vintage. Quello che veramente ami resta oltre spazi e distanze. Qualsiasi altra cosa non basterebbe a fermare l'attimo, ci riesce solo l'amore. Quello che veramente ami è ossigeno. Quello che veramente ami resta e il resto è niente.»

Meg aveva puntati addosso gli occhi della frustrazione e del risentimento. Era anche un po' spaventata e si sentiva a tratti anche tradita da se stessa. *Illudere è un crimine che andrebbe punito*, pensava. Promettere il paradiso e ritrovarsi in mezzo a una sfilza di sorrisi anestetizzati, guidati dal pilota automatico della quotidianità. Non faceva per lei. Non era questo che voleva, non era quella la vita che aveva sognato. Lei non poteva accettare una sopravvivenza sterile scandita da attimi di vicinanza, per sprofondare di nuovo nella noia squallida e scontata. Cosa voleva? Andarsene ancora una volta. Non è niente di così nuovo, in fondo. Corriamo a caso dietro miraggi e ignoriamo le sorgenti d'acqua vere. Le riconosciamo sempre dopo, quando sono ormai indietro anni luce. Per questo continuiamo a sbagliare strada, a fare lunghi giri che non portano da nessuna parte e che lasciano solo solchi aperti che meritano pretesti, per evitare la difficoltà di dover spiegare a qualcuno le nostre ferite.

«Non mi puoi più incantare, Demian. Di sicuro dovevi venire a Torino per qualche motivo particolare. Non so perché tu non abbia più preso quell'aereo e non lo voglio sapere. Sinceramente non m'interessa! Questa parola, "anima", questa parola che sembra quasi tu voglia farmi entrare in testa a tutti i costi, non lo so, a volte si appesantisce così tanto che vorrei solo perderla, vorrei quasi che mi abbandonasse, che mi lasciasse tutto più facile. D'altronde dicono che l'anima sia immortale, ma mi viene difficile immaginarla sempre giovane, sempre uguale, sempre splendida, mentre tutto si deteriora, nulla resta integro, nulla, Demian.»

«La tua anima non ti lascerà. Forse morirà con te, ma non può invecchiare. Credo che l'anima invecchi quando smette di soffiare sui sogni, con quello stupore lucido che ci cade dagli occhi, quando impara a buttar via le sorprese della sorte. Ci sono cose che non andrebbero imparate mai. Bisogna proteggerla, l'ignoranza della felicità.»

Meg si calmò, per un attimo. Sembrava quasi voler dire a Demian: "Guardami. Non ho paura. Vorrei solamente poter saltare questa parte, evitarti un'altra delusione, l'ennesima delusione che sa di caffè al sale e che sto vomitando addosso a un altro uomo. Lascio te e lascio i gatti neri che non hanno proprietari, ma che mi hanno sempre aspettata con fiducia fuori dall'ospedale, ogni giorno, per tutti quei lunghissimi giorni in cui ti sono rimasta accanto. Con loro stranamente sono stata sempre affidabile. Qualcuno prenderà il mio posto quando non ci sarò più io, perché la vita è così. Nessuno è insostituibile".

«Quando parlo con te la mia mente si riempie di déjà vu, di parole già sentite nei miei sogni. Ma io non ti conosco, io non so chi sei e mi sono innamorata di qualcuno che semplicemente non esiste. Ero curiosa, nutrivo una sottile speranza, perché non mi era mai capitata un'emozione simile in tutta la vita. Volevo quell'uomo a tutti i costi. Quando ho capito che era soltanto un personaggio, la proiezione di uno scrittore che viveva lontano da me, l'ho cercato per curiosità. Ti ho cercato per curiosità. Ti ho trovato, tu eri in difficoltà e sono rimasta. Del resto non ti ho mai chiesto niente, un po' perché ricordi poco e non certo per colpa tua... Un po' perché ormai non ho più bisogno di risposte.»

«Ho sempre ascoltato quando mi parlavi, anche se ero incapace di risponderti. Posso spiegarti la sensazione che prova una persona quando è in coma. Ero vivo, anche se non potevi svegliarmi. Ho sognato città in cui non sono mai stato e luoghi immaginari dove sono stato insieme a te. Tu sognavi George, ma nei tuoi sogni c'ero io con te e c'eri tu nella mia realtà. Quando mi sono svegliato non sapevo dove mi trovassi, ma sapevo che i miei ricordi con te erano reali quanto il reale. Ti conoscevo già. Avrei dovuto sorprendermi, non trovi? Ma tu hai contro il tuo cuore. Avere contro il tuo cuore è molto più devastante che avere contro il cuore degli altri.»

«Ogni volta che perdi un treno» proseguì Demian, «pensi che ne passerà un altro. E invece, quando ti affacci dal finestrino, vedi che tutto scorre così in fretta: gli alberi, le case, il vento, i sospiri. Ecco, la vita è così. È come quella che vedi scorrere dal finestrino del treno. Tu pensi che il tuo viaggio costi di più di quel che dà e invece spesso ti darà quel che tu non sai dare, e a volte ti darà più di quel che riceve indietro, nei momenti in cui lo disprezzi o vorresti scendere in corsa. E soprattutto pensi che sia un viaggio infinito, invece arriva da qualche parte. Quando dovrai scendere ora non lo sai, ma dove vuoi andare lo decidi tu. Per imparare a condividere il tuo viaggio devi avere un cuore da dividere, per fartelo tornare indietro non solo intero, ma doppiamente resistente al dolore. Nulla è immutabile. Ma questo non dovrebbe spaventarti, né farti immaginare una fine. Il nostro cuore cambia, sfioriscono le rose, si sgretolano i marmi, figurati le emozioni. Ma per ritrovarlo devo esporlo, non preservarlo nel cellophane. Capire se è resistente ai cambiamenti. Ho sempre pensato che se si arriva a soffrire meno scendendo dal treno piuttosto che imparare a sfidare il dolore, significa che quel dolore non era poi così grande, aveva un fondo, un binario d'arrivo. Molto più semplice innalzare un muro che costruire un ponte per tornare a toccarsi.»

«Demian, io non sto soffrendo, non so come dirtelo... Tu mi parli di un amore che non posso ricambiare.»

«Pochi scelgono o riescono a vedere quello che gli altri decidono di non vedere. Ma esiste il volo del respiro, se lo riusciamo a intercettare. Credi serva un oggetto per ferire e invece impari presto a ferire. Ferisci quando tagli il cuore degli altri, e non per caso, con la lama affilata delle tue parole. Ma ancor di più, le ferite più profonde, quelle che lacerano l'anima, sono i silenzi dell'amore e hanno il peso tremendo del niente. Niente, come l'assenza. I silenzi rimangono lì, impalpabili, a comprimere il senso di ogni cosa, e non c'è nulla da fare per mandarli via. Forse per questo ho sempre parole di scorta, forse per questo scrivo da sempre, per non restare mai schiacciato sulla strada del niente.

Perché se l'anima avesse pelle, sangue e ossa, ce ne andremmo in giro pieni di ferite, cicatrici, lividi, lacerazioni e punti di sutura. Agli altri sarebbe visibile anche il nostro dolore. C'è gente che se ne va in giro con i segni sulle guance e sulle mani, ma noi non li vediamo, perché non abbiamo amato come loro. Abbiamo bisogno di proteggere entrambi i luoghi, quelli esteriori e quelli interiori, armonizzandoli. È quella speranza cruda che ci resta. Vorremmo degustarla, ma non ne conosciamo il sapore perché non l'abbiamo assaggiata mai.»

«Quale insano dolore mi avrà condotto qui? Forse ho sbagliato a venire a cercarti. Forse è meglio non sapere, illudersi piuttosto che disilludersi e deludere.»

«Il mio dolore ti ha condotto qui. L'amore è la giusta cura per non guarire mai dalla follia recidiva dell'incanto. Non c'è un antidoto per smettere di amare, semmai il dolce veleno di amare ancora di più. Il saper aspettare mi ha insegnato a cibarmi di quelle briciole di gioia inaspettate che tuttavia non saziano mai. Sono sempre le stesse le parole dell'assenza, puoi sconvolgerne la forma ma mai il senso. Puoi leggerle sotto la chiave misteriosa del tempo, non quello che passa, quello che resta, mentre intorno è buio e mastichi una caramella già succhiata di cui ti rimane in bocca il sapore e un buco nello stomaco. Un buco? Una voragine. Ti resta la fame dentro. Hai visto che brutto senso può avere l'amore? Da girotondo a iperbole difettosa. Un po' come il percorso inverso dei sogni.

Di speranze cotte a puntino e bruciate dalla noncuranza ne hai buttate a miliardi. Quasi quasi vorresti crederci, interroghi la tua razionalità che stavolta non può risponderti, è imbavagliata da un sospiro nuovo. Capisci che qualcosa è cambiato quando per le parole non hai più fiato. La felicità non si può raccontare perché parla soltanto mentre se ne va. Ti auguro di non trovare più parole e di farti stritolare dal suo abbraccio di cristallo. E ti riprenderai per una volta quel silenzio che non è assenza, vorrai essere assolta solo da un bacio incolpevole, per tutte le disillusioni digerite dall'anima. E ti riprenderai la vita, e ti riprenderai te stessa.

L'unica cosa che possiedi sei tu. Donarti porta all'inevitabile rischio di essere scartato, non donarti è la rinuncia al regalo delle emozioni. Se il tuo regalo ti porterà un profumo o un cattivo odore non dipenderà mai né solo da te né solo da chi lo riceverà, è la fragranza della tua anima e di quella scelta a seminare nell'aria la pace o la tempesta, integrandosi. Non si può diffondere una fragranza che non si possiede.»

«Non ho mai pensato di poter essere felice illudendomi di contenere lo stretto necessario. Già che è stretto, come potrei ballarci dentro?»

«Si vuole andare ovunque senza passare oltre e poi si impara a dare il giusto peso alle cose solo dagli addii. Ma oggi, d'improvviso, mi accorgo di come sia molto più semplice di quel che credevo mandare giù, tutte d'un sorso, quelle piccolissime cose che ci servono e ammettere a mente fresca che sono solo quelle che ci ubriacano la vita. Hanno il gusto dell'amore.

È il punto di partenza e tutto torna. Assurdamente devo ammetterlo: ci sono punti a chiudere le frasi, ci sono punti a cambiare le cose, inesorabilmente. C'è il punto che ti amo o c'è che ho paura che sia amore, che stacco un biglietto per l'altrove o mi presento senza preavviso nella tua vita, come ogni amore che si rispetti. Seguiamo chi amiamo per tutta la punteggiatura, fra chi ci dice di tenere il bavero in su e chi ci dice di amare a ogni costo. Metti una virgola sull'anima capace di giocare al salto in alto con ogni punto di percezione, la tua. Non sai cosa sia giusto, ma presto impari a capire cosa sia giusto per te. E non cambierà. Perché ti sembrerebbe insensato non darle quel senso di marcia. Perché l'amore conosce a memoria tutte le precedenze, i punti e virgola, le esclamazioni e gli interrogativi che mettiamo fra parentesi per difenderci. E le virgolette delle finte presenze e gli odiati puntini di sospensione, l'indice delle non scelte. Nonostante tutto, o te ne andrai sempre o continuerai a spaccarti i pugni per cercare di cancellare i segni, e te ne farai ancora. Ci sono quelli come me che il tempo non li cambia, nonostante non si fermino nemmeno a riprendere fiato. Perché esistono follie e follie, ma la mia è recidiva. Lo è sempre stata, fin dal momento in cui sono nato, fino a quando ho fatto quell'incidente, fino a quando qualcosa ti ha legato al mio personaggio, fino a quando quel personaggio ti ha spinto a cercarmi, fino a quando sei arrivata a me.

Stavo andando in aeroporto quando ho avuto l'incidente, stavo prendendo quel volo che stringi ancora fra le tue mani. Avevo preso un appuntamento con una società di traduzione per il mio libro.

Tutto quello che ho scritto, tutto quello che so l'ho imparato dall'amore. Tutto quel che hai letto, tutto quello che c'è dentro a quel libro sono io. Nessuno è in grado di concepire l'inconcepibile. Ogni scelta comporta una perdita, possibile che tu non lo abbia ancora imparato? No, non l'hai imparato, non sai se chiuderti in un'apnea emozionale o mandar giù in un sorso infiniti respiri. E io? Io sono zero anticorpi.

E tu? Fai crescere i tuoi occhi come due assassini per i miei globuli bianchi che arrossiscono al tuo sguardo senza più difese, e la morte li assolve per insufficienza di prove concrete.

Amare è una scelta oppure no? Scusami se spero in qualcosa di meglio, se ho ancora desideri, se non accetto come situazione definitiva lo smettere di sorprendermi. Troppe volte l'amore si è dimenticato di essere amore. Forse non lo era? Certe persone non sanno cosa vogliono e allora prendono tutto quello che passa. Non perché ci tengono, però arraffano, ammucchiano, sottraggono e perdono per strada, perché non danno valore. Ma a loro non importa. Rivogliono solamente perché non sopportano che qualcuno abbia qualcosa al loro posto, e se non riescono a riavere, allora provano a comprare. La cosa più triste è che questo meccanismo si innesca anche con le vite degli altri, e se qualcuna di queste vite non si lascia comprare, allora inventano.»

«La crudeltà maggiore che possiamo infliggere alle persone è fingere che loro significhino per noi molto più di quello che in realtà non siano. Bisogna imparare a usare la giusta punteggiatura anche con le persone.»

«O forse è che tutti sanno come rendere infelici gli altri, è renderli felici che è difficile. Hai sempre rincorso storie impossibili, hai sempre voluto quello che non c'è. Perché per una volta non vuoi renderti conto che niente può competere con il tuo sogno perfetto? Amare significa rinunciare alla forza, amare significa arrendersi, farsi espugnare il cuore, farsi rapire i sensi, lasciarsi catturare i sentimenti-farfalle e vederli volare a mente leggera. E sentirsi liberi così, prigionieri felici di assoluta felicità.

Tu volevi il mio George tutti i giorni accanto a te. Ma il mio George è anche tutto ciò che io ho dentro. Le mie potenzialità inespresse, quelle che nessuna donna ha mai tirato fuori, quelle che nessuna donna ha mai capito. La perfezione non esiste, Meg, e se esistesse ti annoieresti anche di ciò che è perfetto.

Se ti dicessi "Riportami a casa" tu dove mi porteresti? Se ti dicessi che sei tu l'unico posto dove mi sento a casa, dove mi accomoderesti l'anima? Se ti dicessi che ho raggi infrarossi nei palmi che arrivano a scaldarti anche da lontano, con quale meraviglia ti toccheresti il cuore dal di fuori, fra la maglia e il reflusso dei sensi? Se rifiutassi il tuo corpo a parole, con quali silenzi ti accorgeresti che vorrei solo odorarlo da vicino? Perché i corpi che si scelgono si fiutano per riconoscersi, ma non si rifiutano mai. Se solo tu riuscissi a gettare via la maschera per togliere la mia, a sederti sul bagnato senza farci caso. Se per una volta abbandonassi per strada la razionalità che ti accompagna ogni volta che esiste la possibilità di vivere qualcosa di concreto. Hai raccolto le mie lacrime, seminate senza il tempo di capire se fossero di gioia o di dolore. Sono nati dei germogli, concimati all'interno degli occhi. Non importa la natura, sono fiori grazie a te. Chi si ama, per pugnale ha il verbo "credo". Perché l'amore smette di farci coniugare i verbi al singolare. E sai, dirò la verità: voglio aver fatto mille errori e aver riparato solo a novecentonovantanove, perché alla resa dei conti l'ultimo si chiama amore.»

## 19
# L'amore è un semplice miracolo

Meg d'improvviso si ricordò che George in sogno le aveva sussurrato quelle parole subito dopo un bacio, in uno degli ultimi sogni, uno degli ultimi prima di un saluto di congedo.

«Se potesse servire un semplicissimo saluto finale a risarcirmi dei giorni che mi hai sequestrato, me ne andrei, mi libererei di te. Così hai risposto a George in quel sogno.»

«Ma siamo...» disse Meg tremando «e in quel verbo c'è la vita.»

«Cosa pensi? Che mentre ero in coma George ti apparisse perché la tua fantasia aveva colpito tutti i tuoi sensi non lasciandoti scampo? Non hai mai pensato che un *fil rouge* esistesse già da allora? Che il mio sonno forzato coincidesse con il mondo parallelo in cui si trovava la mia mente? Perché noi siamo sempre nel luogo dove si trova il nostro pensiero e non il nostro corpo. Che per questo mi hai sentito, per questo hai avuto il desiderio di conoscermi, di trovarmi, di rapirmi l'anima? Che ci saremmo comunque dovuti incontrare, perché non importa l'attimo ma l'eterno, di fronte all'amore? Mi hai trovato prima tu, avrei potuto trovarti prima io. Che importa? Se le aspirazioni dei nostri giorni possibili insieme vuoi complicarle con qualche pretesto, fai pure. Se tagli il vestito a una parola non detta, non ne scucirai lo sguardo. Elegante quanto vuoi, ma nuda sulle labbra. Perché per rubarmi la vita non devi chiedermelo, accade. C'è chi ci cammina la vita di andirivieni, entrando e uscendo senza troppe spiegazioni, e chi fra i palmi ha il nostro destino, se ci stringe la mano. Alcune persone sono come i sogni: quando scendono in terra non sono mai così reali come le avevamo immaginate. E il ricordo di un sogno è ancora fedele al sogno, per questo sa resistere alla realtà, che altrimenti cederebbe il passo alla disillusione.

Abbiamo bisogno del volo dei sogni per sopportare i passi reali. Ma il passo successivo è accorgersene, il passo successivo è il risveglio. Ogni volta che mi pensi, ti si accentua quella piccola ruga sulla fronte e, chissà perché, ti fa quasi più bella. Me ne accorgo da lì che mi pensi, non ho bisogno di nessuno per svelare quei pensieri. Mi basta guardarti, mi basta quell'impercettibile ruga che molti altri probabilmente nemmeno noteranno, quell'impercettibile voglia di fragola che fai di tutto per nascondere e che invece a me fa impazzire. Ecco, io senza te non posso né vivere né morire, sono appoggiato in un limbo d'intenzioni che non fanno un passo avanti e nemmeno uno indietro.

L'inconveniente di non esser nato come mi volevi mi fa perdere il desiderio di vivermi. Avrei forse potuto essere l'uomo migliore di questo mondo, ti sarei sembrato comunque insignificante a paragone con il tuo sogno. Perché il mio personaggio è l'insieme di tanti piccoli desideri di un futuro che non esiste e sarà sempre vincente nella tua mente rispetto alle mie imperfezioni. Ma forse un giorno qualcun altro noterà quella ruga e quella piccola voglia, e tu ricordando capirai che lo prendiamo per mano, il rimpianto, per le partenze premature, inventiamo ninne nanne a risvegliare i sensi. Ma il senso di una mano è in una stretta d'amore e chi va via smette di addormentarci con le sue mani sugli occhi. È inutile svegliarli, i sogni di nessuno. E se un giorno vorrai svegliarli, io non ci sarò più, ma ci sarai tu a stringere la tua disperazione. Allora sarò importante, allora sarò degno di essere ricordato. Mi rimpiangerai, piangerai, soffrirai. Sarò l'artefice del tuo attentato alla gioia. Non si possono amare allo stesso modo un uomo e un sogno.

E tu verrai a vedere l'amore?

Due vite s'incrociano per caso, per volontà, per destino,

per fortuna, per l'intreccio di mille coincidenze, ma al di là del motivo in sé l'incontro che le spinge ad abbracciare il loro sogno ha sempre in sé qualcosa di fantastico. Non hanno bisogno d'immaginare la loro realtà, imparano a viverla.»

«Devono coincidere così tante cose per far andare bene una storia: sguardi, tempi, luoghi. L'amore è un semplice miracolo. A volte consiste addirittura nell'essere amati a dismisura da qualcuno che ci ama più di quanto noi amiamo noi stessi.»

«Che dire? Ho fatto quel che sentivo di fare. Ora mi piace pensare che, qualunque cosa succeda, non sarò costretto a rimanere qui, e forse diventa meno doloroso andar via quando sai di aver detto fino all'ultima goccia di parola rimasta nel sangue.

L'amore è la parte indispensabile del tutto. Assurdamente non capirai mai la bellezza che c'è nell'essere capaci d'invecchiare nella sala d'aspetto di un tramonto che non tramonta mai. Mi piace pensare che sia stato un bel sogno che un giorno rifarò. Con un altro finale al risveglio. Perché ci tengo alle cose che ho visto con te. Non ti dirò mai che chi sogna conosce tutto e tutte le risposte. Questo te lo dirà solo chi non ha mai sognato veramente. Perché chi sogna veramente sa che dovrà combattere per realizzare i suoi sogni. Sai, nessun sogno è veramente e semplicemente un sogno, e questo lo sai anche tu. Ma ti dirò che si può sperare che tutti i sogni si avverino senza prendersi mai nessun impegno concreto per farli avverare sul serio.

La mia anima non ha l'impermeabile e ogni tanto ci piove dentro, ma so che continuerò ad accendere fiammiferi per riscaldarla. Non voglio che un domani, contando i danni che fa la prudenza, il mio sogno mi sussurri: "Tutto quello che volevi era qui, ma tu non l'hai capito". Potrai pensare che io sia un povero illuso, forse lo sono. Ma le imprese che ci sembrano impossibili sono solo le più nascoste. Ci piace guardare dov'è più facile cercare, così i cambiamenti capaci di aprirci un varco inaspettato verso un mondo sconosciuto nemmeno li vediamo. Nessuno si è mai perduto senza disubbidire al destino che ci raccontano fin dalla nascita. Nessuno si è mai perduto sulla retta via. Solo i disubbidienti si perdono. Preferisco una curva spericolata piuttosto che una retta via. Tanto nessuno può multare l'amore, soprattutto se ha sogni sfacciati.»

Ciò che ci sgomenta dell'amore è che ciò che può ucciderci e allo stesso tempo ciò che desideriamo di più, che il piacere va inseguito mentre il dolore è già seduto sulla soglia al nostro ritorno. L'amore non si guadagna come gli altri traguardi che richiedono impegno e sacrificio. Non è che te lo meriti, l'amore. È un incontro improvviso, una magia, un regalo, una fortuna inattesa, una festa a sorpresa. E così di conseguenza spesso pensiamo che ciò che ci viene dato dal caso, dal caso può esserci tolto. È vero in parte. Perché l'inquietudine che aleggia siamo sempre noi a placarla. Chi non ha la pazienza e la volontà di annaffiare i suoi fiori dirà di amarli dimenticandosi di dar loro l'acqua necessaria a farli vivere, e darà sempre la colpa al clima sfavorevole, quando moriranno.

«Se ci chiedono indietro l'aria, dobbiamo imparare a respirare altrove. Ricordati questo per sempre. Numera ciò che è numerabile, misura ciò che è misurabile, e ciò che non è misurabile difendilo e impara a non dargli mai un prezzo. Rubagli la filigrana di un respiro.

L'amore non è l'unione di due solitudini, è la percezione che quella vita, quell'unica vita sappia riconoscerti in mezzo al mondo. Si può restare più soli in due che da soli, se la vita che hai accanto non è quella lì, perché quella lì è l'unica possibile, l'unica capace di sorprenderti i sogni già svegli e già pronti a partire per perdersi, mai per disperdersi.»

«Due mezze lune non fanno intera la luna, Demian. E non fanno intera la felicità.»

«Ma certamente, Meg, hai ragione. Ti piace essere te? Mi addolora comprendere che la vita che scegli di tenerti così stretta ti privi della gioia che io saprei indicarti con il dito, da qui» disse Demian sfiorandosi le labbra «fino a qui», sfiorandole appena il seno per indicare il cuore, «fino all'amore. Ogni viaggio spesso ha un preludio, un intermezzo e un epilogo, ma il viaggio d'amore che ti ha condotto al punto da cui ripartire rimane per sempre. Ogni viaggio d'amore vissuto attraverso i tuoi percorsi interiori solca una riga sul palmo della tua mano. Ogni riga si ricongiunge alla tua nuova strada, svelandoti qualcosa di più. Nessuno avrà bisogno di leggerti le mani per svelarti chi sarai, sarai tu sola a saperlo, a scoprirlo.

La luna è piena perché è composta dall'essenza di colori e crateri tuoi e di chi ami. Se così non fosse vedresti sempre la luna calante, ora da una parte, ora dall'altra, ma sempre a metà, fino a percepire il novilunio e non vedere più nulla. Amarsi davvero comporta il rischio dei propri fallimenti.

Se la luna fosse insicura sceglierebbe di non mostrarsi mai. Si metterebbe sottovento o di traverso, approfitterebbe delle nuvole per dileguarsi e fuggire. Ma le è stata donata quella luce eterea, perché dovrebbe scegliere di nascondersi per paura? La luna ha miliardi di figli ovunque. E tanto più è sicura e serena, tanto più trasmette sicurezza e serenità a chi la guarda. Ti sembra serena stanotte, la luna?»

«Sì...»

«È perché questo amore ne riflette la luce come uno specchio. Quando sei serena la luna ti rischiara, se sei tormentata, guardarla t'incupisce. Ecco, l'amore incondizionato è come quello della luna. Si dà senza preoccuparsi del fatto che la maggior parte delle persone non ne ricorderà la bellezza, se ne dimenticherà o volutamente la ignorerà. Infatti se la guardi sembra sorriderti. La vera serenità che c'è nel donarti non dipende da ciò che ti aspetti di ricevere indietro, ma dal fatto che ti senti così bene nel dare da scegliere di continuare a dare, nonostante tutto.

Siamo due colori diversi, io e te. Nessuno vorrebbe il colore dell'altro, ma a nessuno basta avere più soltanto il proprio. L'amore arriva senza avvisi di garanzia, e se il mondo sapesse mantenere lo stato di grazia che proviamo mentre il pensiero di qualcuno ci gira nella mente come una trottola fantastica, vorremmo dargli di più, molto di più. C'è una piccola parte del libro che non hai mai letto.»

«Ma cosa stai dicendo, Demian? Te l'ho letto e riletto tutto per giorni.»

«"Avevi la mia luna blu. Unica." Apri il libro, Meg. Ti ricordi? Quando stavi leggendo della luna blu ti è squillato il telefono e hai lasciato a metà la lettura. "Non hai mai pensato a quanto rumore possa fare una cosa... minuscola fino a quando non la perdi. E volevo dirti che se avessi aperto gli occhi, io sarei stato per te quel ragazzo e tu saresti stata per me quella ragazza. O qui o altrove. Ma ora la luna è gialla per tutti."Cosa credi che sia la luna blu?» Gli occhi di Demian, due fionde tese dentro alle iridi incandescenti di Meg: «La luna blu la vedi solo negli occhi di chi ami. È il senso del mio libro, è il senso del tuo libro, perché ogni vita è un libro e in ogni libro ci sono vite reali che si toccano. Non bisognerebbe mai lasciare che si toccassero invano».

«Non so che cosa provo, non so cosa provare.»

«Non so se amarti o odiarti, nel dubbio io ti amo. Magari avrò tempo per odiarti domani, un domani che non arriverà mai. Mi piacerebbe scordare chi eravamo per rincontrarci come siamo.»

«Sarebbe tutto più semplice, ma è davvero impossibile scordare il passato.»

«Meg, guardami. Meg! Non ti sto dicendo che tu debba rinunciare alla tua felicità per la mia. Ti sto solo dicendo che la tua felicità e la mia non sono due felicità distinte, ma sono indivisibili. Bisogna solo riconoscere che esistono strade e percorsi differenti per raggiungerla e congiungersi nel momento giusto, per diventare noi finalmente le persone che vorremmo incontrare.

Ci sono persone che dopo un'esperienza importante si fanno un tatuaggio per ricordarsene. Ecco, forse perché il posto più bello dove puoi appoggiare la pelle è l'amore. La paura è un ago che cuce anche la scorza più dura, ma quando si è pelle della stessa misura dei sogni, i sogni t'incidono l'amore addosso, lo accarezzano e si realizzano. D'altronde un tatuaggio sa sfidare la paura del "per sempre", sa esorcizzare la parola "fine". Cosa aggiungere? Forse che i sogni a cui rinunci sono sogni vigliacchi, nati con la paura addosso. Le alternative a questi sogni non vivono in terra, sono già morte.

I dolori imparano a essere sottili, a stridere sotto le porte delle tue sensazioni, proprio perché non riesci ad afferrarli con facilità per buttarli fuori. Si dileguano per tornare quando meno te lo aspetti. Ti fanno i complimenti per la serata appena trascorsa in compagnia della tua solitudine e tu quasi ne ridi, quasi ti ci abitui, a questi complimenti. Sono feroci certi complimenti, prima ti guardano e poi ti sputano addosso. Poi, quando provi a lavarteli, non li trovi più, ti sembra di aver fatto pulizia, riesci a sentire l'acqua che scivolandoti addosso lascia andare via tutto, persino l'odore dei tuoi lamenti, delle tue contraddizioni.

Tu che passi senza vedermi e inciampi in un mio respiro, ti sei mai chiesta se rubarmi le rose dalle mani per il gusto di tenerle solo qualche giorno e lasciarle poi morire così, senza sangue, sia peccato? Non ti accorgi che il dolore più grande è quello che tu credi sia la tua salvezza? Quello tu non sei riuscita mai a scorgerlo. È la rinuncia al sangue della tua anima, quando non ti pungi più. Quando le tue rose non sono più sporche del sangue di chi ha provato a pungersi.

Quando ho incontrato per la prima volta il tuo sguardo, i tuoi occhi mi chiesero di ucciderti. Per questo ti ho salvato, scegliendo te fra tutti i visi del mondo. Io li ho salvati, e per salvarli sono morto io. Mentre loro mi sopravvivono dentro e comincio a guardare le cose attraverso il tuo verso, come se esistesse un canone solo nostro. Ma tu non lo sai che io vivo ancora. Che ti vivo ancora dentro per il merito di nessuno. Ma tu non lo sai che alcuni occhi non smettono il loro mestiere di cercatori d'oro invisibile. Se soltanto potessi vedermi adesso, sapresti guardarmi? Ammettere che ci sarei stato io a raccoglierti il cielo quando, cadendo, ti sarebbe sembrato un pavimento sporco?

Noi siamo la clandestinità di un sorriso tradita dalla coscienza dello stupore, troppo spesso stranieri a noi stessi e in grado di ritrovarci soltanto sull'asse dell'insieme. I sentimenti ci salvano, l'amore ci salva. Bisogna andarseli a cercare, i giorni migliori. Cercarli là fuori. Sentimenti senza risentimenti, provvisti d'indifferenza, l'unica che fa virtù. L'indifferenza a tutto ciò che non è amore. Il vero amore non si parcheggia in doppia fila. Tutti vogliamo essere liberi, ma non prigionieri di noi stessi. Sono due cose diverse, tu forse le confondi.»

A Meg quelle parole risuonarono come un giradischi rotto nel cervello. *Il vero amore non si parcheggia in doppia fila.* Proprio lei, con l'abitudine di lasciare sempre la sua auto in quella condizione provvisoria, la sua auto e forse anche il suo cuore. Lievemente turbata, non lo diede a vedere. Era abituata a nascondere il conflitto nello spazio fra il desiderio e la negazione. Così la sua rabbia gelida implose e mitigandosi si trasformò in un'avversione composta.

«Questo libro non lo hai scritto per me. Lo hai scritto per qualche donna che ti ha ferito, in passato, sono io che mi sono illusa. Tutto il resto è stato solo una tragica coincidenza. Quella frase sul frigo, tutto ciò che ho trovato e letto qui. E poi siamo troppo diversi, non funzionerebbe mai fra di noi. Io ho una vita regolare, scandita da ritmi precisi. Tu vivi senza regole, con la testa fra le nuvole, la visione delle utopie, perché credi ancora nell'amore, come se avessi un cuore ancora adolescente. Torno a Torino, Demian, non puoi fare né dire niente per farmi cambiare idea.»

«Forse la mia frase sul frigorifero ti ha ricordato la parola "utopia". E comunque chi non crede alle coincidenze del cuore le perde. La giostra della luna non ripassa più, non le piace che si scenda troppe volte dalla felicità. Eccolo, questo presente in anticipo su ogni ora che non verrà, che non verrà mai più. E sai quando a malincuore si va via? Quando alla porta non ci apre più nessuno e non si ha più nessuna sigaretta da giocare fra le dita, mentre si aspetta un sorriso di scorta alla tristezza.

Le cose non cessano di essere, Meg, le cose si trasformano perché siamo noi a trasformarci andando. Quando pensi di non esser più in grado di riconoscere un luogo è perché a essere cambiato di posto sei tu. Io ci ho provato e riprovato a camminare la mia vita verso te, e non so perché a ogni passo ero sempre più distante. Però non sei affatto arida come cerchi di mostrarti al mondo che ti circonda.

Ho visto un giardino nel tuo cuore.

Spero che un giorno qualcuno lo curi come avrei fatto io e che qualcuno curi il mio.

Amarsi è darsi acqua.

Un giorno d'improvviso la libertà ti chiederà: "Tutti mi vogliono, regalami". E quando proverai a regalarla, nessuno la vorrà. Allo specchio la scambieranno per disperata solitudine.»

Meg abbassò lo sguardo in silenzio. Per un attimo rimuginò sulla vendemmia tardiva di una libertà troppo matura, tanto da non servire più nemmeno a farle compagnia.

«Che cos'è per te la solitudine?»

«Avere lacrime d'oro e non poterle piangere. Esistono lacrime e lacrime, quelle di gioia sono stalattiti che si sciolgono liquide sui respiri. Prega che dentro di te resti sempre una lacrima di riserva. Una persona che non sa più piangere, non sa più nemmeno ridere.»

«In un sogno... in uno dei miei sogni, tu o il tuo George mi avete detto questo!»

«Te lo sei detta tu stessa attraverso di me. Forse lo pensi e non riesci ad ammetterlo. I sogni ci rivelano chi vorremmo essere, e tu non riesci a essere nella tua realtà la stessa che sei quando sogni. Eppure l'utopia che intendi tu è molto diversa da quella che intendo io. Tu la vedi come ridicola e inattuabile, io come l'ipotesi mentale e possibile di felicità. Qual è la tua vera essenza? Cos'è che ti occorre per essere felice? Cosa, Meg? Lo sai? Come si può aver paura, per paura del giudizio degli altri, di essere se stessi?

Non si addomestica la paura. Devi ucciderla, oppure arrenderti e farne la tua padrona. È una bestia che cresce giorno dopo giorno e ha bisogno di spazi sempre più grandi. Ti chiederà di più, sempre di più. Le cederai la casa e piano piano l'anima, e ogni volta che la guarderai negli occhi, per sfuggire alla tua disperazione, le dirai che sei felice così, nel tuo stanzino buio.»

«La felicità fa così tanto rumore da tenerci svegli. Il dolore è muto ma non ci addormenta.»

«È comunque preferibile amarsi di uno squallido bene e ferirsi su un terreno naturale, piuttosto che innalzarsi oltre un cielo artificiale fissando solo l'indifferenza, mai felici di niente. Perché se l'amore ci uccide, poi non sopravvive senza di noi. Ogni giorno abbiamo infiniti motivi per temere la sorte del nostro cuore, ma l'unica possibilità possibile è quella di restare fedeli a noi stessi. Restare fedeli a noi stessi, sempre. È l'unica garanzia che non scade mai, quella della nostra anima. Nasciamo già per dirci addio, ma è comunque un reato andarsene via prima della fine. Non credi?

È un po' come quando stai sognando e la sveglia suona d'improvviso e tu lo volevi proprio finire, quel sogno. È vero che è già tardi e devi alzarti, ma ti sembra ancora troppo presto per dar luce a un nuovo giorno. Avrai mai il coraggio di confessare a te stessa che questo è l'amore? Che puoi ardere di passione mille volte allo stesso modo, ma amare davvero in un modo soltanto? Forse sarà che per tutta la vita mi sono sentito così, ma non sono mai riuscito a dire: "Rimani!". E che il dolore mi attraversi rapido e impetuoso come un temporale. Che almeno il dolore ci metta passione e non indifferenza. Non voglio essere felice senza te, quindi se te ne vai uccidimi e poi non sopravvivere senza di me.

Agli esami di coscienza non si prende quasi mai la lode. Non si va mai a fondo nel programma, si lascia sempre qualche argomento al vento, si sviscerano le aspettative, si accumulano i rischi. Ci si prepara al minimo indispensabile.»

«È molto più semplice di tutto quello che potresti continuare a dirmi. Volevo un amore impossibile, Demian. Tutto qui.»

«Gli amori impossibili sono gli unici a essere perfetti perché non hanno in sé la responsabilità dell'anima. Invece la mia anima non è perfetta, ha il vizio della presenza e rifiuta ogni volta il voto del silenzio. Credo che ci sia un inguaribile desiderio di vita in giro, eppure ammazziamo l'anima di malinconie e ci attacchiamo un po' troppo al nostro dolore. Abbiamo fretta di amare, poi fretta di andare, di tornare quando non si può. Potrebbero appartenersi le nostre esistenze, senza struggerci né distruggerci, se ci lasciassimo attraversare da un fiume semplice, che non sia cascata e nemmeno pozzanghera. Seguirne il corso, affidandoci all'istinto del nostro sentire, con le sue fasi, come la luna. Perché io ci credo. Credo alle anime calamite che non potranno opporre troppa resistenza perché si appartengono dallo stato d'attimo primordiale.»

«Mi dispiace, Demian, non credo tu possa dire niente per convincermi...»

«Va bene, Meg. Mi arrendo. Sai, a volte arrendersi non è perdere. Se non hai dato tutto, non hai dato ancora, ma se sai di aver dato tutto, arrendersi è rivincere la battaglia per se stessi. Ho vissuto delle emozioni che mi hai prestato solamente ogni tanto. Non so se si sarebbero intrecciate le trame delle nostre vite, non so se ci sarei rimasto volentieri nella tua storia, e tu non puoi sapere lo stesso di me. Volevo che tu entrassi nella mia realtà e ti ci trovassi bene, tutto qua. E ora raccontati un'altra bugia. Oppure ti racconto la mia. Ti dimenticherò.»

Per il troppo amore a volte si ama male, come per l'avere troppa fretta o troppa esitazione. Ma strappare il foglio mette fine al libro. È inutile svegliarli, i sogni di nessuno. L'amore è un meccanismo misterioso che scatta o s'inceppa d'improvviso. Si rumina presenza o si ingoiano illusioni. Ma l'unica cosa a cui dobbiamo abituarci è che non si può restaurare il tempo.

*Demian è quel tipo di uomo che muore dalla voglia di salvare qualcuno,* pensò Meg, quasi cercando di disprezzarlo per rendere più docile il momento, *mentre a me non è mai passato per la testa di provare a salvare qualcuno, neppure me stessa.*

«Puoi prestarmi un attimo il tuo computer? Vorrei cercare gli orari dei voli per Torino.»

«Tieni, questa lettera l'avevo scritta per te, avevo il sentore che saresti ripartita. Non so quanto possa servire, ma è tua. Fanne quel che vuoi. Buona fortuna, Meg. Chissà quante volte te la sarai sentita dire questa frase, e chissà quante ancora la sentirai. Mi mancherai.»

«Come ti può mancare quello che veramente non hai mai avuto?»

«Sei tu che devi riflettere su questo, te lo sarai chiesta

tante volte. Tu che stai tornando sulla strada come se non ti mancasse un battito. L'amore ci rende strani nemici, ma chi scappa davanti al nemico non ha coraggio. Vorrei imparare a dire addio una volta sola.»

«Si dice addio una volta sola. Se qualcuno non ti vuole, devi imparare a non volerlo neanche tu.»

«Non ci sono mai riuscito, Meg. Così, mentre ogni giorno te ne andrai, ogni giorno tornerai un po'. Non si smette di amare mai, il cuore non lo imbavagli. Non te lo paga il riscatto, amore. Piuttosto muore.»

«I sogni sono solo invenzioni della nostra mente.»

«Forse, ma alcuni sogni ci innamorano dall'inizio e sembrano non finire mai.»

Butta via quelle certezze presuntuose, quelle assurde convinzioni di non potersi perdere mai, di poter allungare il braccio e poter afferrare sempre in tempo l'amore che si allontana. A un certo punto si farà tardi. Quando indossi l'anima di chi ami nemmeno te ne accorgi, perché è l'unica che ti sta perfettamente addosso. Ma quando ti si scolla per andarsene, senti uno strappo ruvido e deciso. A quel punto non c'è più nulla da fare. Vuoi o non vuoi, non sarà più perfettamente aderente alla tua essenza, se l'avrai delusa o derisa troppe volte.

## 20
# L'ultima cosa che scrivo per te

Meg chiuse la portiera del taxi. A volte le lacrime colano all'interno dei volti, non si vedono all'esterno. Sono le perle dell'anima, quelle lacrime, le più vere. Demian non aveva pianto nel lasciarla andare e a Meg, insieme alla sua sottile crudeltà, tornò in mente una frase di un suo sogno: "Non ti amerò mai così tanto come quando ti lascerò andar via, mentre tutti i nomi delle cose riecheggeranno il tuo".

Aprì la lettera:

*L'ultima cosa che scrivo per te, ingannando la libertà, mascherandola fuori Carnevale, soffocando l'amaro lamento di un desiderio immortale, l'amore.*

*L'ultima cosa che scrivo per te, nel mio esserci anche quando non mi vuoi, nel tuo non trovarmi quando mi vorresti, nel volere sempre quello che non c'è, perché sei un po' come me.*

*L'ultima cosa che scrivo per te, a chiederti come sarebbe stato se tu avessi lasciato aperte quelle mani, se tu avessi lasciata aperta la tua vita con le cure e le premure che un mondo in miniatura ha bisogno di dare per avere e non di avere per ridare.*

*L'ultima, un po' come la prima a immaginare come sarai domani, con chi sarai e chi avrai accanto quando arriverà Natale e imbarazzata e felice scarterai la vita di chi vuoi, senza bugie in scatola.*

*L'ultima cosa che scrivo per te, immaginando con chi rivendicherai il diritto di respirare con l'anima e di offrire per pasto il tuo respiro, essendo gentile per il solo gusto di cucinare progetti e condirli con scintille di rose e biancospini, perché l'amore non è mai un dovere, ma il diritto di dare anche senza avere.*

*Con chi progetterai il giro del mondo in una mano, mentre lo guarderai negli occhi e ti accorgerai che non sempre si smette di sorridere perché si è tristi, a volte è semplicemente il preludio incantevole di un bacio, e che non sempre è necessario spostarsi per fare un viaggio insieme.*

*A chi regalerai le tue mani sulla schiena, quel calore che il tuo cuore nasconde e non sa di possedere se non nell'intervallo delle extrasistole di un momento, subito messo a tacere smettendo di bere emozioni.*

*E a chi confesserai le tue vere paure, confortata dal fatto che chi ti ama le fragilità le protegge e le difende, non le usa per flagellare episodi e ricordi che ti hanno portato a essere così.*

*L'ultima cosa che scrivo per te, per sapere se un giorno tornerai a guardarmi come hai fatto una volta, coinvolta dall'impulso di vivermi anche da vicino, se proverai per una volta la mia stessa fatica nel lasciare andare le persone che amo e nonostante ciò farmi discreto in un angolo del pensiero per osservare soltanto, senza più interferire con i passi del domani.*

*L'ultima cosa che scrivo per te, per ricordarti i danni che fa la prudenza, ma anche la dura e cruda resistenza di alcune parole bastarde che quando hanno fretta escono e impiccano le buone maniere, e travolgono la dolcezza e sporcano le unghie del dubbio, creando pretesti buoni per andar via.*

*L'ultima cosa che scrivo per te, per dirti che l'autostima è una di quelle poche cose che si costruisce mattone su mattone, non ci viene data in eredità. Non è una sfarzosa casa di lusso con piscina, ma nemmeno una baracca da farci demolire dai picconi altrui. Per dirti che con te avrei piantato la radice dell'anima nel nostro giardino e lasciato filtrare l'aria dalla finestra, con la mia incoscienza e la tua umiltà edificate su piccoli sogni spericolati, per dare vita a dei giorni più grandi e fare entrare in una fessura tutto il cielo.*

*L'ultima cosa che scrivo per te, per dirti che dentro a queste mie dita avevi le tue possibilità e con i miei foglietti ci farò un aeroplano di carta, perché costruire sogni non è difficile, è abitarli che richiede pulizia: troppe ragnatele alle pareti spingono all'abbandono dei luoghi emozionali.*

*L'ultima cosa che scrivo per dirti che quando ti diranno che non puoi fuggire da quel che sei non sarà necessario che tu ci creda. Potrai continuare a fuggire per sempre, poggiarti un attimo e subito andare, perché si può anche scappare dalla vita per la vita e rincorrere illusioni di salvezza. L'unica cosa che posso assicurarti è che così non sarai mai felice, e che dopo non ci sarà nessuna scialuppa di salvataggio. Il paradiso è soltanto un sostantivo, per renderlo vivo dobbiamo fissarlo nell'anima.*

*Ma magari non avrai nemmeno tutti quei rimpianti, perché quello è il modo che avrai scelto per non soffrire mai.*

*Ti sarai risparmiata un bel po' di dolore, quel dolore che prende alle ossa, ma non avrai mai nemmeno imparato a fare le capriole con l'amore, e questo è un gran peccato.*

*Non è che ti sarai sbrigata a vivere, la vita ci pensa già da sola ad andare in fretta, per complice ha il suo nemico tempo. Impresse sulle retine ci sono le resurrezioni degli sguardi che non dimentichi mai. Ogni giorno che passa qualcosa si rompe, si infrange su muri invisibili, su barriere emotive. Forziamo divieti di accesso e cavalchiamo incomprensioni per non perdere tempo.*

*L'ultima cosa che scrivo per dirti che la vita il tempo può farselo amico e mi ha svelato un segreto che tu già sai.*

*Il tempo vuol pranzare e chiacchierare, fermarsi, respirare, dimenticare il suo compito inesorabile per un attimo. E quel cancello al bello della mente si apre d'improvviso, dà accesso all'immortalità, per un attimo. Ci si passa per caso, magari, ma ti pianta nell'anima un odore che non dimenticherai più.*

*Ma se perfino l'eternità ha una scadenza oggi, nell'ultima cosa che scrivo per te comunque ti chiedo: "Daresti un calcio alla luna?".*

*Ti lascio con la tua vita e ti ritrovo con la mia, ti lascio con la mia vita e mi ritrovo nella tua. È assurdo, a volte le persone ci regalano la loro vita e noi non ce ne rendiamo nemmeno conto. Io non volevo che noi fossimo il nostro sogno così perfetto, esattamente come lo avevamo sempre sognato. Volevo che una volta in piedi avessimo la volontà di sorprenderlo sveglio, vederlo imperfetto e continuare a volerlo per viverlo ancora, stavolta ogni giorno.*

*Io ci sono sempre. Anche quando mi ferisci. Perché ti amo sottraendomi e non aspettandomi. Precipito parole, gocce di un temporale. Senza paura o pudore. Ci sono se mi chiami. Ci sono se mi sfuggi. Se mi ignori, se mi odi. Ma lasciami uno spiraglio, non chiudere le finestre.*

*Queste parole ti bastino, se sanno emozionarti. Non ti occorre più aver sete, se sai per chi le ho scritte le bevi, incessantemente. E l'importante è che tu lo sappia e che ti riconosca e che tu sia orgogliosa di generare amore. Non domandarmi la brutta copia di queste parole, perché è normale che la vita ci colga impreparati, per questo mi affido e confido nell'improvvisazione. Perché è un sacrilegio recidere i fiori quando ci sbocciano nella mente.*

*Sono qui per restare, meglio non saprei dire, né fare, né essere. Se sono un libro aperto, se ancora non mi pento, se ti sfoglio i miei guai, se non sto zitto mai, una ragione c'è. È sempre per raggiungerti.*

*Se solo mi vedessi adesso sapresti guardarmi?*

*Mi piace immaginare i nostri destini bendati come un animale a caso, il cuore in corsa verso un cielo verticale. Nel caos, nell'incontrarsi in tutti i posti anche senza volerlo e non sapere quando, trovarsi d'improvviso senza deciderlo e pagare i nostri conti senza chiedere sconti, e non comprare quel che troviamo ma quel che vogliamo, e se non c'è andar via.*

*Sii felice per le piccole cose, perché non significa accontentarsi. E se ti esce controvoglia una lacrima che non vuoi, ti è comunque uscita, devi essere pronta a riconoscerla tua. Sai, l'essenza di me, d'istinto, ho lasciato che la respirassi. Non si può diffondere una fragranza che non si possiede.*

*E c'è differenza fra un profumo e un odore.*

*Un profumo è in vendita per tutti, un odore è il prezzo che dai all'amore. Unico. Perché impasto di anima e sogni di una vita, nella sala d'aspetto d'un tramonto che non tramonta mai. Allora, quando mi ricuci, lasciami una lampo sul cuore. Se la tiri giù potrai accorgerti che escono e volano farfalle con il desiderio di non finire appese a una parete. Perché quella non è vita eterna. Noi siamo eterni quando, anche se non ci siamo, quell'odore trapassa. Si nasconde all'olfatto, ma resta. E io sono qua, non desidero altro adesso che tu mi prenda per mano e mi aiuti ad attraversare la strada. Non chiedo mai aiuto e so che lo sai. Me la sono sempre cavata da solo.*

*Non sono un uomo buono, ma nemmeno cattivo. Sono umano.*

*Ma non uso scioglilingua ipnotici per arrivare al nocciolo delle cose. Ti scrivo per dirti che tutti siamo uguali nella nostra assurda convinzione di essere diversi e di sentirci speciali, ma che siamo unici sempre e davvero solo grazie all'amore.*

*Prima che venga il tempo di partire si dovrebbe avvisare che non torneremo, si dovrebbe chiedere e dare l'ultimo abbraccio. Se quell'abbraccio stretto, avvolgente da stritolare il respiro al cuore non arriva, la porta non si chiude e torneremo continuamente, come anime fantasma in pena d'amore.*

*Avrei voluto trovarti anche solo un giorno prima, ma se poi avessi comunque dovuto perderti, allora avrei preferito non averti mai incontrata. Ma che sciocchezza, Meg. Accetta anche le mie sciocchezze, ogni tanto. È sempre meglio dire tutto. Ti ho lasciato sognare a mie spese tutto ciò che da solo non avrei mai potuto comprare. Pagherò sempre a mie spese il prezzo per l'eternità. Forse non sei tu la persona giusta per me, ma probabilmente quella giusta accanto a me non l'avrei sopportata, perché se non ti avessi mai vista non avrei questi occhi, se non ti avessi incontrata non sarei me. Se tu non mi avessi mai incontrato non saresti stata tu, e senza il nostro incontro questa non sarebbe più la nostra vita.*

*Se tu domani non ci sarai, e se io non sarò l'acqua del tuo fiore, mi piacerebbe ricordassi che tu sei la creatura innaffiata dai miei desideri e non dai miei bisogni. Vorrò smettere di ricordare quanto sia impossibile far traboccare il mare e smetterò d'inventarmi un luogo che senza te non esiste. Bisogna rimanere al passo dei sogni per incontrarli.*

*"Quando mi affido all'incoscienza dei sogni mi sento più responsabile." Ricordi? Questo me l'hai detto tu. Ora non mi aspetto un volo, vorrei sentire i passi. E magari d'improvviso un giorno capiremo che l'amore è il troppo che resta anche mentre va via. E magari un giorno capiremo cos'è che ancora ci è rimasto da capire, per capirci davvero e non perderci più. Perché forse il nostro piccolo sogno finito si trova dentro a un grandissimo sogno infinito ancora da esplorare.*

*E se per un attimo, mentre aspetti un treno o un aereo, ti si fermerà il cuore, non ti spaventare, è solo amore che passa nei ricordi. Esiste un luogo dove io e te vivremo sempre. Non cambierà mai la geografia di certi sguardi. Non serve indicare il presente se l'eternità è passata mentre noi non c'eravamo.*

*Sì, avrei voluto incontrarti almeno un po' prima di perderti, ma le parole dette alla fine forse è meglio non dirle più. Non si prendono le favole degli altri per lasciarle finir male. Tanto meglio non iniziare a leggerle, allora. Si sprecano parole, ci si raccontano finti sentimenti, ma accade anche il contrario.*

*E non è vero che l'amore non può avere dubbi, che non può cadere e ferirsi le ginocchia. L'amore può anche screpolarsi la pelle, ma sa rialzarsi e ricrearsi più forte di prima. Perché vive di essenza propria e come tutto quel che è vivo può soffrire il momento senza per questo cessare di esistere. C'è chi si sbuccia il cuore inciampando in una vita, ma poi lo rifarebbe.*

*Quel che morì quasi ancor prima di nascere, ma per un attimo ha bussato alla tua vita sperando che tu aprissi, ero io. Perché forse io sono nato per perderti, ma per un attimo sono stato tutto, sono stato dentro alla tua eternità e ho visto dritto in faccia l'amore. Ci sono certi ieri, amore mio, che sembrano oggi, e io avrei dato il buongiorno al futuro nei tuoi occhi.*

*Potevamo sopravvivere a un "per sempre",* n'est-ce pas?

*Come si fa, mi chiedi? Quando un "per sempre" dura meno di un secondo, quando un "per sempre" è troppo corto per permettersi il lusso di perdere battiti, ti accorgi che due vite sono un unico, immenso respiro dell'anima, un'unica boccata di vita. Tutta la mia vita è una storia d'amore con la tua anima.*

Per un momento Meg fu tentata di chiedere al taxi di tornare indietro invece che condurla al volo del ritorno. Erano un po' tutte un dèjà vu quelle parole, un già sentito nel profondo, un intreccio strano tra due sconosciuti che attraverso un sogno erano arrivati a toccarsi, svegliarsi e nonostante l'addio a cambiarsi pelle per sempre, lasciandone un lembo per uno fra lo sterno e quella parte sinistra del petto dove si sente il cuore. E lei si toccò proprio lì, sulla pelle, nel centro esatto, mentre con l'altra mano stringeva forte la lettera, con la paura fottuta che quei ricordi in comune uccidessero lei per non morire.

*Ci cercheremo ancora, perché è stato bello crederci angeli in un inferno di verità e fra le ali quel profumo d'eterno, per un istante. E domani altri occhi prenderanno il nostro posto, occhi che oggi io ancora non conosco. Ma da lontano ci guarderemo ancora, sapremo ancora riconoscerci. O forse sapremo ancora perderci. Poi l'ultimo orgasmo farà venire il silenzio.*

21

# Il vuoto non è mai leggero

Rimettendo piede a Torino, a Meg la città sembrò cambiata. Sentiva di non volerci più restare, aveva bisogno di aria nuova. I suoi occhi sfacciati, anche senza volerlo, scovavano articoli su Demian. Il suo libro *Blue Moon* aveva iniziato a vendere tantissime copie, spinto dall'onda della sua storia. Lui era alle prese con interviste ed eventi sfarzosi. Lei invece non faceva altro che rimuginare, per ricostruirsi l'anima persa nel suo sogno interrotto.

Si sedette su una panchina e scorse le scritte dei ragazzi, quelle scritte che si promettono amore eterno con l'inconsapevolezza orgogliosa della loro età, dense di flussi incoscienti che rimandano all'infinito. Così anche lei prese un pennarello e si regalò l'ebbrezza di sentirsi ancora adolescente. D'altronde si era lasciata abbindolare dalle sue fantasie. Scrisse a chiare lettere: "Sei la donna che amò un sogno".

Tornava sempre a sedersi su quella panchina, ogni giorno, quasi come un assassino che torna sul luogo del delitto, se per esser preso o scagionato, fino in fondo non lo sa nemmeno lui.

Demian aveva provato a chiamarla un paio di volte.

Lei non aveva risposto. Aveva cercato di rimandare il dolore, come si fa con un esame che si ha paura di affrontare. Come al solito si era inventata dei pretesti per non studiare la verità, per non interrogare il cuore, per non approfondire il senso di quell'incontro, incastrandosi negli anfratti del tempo che scorre liquido sugli eventi che si susseguono, uno dopo l'altro, senza sosta. Lui le aveva mandato via e-mail un biglietto Londra-Torino per farle capire che avrebbe avuto piacere di venirla a trovare e di conoscere un po' il suo mondo. Dopo qualche giorno di silenzio, un'ultima e-mail e poi il nulla:

> E ci ho provato e riprovato a camminare la mia vita verso te e non so perché assurdamente a ogni passo ero sempre più distante. E ci ho provato a regalarti la mia anima, a farti sentire la presenza delle mie mani, e non so perché più le stringevi e più eri sola, e a me sembrava impossibile. Poi la vista sbiadisce i desideri, va a tentoni sulla strada, è in affanno sui pensieri.
>
> Il peso dell'ultimo sorriso è il risvolto di una lacrima. Non si chiude una ferita inferta con il sale. A maledire un'emozione ci si rimette l'anima, dunque non lo farò. Ma ad aspettare troppo ci si dimentica di quello che si aspetta. Forse ci credevo molto più grandi di quello che siamo. C'è un abisso fra l'essere invisibili e l'essere trasparenti, e fra i capricci e l'amore, la vanità e il cuore, la neve dell'assenza e il sole delle parole.
>
> Non sono un uomo invadente, non si resta a forza nella vita delle persone. Ti sarò sempre grato per quel che hai fatto per me. Ti dirò un'ultima cosa prima di andare. Non serve camminare con gli occhi bassi per non incrociare l'amore, ma basta per perderlo per sempre. Darò sempre la precedenza al cuore rispetto alla mente. È l'inevitabile calvario dei puri e maledetti insieme. Ma ho imparato a conviverci. Tu riderai di me perché non avrò quel che voglio, io non riderò di te perché non sai quel che vuoi. Io adesso dopo lo stop ritrovo me stesso e mi riconosco. Io almeno ho me stesso. Tu non hai nessuno.

"Spezzerai le tue sicurezze in due promesse che non manterrai: 'mai' e 'per sempre'". Non ricordava più nemmeno se quella frase l'aveva sognata, pensata o le era stata detta. Non sapeva neppure se era tornata ad abitare nella stessa casa o in una casa nuova, estranea a se stessa, violata da ladri che le avevano messo a soqquadro la forma dell'anima, e ora era irriconoscibile.

*E cosa potrei aggiungere, però?*, disse fra sé e sé. *Con George non hai vissuto niente davvero, con Demian sì. Probabilmente per averlo accompagnato nel suo risveglio, per la sua dolcezza concreta, per la certezza di aver capito quanto scottano alcune ferite sulla pelle, quelle non rimarginate delle assenze, quelle che non si chiuderanno mai, probabilmente. E c'è chi ama troppo e chi troppo poco, Demian te lo aveva detto. Forse sai che chi ama troppo non vive a lungo. E anche fra gli spazi vuoti di questa panchina arriva quel pensiero, la sua voce all'inizio flebile riprende forza, la forza di accettarsi così, nel bene e nel male. La forza di non voler essere a tutti i costi migliore. Soltanto amato. D'altronde, non appena i nostri gesti d'amore si preoccupano di ricevere una qualche approvazione, puoi star certa che non si tratta più d'amore.*

Prese la penna e scrisse di getto.

Scrisse a mano, come non faceva ormai da tanto tempo. Comprò un biglietto e lo riempì d'anima e d'inchiostro. Sì, perché l'anima è a prova di proiettile, è l'unica che resta, e non perché dopo la morte debba essere immortale. Probabilmente non lo è, ma ci fa sentire così, perlomeno per qualche istante. E noi, chiusi nelle macchine, spenti in mezzo al traffico, facciamo un po' per ridere i tiranni. Portiamo a spasso come schiave le nostre conquiste e l'amore ride di noi, della nostra opaca libertà. Ci rivolgiamo a chirurghi estetici, spendiamo capitali in profumeria, ci facciamo ibernare in attesa di un mondo migliore. Eppure l'unica cosa che ci rende immortali è l'amore.

Spedì la lettera a Demian in fretta, quasi per non essere costretta da se stessa a ripensarci, e chiamò al telefono uno specialista della mente, come lo definiva la sua amica Meli, decidendo che forse era il momento di mettersi un po' in discussione. In fondo un paio d'ore la settimana avrebbero potuto essere una valvola di sfogo.

Cominciò con fiducia la terapia, raccontando al terapeuta la sua strana storia con il sogno George e l'uomo Demian. Si abituò a rispettare l'impegno, a non arrivare in ritardo, altrimenti avrebbe dovuto pagare lo stesso la seduta. Si abituò a vincere la tentazione di scappare, d'inventare una scusa all'ultimo momento per non andare all'appuntamento.

Una mattina, mentre di corsa si recava in terapia, aprendo la cassetta della posta trovò una lettera di Demian. La aprì in fretta e si stupì nell'accorgersi che nella busta c'era lo stesso foglio scritto da lei per lui.

*Mi ha rimandato indietro le mie parole, assurdo! Evidentemente la neve si è sciolta davvero.*

Accartocciò il foglio, se lo mise in borsa e con rabbia si lasciò sbattere alle spalle il portone dell'entrata. Aveva commesso un colossale crimine contro la verità, inventando a se stessa di essere riuscita a riempire di niente tutti i suoi buchi emotivi, e di essere felice così, accurata e devota professionista del niente. Forse Demian ormai, preso dalla sua nuova vita, l'aveva accartocciata come un foglio di brutta copia in un capitolo venuto male, e dopo averla sedotta con estrema devozione l'aveva buttata nell'angolo dei ricordi. Aveva cercato in tutti i modi di convincerla che non l'avrebbe mai dimenticata, ma probabilmente non era poi davvero così sicuro mentre glielo diceva, come non si può essere sicuri che tutto resti uguale quando ce ne andiamo altrove, perché anche lo scorrere del tempo e delle emozioni in un altrove assumono improvvisamente una diversa dimensione.

Ora capiva come ci si sente quando si chiude il sipario e si spengono le luci, quando si crede di stare per cadere nel buio e invece ci si è già scivolati dentro.

«Non volevo che la nostra storia finisse così. In realtà mi sono accorta di avere bisogno di conferme, della conferma di essere amata. Questa paura è stata così grande... troppo grande, davvero, mi ha travolta, credevo mi potesse schiacciare, e allora come sempre me ne sono andata via.»

«Lei ha ventisette anni, Margherita, sarà il caso di rompere il bozzolo e accorgersi che solo facendo pulizia si riprenderà il desiderio di camminare, visto che volare a noi uomini non è concesso, non trova?»

«Sa, dottore, una volta George in sogno mi disse: "Tu, così abituata a spostarti un attimo prima del tocco delle mani, tu così brava ad andar via un attimo prima dell'arrivo, tu desiderata più di ogni cosa ma ferma laggiù, fra le cose che non ho. Non ti amerò mai così tanto come quando ti lascerò andar via, mentre tutti i nomi delle cose riecheggeranno il tuo".»

«E cosa pensa che significhi quanto si è detta in sogno? Perché è più che logico che le parole che i nostri affetti ci dicono in sogno siano opera della nostra mente.»

«Che sono tanto brava ad andarmene via da me stessa. Chissà se i silenzi sanno fare l'amore o sanno fare solo il rumore dell'assenza. Me lo chiedo spesso.»

«Lei vuole e non vuole amore. Imparando a conoscersi si spera che appaia il signor equilibrio, non solo in sogno, ma sulla propria strada. L'equilibrio non è unico, è composto da tanti piccoli equilibri che devono incastrarsi l'un l'altro nei nostri angoli interiori. Tanti amici preziosi che ogni tanto si nascondono, ogni tanto se ne vanno e dobbiamo ricercarli.

Non c'è mai fine alla fine delle nostre stradine, mai vuote di senso, ma ogni tanto attraversate da quel senso di vuoto, da quel mal di mare in terra. Mentre camminiamo possiamo rimettere l'anima e sentirci nuovi, anche se non necessariamente migliori, oppure digerire la nostra per sempre, senza fidarci più. Non fidarsi è un modo comodo di vivere.

Possiamo andare avanti, senza sgomitare sulle vie degli altri, ma senza dimenticarle. Senza dire che non ha senso quel che non capiamo, senza credere che ne abbia troppo solo quello che scegliamo. E a quel vuoto nello stomaco dare la possibilità di essere riempito, piuttosto che continuare a scambiare quella nausea per un inesistente senso di sazietà.»

«Non credo di sapere bene cosa sia l'equilibrio...»

«L'equilibrio è anche rischiare di perderlo per un compromesso di vita, un'accettazione non forzata, una combinazione a due che si apre a una scelta condivisa. L'equilibrio è anche l'aria che quando si vizia di presenza smette di essere fumo e diventa profumo.»

«Cosa posso fare per cambiare? Perché alle volte non ne ho davvero idea. Vorrei riconoscere i draghi che ho dentro. Essere capace di non andarmene, di guardarli in faccia e sconfiggerli.»

«Nulla cambia se anche noi non cambiamo direzione. Sa cosa penso, facendo questo mestiere? Siamo piccoli mondi in miniatura, allineati per sbagliare, scomposti per toccarsi, divisi per ritrovarsi, vicini per perdersi o per fermare il tempo e non lasciarsi più. Per quanto diversi, abbiamo bisogni e solitudini uguali, e spesso si parla tanto dell'amore perché per molti è un conflitto interiore ancora irrisolto. Ogni tanto accade un'eclissi del cielo, un evento straordinario, un Big Bang dei sensi. Fra quei due piccoli mondi d'improvviso nasce un mondo nuovo. Scoppia addosso senza assensi né consensi, senza neppure la volontà. Non è l'unico abitabile, ma dopo averlo abitato ogni altro mondo appare insulso e riduttivo. Una strana forza di gravità sospinge l'anima, sempre e di nuovo lì, a sventolare la bandiera bianca della resa, come a piantare la vita su una terra scoperta e poi conosciuta, o meglio l'unica che si è disposti non solo a conoscere, ma a riconoscere come propria e unica possibile. Gli incontri non sono mai casuali e se la nostra mente fosse davvero un libro aperto non avremmo il bisogno di leggere nient'altro che noi stessi. Il futuro ci insegna a danzare da oggi per arrivare da lui preparati alla scena, non scordando le cadute di ieri, ma scordando la paura di cadere.

Pecchiamo spesso di presunzione con frasi del tipo: "T'ho capito, so chi sei". C'è solo una piccolissima parte di verità, la parte più grande la nascondiamo bene in modo da non riuscire a vederla più. Le è mai capitato di nascondere così tanto bene un oggetto per la paura di perderlo e di non riuscire più a ritrovarlo? Sa che ci sono dinamiche comuni che assecondiamo per sfuggire alle verità che abbiamo dentro? E diamo buoni consigli agli altri per evitare di darli a noi stessi. Perché, per quanto le possa dispiacere che un suo amico abbia mal di testa, quel mal di testa non le impedirà di riuscire a lavorare, di godersi un film, una cena, un cinema come quando viene a lei. Ma lei non ha bisogno dei consigli degli altri, le risposte deve sentirle dentro, e quando bussano deve ritrovare le sue chiavi nascoste per andare ad aprire. Nessuno potrà cercarle al suo posto. Siamo gli unici eredi del nostro regno interiore.

Si faccia una domanda e si prenda tutto il tempo necessario per arrivare a darsi una risposta. Non è un po' troppo alto il prezzo che si paga quando si baratta il vento con la quiete per paura di rovinare il giardino?

Per rendere la nostra vita un capolavoro dobbiamo comportarci come scultori con un bassorilievo, con incisioni dure, decise ma precise: attenti alle proporzioni, alla cura delle cose, alle figure, e tutto questo senza vederlo. Perché il nostro bassorilievo è l'anima. Poi rimodellare l'elemento del nostro rinascimento emozionale con uno scalpello a due mani, né troppo vicini né troppo lontani dalla galleria del cuore.

È più facile imparare a diventare eccelsi archivisti di sogni che promettenti scrittori di realtà, e sa perché? Perché i problemi al giorno d'oggi spaventano le piccole anime, e così si sogna un amore in grande stile ma ci si accontenta della superficie. Dai sogni ci svegliamo quando vogliamo, se diventano incubi spesso il cervello ci dà l'allarme giusto e apriamo gli occhi. Così si passa oltre, si ricomincia senza aver mai iniziato nulla e via. *Next stop*.

I sentimenti profondi in cui necessariamente dobbiamo metterci in discussione sono quelli reali, fatti d'imperfezione, di angoli smussati. Quelli non li cerca più nessuno. Li abbandoniamo sull'orlo di un sogno d'inverno scegliendo di vivere solo alcune stagioni. Per questo l'uomo non invecchia più con l'amore. Chi fugge sempre crede di vincere e invece perde ogni giorno la battaglia più importante della sua vita. Di occasioni perdute si può morire, credendo di salvarsi. L'incubo peggiore probabilmente è svegliarsi senza più il desiderio di sognare ancora progetti concreti.

Amarsi è riuscire a immaginare un futuro insieme senza trascurare i sogni presenti e curarli, farli stare attenti. Devono riconoscerlo in tempo, il momento per svegliarsi. Altrimenti finiremo per rimpiangere sempre ciò che non abbiamo più e che un tempo non abbiamo scelto, per continuare a non scegliere mai. Il passato tornerà a farsi un giro nel presente fino a quando non cambiamo dimensione ai pensieri. Fin quando cambiamo posto, città, Stato, continente, il passato ci ritrova sempre. La felicità è in un nostro mondo parallelo. Se non andremo a prendercela, rimarrà lì in un'attesa eterna. Abbiamo tutto il tempo per capire gli errori, ma non sempre abbiamo ancora tempo per riparare a un errore in particolare. A quel punto è inutile crogiolarsi in quel che non può più essere, è importante ricominciare a essere quello che vogliamo essere da oggi. I ricordi sono lo tsunami del tempo che arriva, devasta e inesorabilmente cambia traccia alle cose. Ciò che riemerge, ciò che si salva, non si cancella più dalla memoria. Ma non sempre si può rivivere. Può girarci intorno quanto vuole.

Tutta la nostra vera felicità e infelicità derivano sempre dall'amore. Rinunciare al desiderio d'amore è impossibile e di conseguenza si soffre quando lo si perde e si soffre quando si ha paura di perderlo. Per questo paradossalmente lo si lascia andare.»

«È vero, io spezzo i rapporti per non soffrire. Li lascio prima di farli iniziare per paura che finiscano. Vorrei raccontarle qualcosa sulla personalità di Demian, perché ho sempre avuto un dubbio. Avevo preso coscienza del suo dolore – chiaro, diretto, quasi fisico – al pensiero che io partissi e me ne andassi per sempre. Ho letto che, secondo alcuni adattamenti teorici, l'angoscia della perdita è in stretta correlazione con il valore percepito dell'altra persona. Se l'altra persona non ci ricambia o non è disponibile, il suo valore percepito aumenta a dismisura. Insomma, forse sono diventata così preziosa per lui soltanto perché non si è potuto permettere di avermi vicino.»

«Un po' come una Ferrari? Non credo sia solo questo, Meg. In fondo lei non conosce nulla di lui. Del rapporto con la sua famiglia d'origine e del suo passato. Forse Demian è stato rifiutato emotivamente. Forse l'educazione ricevuta lo ha portato a cercare relazioni che potessero causargli la stessa identica sofferenza. Quando ci portiamo sulle spalle un bagaglio di rifiuto, è molto probabile ricercare storie che ci mettano ancora una volta al cospetto del rifiuto, al cospetto dei nostri vuoti interiori. Forse i vuoti sono l'origine di tutto e noi siamo nati per riempirli, o perlomeno per provarci. Qual è il suo vuoto? Lo conosce o non lo conosce? Lo ha percorso fino alla fine? A volte le cose si uccidono per la paura di viverle. O magari impariamo a non credere più nell'amore quando ci convinciamo di non trovarlo mai. Si cerca nei posti sbagliati, si fruga nei luoghi già vuoti, si aspetta su muretti diroccati. Ma il primo cambiamento parte da noi stessi. Qualcosa cambia fuori solo dopo il nostro cambiamento interiore. Altrimenti anche un diverso percorso arriva allo stesso epilogo fallimentare.

Credo che ognuno di noi, attraverso un suo percorso, possa arrivare a riconoscere cos'è che lo porta fuori strada. Perdere il controllo va bene. Non va bene invece abbandonare la nostra macchina emozionale in direzioni che la distruggano. Il problema è che ributtarsi sulla strada che termina sul precipizio non ci farà evitare di cadere nel precipizio. Diversi precipizi, ma sempre precipizi. Ci sono dei periodi che servono per riassestarci. Si deve andare piano, anche se si sa guidare bene e si è sempre guidato con coraggio. Serve per regolare il nostro minimo e il nostro massimo e bilanciarli nella direzione giusta. Imparare a guidarci nuovamente. Allora forse il panorama apparirà diverso già andando, e nuove strade fioriranno al nostro passaggio, perché quella direzione non esisterà più dentro di noi, sarà una destinazione che non avremo più la necessità di visitare. Per questo lei è venuta qui.»

# 22

# La nostra notte preferita deve ancora venire

Meg andò via dalla seduta. Pioveva a dirotto. Ripensò all'idea di fuggire da Torino, ancora una volta per scegliere una via di fuga, ancora una volta per sentirsi così brava a nascondersi nei periodi ipotetici dell'irrealtà.

*È un'arte quella di andarsene, ma certo, scapperai sempre, ma da che cosa? Quelle catene te le senti dentro ma non esistono. Nessuno può legare nessuno, solo accompagnarlo. Le mani non incatenano, i respiri non s'incatenano. La nostra paura c'incatena. Ci raccontiamo bugie per continuare a sentirci liberi. Liberi di resistere alle emozioni cosmiche, quelle che ci rendono davvero l'anima vulnerabile.*

C'è chi crede che basti spostarsi di posto per dimenticare tutto, per voltarsi e distogliere l'attenzione dall'amore, per soffocare i ricordi e disperdere le tracce della strada di casa. Poi c'è chi ha imparato che il vero amore è sulla strada di casa del ritorno, con la sua coincidenza perfetta già un attimo prima della sua partenza.

Nella fretta Meg rimase incastrata con il tacco in una grata.

La felicità è maestra del salto in alto, arriva al cielo ma si perde nelle maratone, non ha il fiato giusto per le lunghe percorrenze. Forse alcuni treni si vogliono perdere, si rallenta appositamente per evitare il giusto binario. È un modo per assecondare la paura, è un modo per arrivare in anticipo sulle gambe del destino, prenderle per farlo scivolare un attimo prima del fischio di partenza.

In una Londra austera e distante, le stesse condizioni atmosferiche annuvolarono le loro connessioni emotive. Due vite invisibili l'una per l'altra solo in apparenza mescolarono con la pioggia la loro sincronia. Si cercarono con i pensieri nello stesso momento. Quello strano pensarsi e non dirselo, sacrilegio di tanti comuni mortali.

Nella mente di Demian: *Chissà se un giorno io e te rideremo a dirotto, sotto la pioggia lasciando tutto per riavere l'anima. Se riuscirò una volta per tutte a metter via tutto quello che andrebbe messo da parte e salvare quello che c'è da salvare. E se non c'è niente da salvare del nostro vivere, ripartire dal nostro vivere per salvarci. In un giorno qualsiasi ma unico, perché quel giorno non ci fermeremo più a chiederci come viverlo, saremo lì a viverlo senza pensare al come, al quando, al dove, e tutta quella pioggia finirà dove ricominceremo noi. Non ci servirà più nessuna scusa per essere felici.*

*Ognuno di noi ha un'indole,* pensò Meg, *non esiste niente che non facciamo per una seconda volta. Quindi togliti dalla testa che non fuggirai di nuovo. Tu sei così, dalla prima volta che te ne sei andata via ti sei condannata da sola ad andartene ancora. Non puoi farci niente. Nemmeno la tua terapia ti aiuterà.*

Si chiese quand'era stato il momento in cui era diventata così pesante, quand'è che le era entrata dentro al corpo quella magia evanescente, capace di trasformare ogni filtro di bellezza in sospetto. Per sfilare il tacco dal tombino, la borsa le scivolò. Era aperta e così le cadde tutto in terra. Si affrettò a raccogliere la lettera che Demian le aveva rimandato indietro per paura che le parole si dissolvessero come l'inchiostro. Mentre era intenta a risistemarla in una tasca interna, notò che alla sua lettera era stato incollato un altro foglio con lo scotch. Si accorse che a un isolato da lei c'era un piccolo bar. Il tacco le si era spezzato, ma la paura di cadere entrò in conflitto con la sua curiosità. Camminò in modo goffo in quella direzione. Le parve un segno e una salvezza.

Entrò e chiese un caffè. Ignorò le sottili avances del barista. Si prese da sola piattino e tazzina e si sistemò nel tavolino più lontano dal bancone. Prima di soffermarsi sul foglio di Demian, rilesse cosa gli aveva scritto:

Vorrei che mi accarezzassi l'anima, perché anche quando è triste perde lacrime dolci, ora che ti ho trovato. E le paure che ho dentro, tutti i dubbi irrisolti, tutto il silenzio che non avevo mai chiesto, le domande a cui non trovo risposte non contano più. Ora che ti ho trovato non vorrei più tornare a stare senza vento, vorrei che stessi con me, magari non in ogni momento, ma quanto basta per ricordarmi l'importanza del vento quando non c'è, l'equilibrio. Ho bisogno di sentirmi dire che sono splendida nonostante le mie debolezze, ho bisogno di guardare nei tuoi occhi, ho bisogno di un messaggio inaspettato e di leggere fra le righe la semplicità. Ma voglio dirti grazie per il terrore che mi fai provare: significa che sono ancora viva. E se a volte ho paura, tu aspettami, ho bisogno di un angelo che posi le sue ali e cammini a piedi con me con una sicurezza naturale.

Meg

Non sono bravo con i complimenti perché a me non ne hanno fatti mai, ma ti accarezzo l'anima, anche da lontano, anche quando non lo senti ci sono lacrime che colano all'interno degli occhi. Dall'esterno non le vedi, ma sono le perle dell'anima stessa. Ora che mi hai trovato lo sai, detesto piangermi addosso.

E le paure che hai dentro, tutti i dubbi irrisolti, tutto il silenzio che non avevi chiesto e le domande a cui non trovi risposta, sono i cedimenti che difendo, come una tenda su un prato, quando il vento è troppo forte per tenerti con me, e ricordartene l'importanza e l'esigenza di farlo soffiare dalla nostra parte.

Sei splendida proprio grazie alle tue debolezze, al tuo essere autentica, me lo dice il colore dei tuoi occhi, semplice, inaspettato, leggero. E magari il messaggio arriva: "Voglio stare con te". Mi fa terrore dirtelo, perché non voglio essere l'uomo da ringraziare, ma semplicemente l'uomo da amare. Significa che sono ancora vivo. Tutti abbiamo paura. Però tutti sogniamo una sfrenata notte di bugiarda solitudine con l'amore.

Soprattutto io e te. La nostra notte preferita deve ancora venire.

Ogni volta che ti sentirai i nervi tesi sulla pelle, apri il tuo libro preferito, entraci dentro, vienimi a trovare e aspettami lì. La mente e la pelle sono sempre in contatto, sono la parte più interna e più esterna di noi.

Nessun libro potrà mai contenere le istruzioni per la felicità, fosse anche di tremila pagine, a sciorinare tutti i possibili perché. Ma un libro ha bisogno di ogni parola per completare il suo viaggio. Attraverso il tuo libro preferito potrai toccare finalmente con le mani la tua mente. È dalla lentezza con cui cadono i petali che si intuisce la bellezza di un fiore. Qualsiasi passo che leggerai diventerà un tuo passo e ogni panorama che vedrai camminando ti accorgerai che già ti fioriva dentro. Avevi solo bisogno di un giardiniere a dare l'acqua ai tuoi fiori interiori per farli crescere qua fuori.

Mi piacerebbe impostare il cervello come un telefono che cancelli i pensieri, dopo la prima lettura sul display. Non ci riuscirò mai, l'ho sempre detto che di digitale ho solo le impronte sull'anima. Di tutte le vere presenze tu mi sei vera nell'assenza. Ogni volta che vorrai, mi troverai. Ti basterà passeggiare con gli occhi rivolti all'amore. Non la perderai mai, la nostra luna blu. Leggimi al lume di candela di ogni limite, perché ha occhi allenati al buio la luce dell'amore. D'improvviso colerà il blu sulle nostre città e io sarò lì, dove non mi aspetti, ad esempio, ad aprirti la portiera del cuore. Toccarti sarà come stringere fra le mani una supernova. Spalancare mille bocche sulla pelle e affondarci le dita, fino a mangiarsi gli tsunami dell'estasi. Nessuno sarà un bacio che non ricorderai. Ogni tua lacrima sarà una goccia di luce sulla mia pelle. Sarai abbagliante. Ti guarderai luccicante nei miei occhi, ammirandoti, come uno specchio che riflette l'anima.

E noi facciamo l'amore con i pensieri in lontananza, violentando le distanze per leccarci i respiri. Scopami l'anima, amore mio, muoviti da dentro perché soltanto in quei minuti il cielo non sarà più grande del mio cuore e il paradiso non sarà più lontano del nostro letto. Arriverei a strappare il cielo per vedere cosa c'è dietro per te. L'amore mette un ordine segreto al nostro caos. Ci sposta il cuore senza toccarlo dalle vie periferiche al centro di un pensiero fisso, e tutto di noi ritorna al posto giusto. Ci si rimescola il sangue, ci si entra dentro come si entra nel mare. In quello buono, fluido d'amore, come le onde, e in quello impuro, infetto, denso di coaguli emotivi. Ed è per questo che ho tracce di te nelle tasche del cuore.

Se io fossi un vampiro tu saresti l'incarnazione del mio morso migliore. E quando il mio sangue sarà completamente confluito nel tuo, due affluenti corrispondenti nel punto estremo dell'estenuante lotta fra il rincorrersi e il ritrovarsi, solo allora i nostri due cuori riprenderanno a pulsare con il loro battito naturale. E ti sorprenderai nel trovare in me quel che cercavi in te. È una fortuna riuscire a incontrare persone con cui sei in sintonia senza dover spiegare niente. La frequenza perfetta. Sorprendersi è il terzo verbo più importante dopo essere e amare. Senti come il battito del nostro cuore assomiglia terribilmente al ticchettio di un orologio? Inesorabile, come il tempo che passa.

È un crimine contro noi stessi scegliere di non annullare certe distanze. C'è bisogno di stringersi forte per sentirci ancora vivi, o lasciarsi andare davvero senza rimpiangersi né stringersi più. Non c'è una via di mezzo. Per me non esiste l'arte di sfiorare: o lo tocchi, l'amore, o lo lasci andare. Gli attimi non si possono mettere in gabbia, conservano in sé tutta la loro meraviglia.

E tu ci credevi davvero che in un giorno qualunque ti saresti svegliata e qualcosa d'improvviso sarebbe cambiato? Se potessi incontrarti ancora, sai cosa ti direi? Che sei come una fede silenziosa: posso pensarti o non farlo, tu ci sei. Scordati di dimenticarlo. Quando tutto torna apparentemente in ordine, l'amore forza le serrature. È l'illusione più dolce che puoi perdere, la chiave dei sensi. Finché ci sarà altro amore nell'amore ci ruberemo il cuore all'infinito.

La felicità è un abbraccio di cristallo da cui dovremmo lasciarci stritolare. Continueremo a scriverci con ideogrammi sconosciuti per lasciarci ogni tanto intercettare e poi sparire, ripresentarci sotto altre sembianze e ridere di noi quando, da analfabeti emozionali, non saremo in grado di unire il suo anagramma segreto: amore. Il paradosso di alcuni sentimenti è che tanto più sono assurdi, ingestibili, impossibili, arenati in crateri lontani, tanto più sono solidi nell'essenza del rimanere.

Sei rimasta. Dentro, intorno.

Demian

*Una fede silenziosa, me lo avevi già detto, Demian. Fra milioni di déjà vu fra sogno e realtà, di questo sono davvero sicura. Me lo hai detto tu. Se la felicità è un abbraccio di cristallo, voglio comunque stringerla, lasciarmi stritolare da quell'abbraccio, come mi hai detto prima che fuggissi. "Quando capirai l'amore, farai risorgere una stella che berrai come vita dal palmo delle mani, mentre ti scoppierà addosso. Ma per amare davvero qualcosa dovrai imparare a guardarla, per capire se la stai guardando dovrai metterla a fuoco, e per scattare la foto al futuro o perdere di vista l'obiettivo dovrai per forza fermarti a due passi dalle stelle e metterti in gioco." Anche questo mi avevi detto. Abbiamo fretta di amare, poi fretta di andare, di tornare quando non si può. Oggi lo so, oggi l'ho capito, e per fermarmi a due passi dalle stelle devo correre da te. Spero che questo sia ancora il nostro tempo.*

## 23
# Lasciare le corde di sicurezza e saltare

Così Meg scelse quella domenica qualunque per dare una svolta improvvisa ai passi della sua vita. Pianificando ogni passo si rischia di cadere molto di più che nel lanciarsi in una spasmodica corsa verso i luoghi della felicità. Perché forse anche le lacrime condivise diventano pianeti, molteplici universi da localizzare. La loro collisione genera la pioggia delle anime, la vera emozione, una sull'altra, senza materia, senza forma, senza nessuna logica spiegazione. L'amore è illogico. O parti o resti. E non ti fermi a pensare, non decidi di partire, se parti è perché devi, se resti è perché il desiderio di andare non è talmente forte da farti impazzire il sangue.

Amare una persona significa rapirle l'anima. Insegnarle quanto possa essere inesauribilmente bella, umilmente importante e potenzialmente infinita. Soffriamo spesso del non essere abbastanza rapiti, soffriamo per quella linfa vitale che si sprigiona in noi e che nessuno sa rubare e succhiare, per farcela poi assaporare di nuovo, restituendoci nuova emozione e freschezza. Parte della nostra anima risiede nell'anima di chi scegliamo accanto. Ed è proprio lì, essenzialmente lì che sentirai il tuo cuore battere sul marciapiede dei sensi. E se gli chiederai "Quanto vuoi?", ti risponderà "Niente". Solo l'amore riesce a farti impazzire il sangue. Come arrivarci, mi chiedi? La via d'uscita per la paura è l'entrata. La porta è la stessa. Ogni attimo potrà essere d'amore o d'addio, dipenderà dai tuoi passi, dall'attesa, dalla partenza, o dall'eterno tuo inciampare in un rinvio.

Non vivi mai abbastanza finché non ami abbastanza qualcuno da vivere del tutto. Scegliamo noi di chi morire, finché siamo in vita.

*Al diavolo il cervello, voglio un amore vero anche se imperfetto. Le strade possono andare dove devono, ma siamo sempre noi a scegliere chi siamo. Per una volta scelgo di essere ottusamente determinata, stupidamente coraggiosa e insensatamente sicura. Lasciare la corde di sicurezza e saltare. Oggi il vuoto è illuminato. La verità ci rende liberi, l'imperfezione ci rende veri.*

Giorni come speranze si bucano sul vestito del cielo indossato a rovescio come tarli seriali, tutti uguali. E poi ne basta uno, il giorno in cui ti spogli di quell'insana normalità e ricominci a farteli a mano, i sogni. E ti riappropri di un inviolabile pensiero. Il tuo cuore è un ago immenso che si sente in grado di ricucire il cielo.

A volte l'anima trema di dolore. Hai mai pensato alla prospettiva con cui guardi un dolore, alla sua diretta proporzione con il tempo? Ti illudi di fermare il tempo spaccando un orologio, ma mentre quando ami ci riesci e un attimo ti sembra immortale, il tuo dolore lo osservi ma non ti riesce di riportarlo indietro, di annientarlo con gli occhi. È questa la grande differenza. Mentre l'amore lo vivi, lo spremi, è un catalizzatore di energia attiva, il dolore è distruttore, è la massima concentrazione di energia passiva. Ti succhia, ti sventra e ti lascia lì. Puoi solo sperare che il tempo faccia il suo dovere, ma la verità è che il tempo nulla può contro l'amore, e che le cose che credi il tempo possa risolvere può risolverle solo la nostra volontà. Le altre sono macchie indelebili sull'anima: impari a conviverci, a provare a nasconderle, ma non a distruggerle. Ti verrà allora sempre più semplice chiudere la porta per non far entrare la polvere, ma la polvere entrerà lo stesso e l'anima continuerà a sporcarsi. Tanto vale sporcarsi per bene, non credi?

*Hai ragione, Demian. L'amore è la giusta cura per non guarire mai dalla follia recidiva dell'incanto. Non c'è un antidoto per smettere di amare, semmai il dolce veleno di amare ancora di più.*

Meg prese il primo aereo per Londra, arrivò sotto casa di Demian, suonò più volte al citofono con il cuore in fibrillazione, ma non rispose nessuno. Pensò alle rose e decise di tornare al mercato dei fiori, in Columbia Road, per comprarne di rosse come il sangue e ripresentarsi più tardi a casa per dirgli che voleva fossero quelle rose il profumo della sua vita, le rose ora sporche del sangue di chi ha provato e vuole pungersi, piuttosto che restare senza fiori, senza sangue, schizzandosi addosso il bruciore di spirito per rimarginare il suo spirito più interno. Ecco, voleva schierarsi dalla parte dei respiri, respirando le sue rose. Correggere gli errori di percorso, non certo quelli dell'amore. Incontrarsi nei colori a metà strada, per poter regalare un po' di sogno alla realtà e alla realtà un po' di sogno. In fondo la sapevano entrambi fin dal principio, questa cosa. Questa splendida sensazione, per darle un nome, la sensazione d'eterno.

*Tu forse la conoscevi da molto più tempo di me. Se l'anima non si fondesse con il sogno, non potrebbe scoprire l'eternità di un un'emozione, e anche se poi l'emozione si dissolvesse d'improvviso, non perderebbe comunque il suo senso immenso. Perché potrai spogliarti di tutto, ma non della volontà che ha la tua acqua di domani. Ti aspetta un gioco nuovo, rispetto all'unico che conosci e ripeti fino alla nausea, richiede allenamento per disattendere noie e apatie. Insegnerai al tuo corpo a muoversi distrattamente. La distrazione è una liberazione. Ti sembra strano usare la parola distrazione? Perché cosa succederebbe alla ragazza se per una volta riuscisse a distrarsi da quel che già sa e vedesse l'anima, creduta persa nel ripostiglio del cuore, approfittarne e scappare? Toccarle la spalla e dirle: "Adesso cerca il solo viso che mi farà tornare in te".*

Mise a fuoco un banco di fiori. Si ricordava di aver passeggiato lì con Demian, di aver guardato il rosso e il blu delle sue rose. Le sembrò di poter fissare non solo il colore, ma il loro profumo, per una volta inspiegabilmente vicino, così vicino da farla sentire più donna, più consapevole, da farle sentire profumata l'anima, intrisa di novità.

Aveva sempre ferito tutti per allontanarli e spaventarli, per ferire essenzialmente se stessa. Finalmente si era punta varcando i margini di quel dolore, di quelle paure, di quel suo senso d'inadeguatezza. Si fermò a comprare le sue rose, incantata per una volta dal coraggio di una vera scelta. D'improvviso sentì qualcuno toccarle la schiena e si voltò di scatto.

«A volte non siamo noi a trovare i sogni, sono i sogni a trovare noi, e nemmeno lo sapevamo. Ci toccano da dietro con un dito sulla spalla. Ti volti e sono pezzettini scomposti di stelline nell'aria, simili alla polvere. Il fatto è che non hanno le sembianze che ti aspettavi. Ecco perché stenti a riconoscerli.»

Si sarebbe dispiaciuto molto l'infinito nel vederli soli, rinchiusi nei cassetti solitari dove vanno a finire i sogni abbandonati. Quel profumo era ovunque, lo respirava come fosse aria, aveva il cuore a mille e la sua emozione la stordì a tal punto da sentirsi sollevata per un attimo da tutto il dolore. Sono gli attimi che ci innamorano sempre di più.

«Ti ho cercato a casa. Ho suonato a lungo. Mi sono ricordata di una libraia che ho conosciuto mentre eri in coma. Sono andata a chiederle se per caso avessi cambiato casa. Non ha saputo dirmi niente. Mi avevi detto che eri solito venire qui ogni domenica. Che venirci ti ha sempre fatto sentire meno solo. Allora mi sono detta: "Perché no? Proviamo". E sono venuta.»

«Ti ricordavi bene, allora. Riguardo alla casa, non abito più lì. Da quando ho associato la tua presenza alle mie cose, non riuscivo più a starci dentro. Mi sono trasferito a Primrose Hill. È una lunga storia, se avrai tempo te la racconterò. Tu hai segnato la mia aria con le frecce dei tuoi sguardi. Si dice che le pagine della nostra vita non si possano strappare, ed è verissimo. Eppure, se fossimo davvero un libro e lo rileggessimo, secondo me cambierebbe continuamente e non avrebbe mai lo stesso finale, dopo ogni esperienza che si aggiunge alle precedenti. "Avremo nulla ma è ciò che preferisco" pensavo. Nulla per non avere tutto. Perché da domani avrò bisogno di molto di più, sì, molto di più di quel che ho avuto ieri. Ci si sveglia un giorno d'improvviso e non ci si riaddormenta più. Il momento in cui hai la netta percezione che una storia sia finita è quando un silenzio improvviso ti rimbomba nella mente, guardi la tua casa e prendi consapevolezza del fatto che chi ami non ci entrerà più, per sua o tua volontà che sia non ha importanza. E invece sei rimasta. Dentro. Intorno. Anche in una casa che non hai mai visto, troppo stretta per due vite, troppo larga per una sola.

«"Se ti rende felice perderlo fai pure" pensavo. "Ma perché se ti rende felice, ti senti così triste?"»

«Di fumare ho smesso, di amarti ancora no. Tu non mi hai più risposto e io ho smesso di cercarti. Magari posso struggermi dentro, ma non sono un uomo insistente. Ho scelto questa fine perché pensavo che la fine mi portasse a un dolore definitivo, non in grado di riacuirsi mai più. Mi sbagliavo, certe fini sono inizi infiniti.»

«Dunque la percezione di un futuro fra noi non ce l'hai più?»

«Credi nel destino?»

«Sì, ci credo.»

«Ecco, ora smetti. Credi in noi. Anche se sei nata dopo di me devi aver aperto gli occhi al cielo qualche istante prima, per farmi strada nel tuo cuore. Filo d'erba al vento dei miei pensieri. Pensa che persino i miei sogni se hanno un incubo si svegliano e chiedono di te. Poi si riaddormentano e ti sognano ancora.»

Demian tirò fuori dal portafoglio una fotografia di Meg, una polaroid che le aveva scattato proprio in quel mercato. Avevano aspettato che il colore venisse fuori pian piano, soffiandoci sopra. Meg la prese dalle mani di Demian, era tutta stropicciata, odorava fortemente di cuoio. In quello scambio concreto di una semplice foto, le loro mani restituivano amore senza chiedere, prima di ricevere.

La girò, dietro c'era una piccola scritta:

*Mi piacerebbe che ci fosse ancora un tempo in cui darci del noi. Un tempo in cui imparare a memoria le declinazioni del sole ed essere abbracciati da un'ombra, l'unica capace di far tremare il corpo di un uomo quando tutto il mondo scivola di fianco e resti tu.*

«Oggi so che i sentimenti più forti sono già ghirigori nell'anima appena nata, fino a prendere per mano il nostro corpo, formarlo e portarlo a spasso nel tempo. Un disegno indelebile anche se butti il quaderno, anche se per qualche motivo non ne completi le pagine. Se finiscono, non muoiono, sono buchi neri dentro. Un attimo, un pensiero, un ricordo e ti risucchiano in un vortice infinito. Devi tenerti a debita distanza dalla tua mente. Così, ascoltandomi parlare, ho sentito spesso dentro la tua voce ridere di me, quando a tutti raccontavo di averti finalmente dimenticata. Mi accendevo una sigaretta davanti allo specchio e guardandomi ti vedevo ancora. Ti rivedevo ancora passeggiare con me nei miei labirinti di rose interiori, fra le righe della mia storia.»

Poi Demian le porse un foglio che era stato strappato in tanti piccoli pezzi rincollati meticolosamente.

*Ho cercato di dimenticarti, ma strappare la carta non strappa i pensieri. Il pensiero va dove vuole, scappa persino dalle fotografie.*

*Sai cosa mi sarebbe piaciuto? Leggere un libro con te. Andarlo a scegliere insieme in libreria. Entrando insieme, per mano. Poi liberarci come cani sciolti, a fiutare emozioni. Darci un tempo, senza tempo. Tutto il tempo necessario per tornare all'appuntamento.*

*Lì, accanto alla cassa, con l'espressione di vita stampata sul volto.*

*Noi e l'amore in mondovisione.*

*Sorriderci con gli occhi sapendo già quale musica mettere in auto nel viaggio verso casa. Annusare il nuovo con la consapevolezza di tutto il già letto che ci aspetta.*

*"Cosa hai preso?" sussurrare senza parole. E tu lì a mostrarmi la tua scelta, poggiandola sulle mie mani, sopra il libro scelto da me per te. Avrebbe potuto addirittura essere lo stesso.*

*Quasi sicuramente non lo sarebbe stato. Ma avremmo potuto prenderli tutti e due e decidere quale iniziare per primo subito dopo un caffè.*

*E invece l'amore ci rende strani nemici.*

*Non c'è più spazio per leggere insieme, e allora prendo un pastello e coloro le figure, quelle belle e quelle brutte, quelle che passano, si fermano, quelle che restano ombre, quelle che si dissolvono asciugate dalle differenze. Ti disegnerei i bordi come un cartone animato, entrerei nel libro dopo averti disegnata, ma non a modo mio, non per cambiarti, ti disegnerei così come sei.*

*Tu mi diresti che non sei così, non ci rassegniamo mai con facilità ai piccoli difetti dell'anima.*

*La crediamo perfetta, ma non lo è perché è nostra e noi non lo siamo.*

*E mentre agosto si fa settembre troppo in fretta, mi accorgo che stranamente quest'anno non mi dispiace poi tanto.*

*Questo svela la sottile insoddisfazione, le impalpabili malinconie, il desiderio di sovvertire il "bel tempo" dell'inadeguatezza verso un autunno sereno.*

*Guardandoti ho pensato che sono nato per perderti.*

*Ho lasciato i miei sogni nel sogno.*

*Cambio rigo, ma ancora li scorgo.*

*Mi piacerebbe scordare chi eravamo per rincontrarci come siamo.*

*E tu cercami, in trentaquattro anni di cassetti, in mezzo ai cambiamenti, per accorgerti che mi hanno reso uguale.*

*E poi richiudimi, che forse non è più tempo per le favole.*

«Ti scrissi questo quando cambiai casa, ma decisi di non spedirlo mai per non disturbare la tua vita. Per vincere ogni tentazione l'ho distrutto. Non esiste una brutta o bella copia, non l'ho mai ricopiato in un programma di scrittura. Se avessi meno chilometri di pensieri, arriverei solo prima a pensarti. Il pensiero si misura dalla strada che siamo capaci di accorciare, non dai muri che mettiamo per evitarla. Forse continuerò sempre a sentirmi fuori posto e a non conoscere la magia che serve per farsi amare. Ma per amarsi davvero si deve smettere di sentirsi sbagliati.»

«Per questo oggi sono qui: ho smesso di sentirmi sbagliata.»

## 24
## Casa è ovunque si abbia voglia di tornare

Meg baciò Demian con una sicurezza probabilmente mai avuta prima. Una sicurezza fiera ma non sfrontata che ti dà solo la presenza di quello a cui per niente al mondo arriveresti a rinunciare.

«Faccio in tempo a prendere questo treno o è già partito? È in orario lo scalo per il nostro paradiso? Dovrei prendere una coincidenza improbabile. Perché io so che se tardassi la perderei per sempre, non sempre ci sono altre occasioni. E ho imparato che nella vita non ci si può offrire così a chiunque, che bisogna scegliere chi e cosa conta e curarsene, e per questo sono tornata. So che nel tempo dobbiamo arrivarci in tempo, in orario, puntualmente. Ho buttato via quelle certezze presuntuose, quelle assurde convinzioni di non potersi perdere mai. Per questo sono qui. Il punto debole dell'amore è tornare per amore? Be', quel punto ha in sé la sua massima forza. Perché forse il nostro piccolo sogno finito...»

«... si trova dentro un grandissimo sogno infinito ancora da esplorare.»

Vengono i crampi alla vita, in una bella giornata di sole a guardar piovere dentro, a voler buttare fuori l'arcobaleno, la magia, secoli di rabbia, attimi d'immenso. Riprendere fiato, ripulire il respiro e chiedere all'amore di entrare come un debuttante entra all'esordio della primavera. E sentire d'improvviso l'applauso del vento.

«Sai qual è il più bel ricordo che vorrei avere con te?»

«Quale, amore mio?»
«Domani. La nostra notte preferita deve ancora venire.»
«Vorrei che tutti lo capissero. Non siamo nati per rinunciare alle farfalle. Esistono amori così immensi che il vuoto si nasconde per vergogna. I miei quattro punti cardinali sono orientati nella quintessenza di un solo punto, la tua anima. Adesso, ad esempio, anche l'aria mi sta guardando coi tuoi occhi.
Voglio farti una sola domanda. Io so che tu salvandomi mi liberi, ma io liberandoti ti salverò? Sai, quando qualcuno si avvicina alla tua vita per rassicurarti ti dice: "Non ti farò del male". Ma io vorrei lasciarti ancora un credito con la vita, farti tutto il bene possibile, farti raggiungere l'estasi, il culmine, condurti oltre senza lasciarti per giungere al principio e aspettarti lì, a dimostrarti che c'è un senso a questo incontro già concepito dall'amore, un disegno circolare già stabilito dal cuore che ti riscrive i sogni e ti ripopola di meraviglia. Ciò che nella vita è vocazione non lo mettiamo mai da parte, fa parte del nostro DNA. Per cui una vocazione è ancor più che una priorità. L'amore che sai di avere è sempre dove tu vivi, perché è lì che ami e non altrove. Per questo puoi spostarti dappertutto, viaggiare in ogni luogo, cercare all'estremità dell'anima nuovi continenti inesplorati. Se non hai l'amore dentro, ti affaticherai soltanto i muscoli, ma là fuori non ne scorgerai alcuna traccia.»
«Stavolta sono io che non voglio lasciarti andare, perché in fondo so che comunque sia non mi lasceresti mai, anche se me ne andassi, anche se scappassi per sempre, mi allontanerei da tutto, da tutti, da me stessa, tranne che da te.»
«Allora prendi il mio meglio, prendi il mio peggio, impastali insieme e poi amami, solo così potrai dirmi "ti amo" veramente.»
Meg lo ribaciò di colpo, affidandosi all'istinto del suo sentire, proprio come la luna. Demian per un attimo si sentì completamente in pace, come se quella storia fosse un astro nascente su cui andare ad abitare, il paradiso in un mondo senza cuore. Le occasioni dell'amore sono brividi o lividi. Coglierle è fortuna, trasformarle in storia è coraggio.
«Mi sono ricordata di quando da piccolina mio padre

mi portava a vedere le lucciole. Perché non ci sono più le lucciole?»

«Forse perché gli uomini hanno smesso di sognare, e loro senza sogni non riescono più a vedersi. O forse perché ci sono troppe luci artificiali e loro, piccoline, abbagliate dal niente, non riescono più a riconoscersi e a corteggiarsi. Spero che ce la facciano a resistere. Ogni estinzione causata dagli uomini è un fallimento. C'è una parte sempre in fiore in noi, che si rigenera anche mentre provi a raccontarla. E tu, ragazza in fiore, non dire mai a un uomo "Sei mio" se non gli hai messo le mani nel cuore.»

Demian prese la mano di Meg e la spostò sul suo petto.

«Déjà vu» disse Meg ridendo. «Sai, una volta il terapeuta da cui sono andata quando sono fuggita via da te e da Londra mi ha detto che forse i vuoti sono l'origine del tutto e che noi nasciamo per riempirli. Mi ha chiesto se lo conoscevo, il mio vuoto, se lo avevo percorso fino alla fine. Mi ha detto che quella era la mia sola e unica vita e non potevo rimandare le mie scelte a quando mi fossi sentita meglio.»

«Non è importante, amore mio, quale sia il tuo vuoto, perché tanto è dall'altra parte che io voglio condurti. Per mostrarti l'altro incanto del tutto. La normalità che, se è fatta di amore e complicità, è davvero fantastica. Forse la magia esiste. Sta proprio nel non rimandarla a tempi migliori. I tempi migliori sono già qui. La magia è quel riuscire a mettere in comunicazione due mondi distanti. Dove finisco io, comincia il tuo cuore.

Puoi anche non chiamarlo amore, se vuoi, se la parola ti sembra troppo grossa o troppo piccola per mettere fine o dare inizio a quelle resistenze che attanagliano i corpi. Ma sai, l'amore va oltre i corpi. È un segreto antico nell'anima che si svela d'improvviso attraverso un incontro, non perfetto, ma assolutamente insostituibile. E così, se anche non avessi creduto nell'amore, avrei creduto in te.»

«Fino a quando vuoi restare con me? Sì, lo so, sono un'ingenua, è una domanda stupida ma...»

Demian sfiorò le labbra di Meg con le dita e un petalo nella mano: «Ti chiedo di restare fino a quando non mi insegni una canzone che non so. Ti chiedo di restare fino a farti imparare una canzone che non sai. Si chiamerà *Le fil rouge*. Noi, perduti nell'osteria dell'anima, a degustare vino rosso sangue insieme al nostro pane integrale di follia. E domani giureremo di non averla mai sentita, per ricominciare a impararla ancora. La presenza è il linguaggio dell'amore, tutto il resto è cattiva traduzione».

E a Meg non tornò solo in mente una frase, percepì la felicità come sensazione viscerale sulla pelle. La felicità è l'orgasmo dell'anima.

«Volevo solo guardarti dormire, la più pura, vera, grande magia che mi accadde fu questa. Seguire per tutta la notte il ritmo del tuo respiro, senza toccarti. Ti amavo già, me ne accorsi da questo, da questo spietato desiderio. E la paura d'innamorarsi di qualcuno, l'ho capito in quell'istante, è già un po' amore silenzioso. Se potessi addormentarmi e, risvegliandomi, cancellare tutti i miei errori e ricominciare da zero, saprei sempre ritrovarti. Ricomincerei dal primo battito nato pensandoti e saresti l'unica cosa che non correggerei, né col rosso né col blu. Se non sei tu l'amore, l'amore non esiste.

Mi sono trasferito da un luogo all'altro di me e, girando e girando, ho capito che continuavo a cercare l'unico luogo che dentro non ho. L'unico luogo in cui mi sentivo a casa, ovunque io fossi. Era quando abitavo te, era dentro di te. Si respira meglio stando dentro chi amiamo che dentro noi stessi. L'amore ci arreda la mente in modo differente. Io ho imparato la geografia attraversando il tuo corpo.»

«Non cambierà mai la geografia di certi sguardi.»

«No, non cambierà. Solo il coraggio dei nostri sogni li può fare incarnare. Dietro l'apparenza delle cose ci sono strade, scale e porte di percezione che ci conducono a nuovi universi che nemmeno sapevamo di avere dentro. Non esistono sogni migliori della realtà, se la realtà ci si presenta di fronte finalmente come la sogniamo. Una lampadina ha il colore ma non la luce della luna. Il brivido è nella luce, non nel colore. Il brivido è l'unica salvezza per l'anima, perché non potrà mai essere artificiale. Si sdraia accanto a noi e ci sussurra: "Fidati di me, ti porto dov'è morbida la vita".

Quando ogni tanto non capisco più nulla e mi domando di quanti cerchi sia composta la mente, quanti piani di realtà esistano, quanti di sogno, mi rendo conto che le forme della paura sono quasi infinite, e invece la forma dei sogni è una soltanto, quella del coraggio. E tutte le luci della nostra casa sono gli occhi del mondo. Che poi, forse, non averci provato mai è il finale più scontato e banale che possiamo scegliere di dare al libro della vita. Il punto e basta, l'impossibilità di offrire un seguito all'anima, spegnerla prematuramente, smettere di farla vibrare.»

«Mi sono accorta di quante cose ho perso stupidamente ancor prima di trovarle, continuando a fissare da lontano solo finte certezze. Credevo di avere sempre tempo per raggiungerle. Ma poi ho scoperto un mondo alternativo dentro di me, diverso da quello asfissiante e preoccupante che avevo sempre conosciuto. Ogni scelta mi sembrava un ostacolo... e invece al di là del muro c'è la vera libertà. Per comprenderlo a pieno ci si deve innamorare. Forse è l'unica via che non aggira gli ostacoli, gli va incontro nonostante ci si possa fracassare il cuore sui possibili inganni.»

In mezzo a tanta confusione, l'amore è una luce, la più brillante, è Sirio, la stella più luminosa perché più vicina agli occhi, ma anche la più difficile da continuare a guardare nel tempo. Perché per un difetto visivo interiore, quello peggiore, alle cose troppo vicine agli occhi non si dà mai la giusta importanza. Perché perdere di vista l'essenziale è la cosa che assurdamente ci capita più spesso. Non so se sia una scelta o meno, forse è solo un diverso modo di guardare la vita. Abbiamo una vita sola. Regalando il nostro tempo, regaliamo la nostra vita. Di più prezioso non abbiamo niente.

«Non ho molto, ma vorrei che fosse tuo, perché è tutto quel che ho. Scambiamoci l'anima in sogno, così saprai che non mento.

Cosa ti avevo detto, Meg? Sei rimasta. Dentro, intorno. La mia fede silenziosa, la mia colonna sonora muta. Posso pensarti o non farlo, tu ci sei. Perché l'amore è soltanto così, se è un po' meno di troppo già non basta.»

«Déjà vu.»
«Riportami a casa.»
«Quanto è grande la tua casa?»
«Se lo spazio interiore è condiviso diventa infinito.»
«Dove affaccia la tua casa? Sul mare? Su un giardino o sulla strada?»
«La mia casa? Si affaccia sulla tua vita. In ogni posto io mi trovi sono sempre a casa, quando abito te. La mia casa è dentro di te.»
«Aspettavi qualcuno?»
«Aspettavo te. Perché spesso tornare a casa vuol dire rientrare dentro sé, dopo essere stati troppo a lungo fuori da se stessi.

Alla fine dei giochi non cambierei niente, nemmeno gli arrivi derisi o le false partenze. Perché sei la prima donna a essere arrivata sul mio pianeta senza farmi le carte per scoprire il mio segno, nel tempo intatto delle due costellazioni dei tuoi occhi. Tu, il mio pianeta privato dove rifugiarsi ad attendere l'alba.

Ti ho amato dal primo sguardo senza tradirlo mai, neppure da lontano, nemmeno in altri occhi. Perché il mio sguardo è tuo e tu non sei mai così bella come quando guardi me. Ho capito che quando si dice a qualcuno "Ho fame dei tuoi occhi" non è semplicemente l'espressione di un desiderio. Noi non siamo nati per alimentare soltanto il corpo, e alcuni occhi sono l'alimento primario per la nostra anima. La nutrono, la rigenerano e le ridanno una forza incredibilmente vivida, anche da lontano. Occhi a cui dire: "Non chiedo niente in cambio, o forse a voi chiedo tutto, perché da voi dipende la pace del mio mondo". Sei il mio sogno che dimentico per riviverlo al risveglio.

Vedi? Cerco i tuoi respiri in giro nell'aria. Qualcosa che non si sgretoli, che regali ossigeno alla mia apnea emozionale. In una semplice parola: te. E oggi sto in quei silenzi irriverenti, quelli che non sanno tacere, e nelle parole del silenzio, timidi sguardi di verità.»

L'amore arriva per mettere a soqquadro tutte le nostre finte certezze. Mente e cuore a volte si confondono, per fondersi poi irrimediabilmente e arrendersi. Perché se il cuore è un muscolo intelligente ed è l'ultimo ad arrendersi, la mente consapevolmente si arrende al cuore. Così viaggiando nel tempo, nei giorni, conosci milioni di anime. Ci parli, sorridi, le guardi, di tanto in tanto ti fermi, ricambi gli sguardi. Poi però riprendi il tuo cammino. D'improvviso ne incontri una che stravolge il senso del tuo percorso per sempre, mobilita inevitabilmente le vecchie prospettive territoriali o, oserei dire, anche l'origine del tuo cielo, la direzione del tuoi occhi. Dopodiché nulla sarà più maledettamente uguale. Mai più. E nel preciso istante in cui te ne accorgerai, capirai perché da tutto il resto sei sempre andato via.

A cosa servono le parole se non si dicono? E a cosa il tempo se non si spende attraversando con i passi le distanze che separano i corpi?

«A me non basta essere semplicemente il tuo tutto, voglio essere anche il tuo nulla, cosicché, quando avrai la mente alienata in un deserto di paure, sarò il cartello a indicarti la strada del ritorno.»

Ci sono mani che le guardi e ti salvano, eventi straordinari per la loro semplicità. Si muovono e spostano pianeti. E sguardi cosmici che ci sono anche quando non ci sono. Una bellezza ultraterrena, la vera eleganza dell'anima. Una felicità malinconica e perfetta che nemmeno puoi spiegare, ci perdi dentro le parole. Resta mani e sguardi. Respiro di carne, vivo.

Casa è ovunque si abbia voglia di tornare, ovunque ci sia la curva del vento a farti fermare. È un lieve sollievo, un dettaglio emotivo che ci viene incontro a cambiare le cose. E alcuni desideri si avverano al tramonto, sul mare emozionale, un attimo prima della chiusura delle ciglia, leggeri sull'incanto, a ricordarci che non ci dimenticano se non siamo noi a scordarcene, a ricordarci che non c'è un'ultima spiaggia per l'amore.

La vita è così, lente giornate tutte uguali ed emozioni improvvise che trafiggono il respiro. C'è chi ti ruba l'aria e chi te la ridà, dosandola in modo così perfetto da insegnarti a respirare.

∞

# 25
# La pelle non la freghi

Demian e Meg avevano progettato una breve vacanza a Brighton. Brighton era la città dov'era nato Demian, ma stranamente non erano mai andati a visitarla insieme, eppure erano già passati più di due anni dall'inizio ufficiale della loro storia. Una volta arrivati, Meg si era ritrovata sulla banchina da sola. Demian non era sceso dal treno. Se n'era andato senza dire niente. Dopo pochi minuti le aveva solamente scritto un messaggio:

Ehi, Bae, I'm sorry.

Meg era rimasta attonita in un luogo sconosciuto e si era chiesta se ogni gesto avesse poi davvero bisogno di un motivo tangibile, o se venisse affidato soltanto al dovere di dovere per forza capire qualcuno. In quel momento, niente di quanto successo le sembrava giustificabile. Infatti non lo era. Forse per questo un tempo si era innamorata del personaggio del libro di Demian che le era apparso in sogno. Perché sapeva, anche e soprattutto valutando se stessa, che i personaggi dei libri sono più coraggiosi delle persone.

In quei due anni di convivenza, più di una volta la sensazione che fossero diventati due estranei in fuga dalla bellezza aveva preso il sopravvento, come se la negatività scorresse nelle loro giornate e nelle vene, in quei sottili e taciuti "Chi me l'ha fatto fare?". Perché non si comprendevano più, quei due, nemmeno ci provavano più. Non erano più loro due ma altri due, assenti, distanti, affaticati anche soltanto da un gesto di troppo. Prevaleva una strana apatia, una fossa emozionale nella quale erano sprofondati apparentemente insieme, ma ognuno per sé.

Demian aveva pensato che sparire per un po' avrebbe potuto aiutare Meg a ridefinire meglio le prospettive. Non gli sembrava possibile di essere stato proprio lui a scegliersi quella vita. Si era allontanato volutamente, sì. Si era immerso in una sorta di regressione infantile per sfuggire alle delusioni del presente, un giocare a nascondino per farsi ritrovare. Si era estraniato dall'inquinamento interiore, lasciando Meg a rimpiangerne la presenza. Lui non assomigliava affatto all'uomo dei suoi sogni lucidi. Le parti si erano invertite. Per una volta era lei a rimpiangere la realtà perduta, non più le sue idealizzazioni fantastiche, sola a Brighton, scesa da un treno e senza destinazione.

Nel momento in cui Demian era sparito, era ritornata nella loro casa a Londra, aveva cercato ovunque indizi per comprendere il motivo della sua fuga. Aveva capito che doveva essere passato da casa, perché c'erano delle chiavi mai viste prima fra le pieghe delle lenzuola, nel loro letto sfatto, e sulla targhetta del portachiavi un indirizzo sconosciuto. Così, senza pensarci troppo, ci era andata subito. Una volta arrivata aveva scoperto che Demian aveva uno studio del quale lei ignorava l'esistenza. Sulla scrivania c'era un altro computer, non era lo stesso che aveva in casa e sul quale era solito lavorare. In maniera compulsiva si era messa a frugare fra tutti i suoi documenti.

I sogni che faceva un tempo l'avevano spinta da Demian, l'avevano portata ovunque desiderasse, ma non erano mai riusciti a farle raggiungere George. Successivamente aveva capito il perché. Lei era stata all'interno di un sogno condiviso, ovvero l'esperienza per cui le era stato possibile entrare nel sogno di Demian mentre lui era in coma, e interagire con lui, anche se le sembianze non erano le sue ma quelle di George, il personaggio del suo libro.

Leggendo i documenti di Demian nel pc, aveva tuttavia

scoperto che George esisteva davvero, anche se non era affatto quello che credeva potesse essere, quando lo sognava.

Nella libreria dello studio aveva anche trovato una copia del libro *Blue Moon* con una dedica per lui. Evidentemente Demian non era mai riuscito a darglielo. Il vero George abitava a Brighton e lei aveva deciso che sarebbe partita per andarlo a conoscere e gli avrebbe consegnato quel libro.

Per Meg era stato molto doloroso fare i conti con la nuova sensazione di abbandono. Quando Demian si era fatto ritrovare, dopo settimane, lei aveva già conosciuto George. Non il protagonista del libro di Demian, ma un ragazzo in carne e ossa, figlio di una famiglia molto in vista e proprietario di un cinema sul mare. Aveva succhiato la sua storia fino all'osso, probabilmente lo aveva anche un po' usato per arrivare a comprendere qualcosa di più del passato oscuro di Demian.

Aveva scoperto che George portava nel petto il cuore di Samantha, l'ex fidanzata di Demian morta in un incidente, la stessa donna che doveva essere stata la musa di *Blue Moon*. D'altronde lo aveva sempre immaginato che fosse stata una persona reale a ispirargli quel libro. Lei era stata la sua donatrice. Quel cuore aveva amato due volte, aveva amato Demian e successivamente si era innamorato di lei. Magari Samantha l'avrebbe odiata, anzi, di sicuro una parte del cuore di George la odiava dal profondo. Perché Meg era ancora lì, e forse non aveva mai apprezzato Demian abbastanza, mentre Sam non c'era più se non sotto forma di cuore, e poteva permettersi solo sprazzi d'amore attraverso la memoria cellulare. L'archivio delle sue esperienze era dentro il petto di George. Meg lo credeva possibile.

Tutta la vita che viviamo è scritta anche nel corpo, nelle nostre cellule. Tutte le emozioni, proprio tutte, compresi la paura e il dolore. Tutto diventa energia. La pelle non la freghi. È lì che sta la memoria. Il George che le appariva in sogno glielo aveva già detto. Lei non poteva di certo sapere allora che la proiezione di quelle parole potesse anche essere una sottile premonizione. Un assaggio delle conoscenze con cui aveva fatto i conti.

Il vero George, il ragazzo timido conosciuto a Brighton, le aveva confessato che dopo il trapianto anche il suo carattere si era un po' modificato. Aveva scoperto interessi mai avuti, la passione per lo scrivere, ad esempio. Come se quel cuore nuovo gli fosse scoppiato dentro, infettandolo della vita di Sam. Le aveva detto che per scrivere d'amore come prima cosa bisogna amare quello che si racconta. Lui le parlava, Meg lo guardava e immaginava il suo cuore e allo stesso tempo il cuore di Sam. Lo stesso cuore, in attimi diversi. Ne immaginava il battito nel momento in cui Demian un tempo la baciava. Visualizzava i loro momenti, ormai svaniti, o forse ancora sospesi nel nulla. Si chiedeva se quel battito fosse rimasto sempre lo stesso, se continuasse a reagire ancora nello stesso modo di fronte al palpito di un'emozione.

Quando George d'improvviso l'aveva baciata, lei sapeva benissimo che non avrebbe mai potuto ricambiare quel sentimento, ma il senso di colpa l'aveva fatta sprofondare in un anfratto di anestetico. Si era nascosta in un angolo per non ammettere che non dire la verità può sempre e solo peggiorare le cose, che le bugie tradiscono il rispetto per le promesse che facciamo a noi stessi.

Non era stata sincera con George, si era portata con sé il libro *Blue Moon* ma non aveva mai avuto il coraggio di darglielo, di spiegargli il motivo di quella visita, il *vero* motivo che l'aveva spinta a cercarlo. Quella copia conteneva una dedica per la persona che portava nel petto il cuore di Sam. Si era sentita in colpa. In fondo era stata cattiva. Cattiva con entrambi. Adorava soltanto le cose che non avevano un vero contatto con la realtà. Ma sì, era sempre stata vigliacca e in fondo in fondo, anche se non voleva accettarlo, lo sapeva bene.

L'intensità dello sguardo di George, che la guardava come se non esistesse niente di più bello al mondo, le appariva sconcertante. Una strana paura indefinita si prendeva gioco di lei, illudendola che niente potesse peggiorare, eppure dentro di lei si insinuava sempre più forte, quasi sbattendola addosso alle sue intenzioni.

Non aveva mai confessato a Demian quel bacio. In fondo era stato insignificante, non aveva contato niente per lei. Un imprevisto sterile su una strada abbandonata ancor prima di essere intrapresa. Demian l'aveva ripresa con sé dopo averla spezzata in più punti, perché gli abbandoni spezzano, anche se l'anima rotta non è visibile e i danni non si possono quantificare. Non poteva rischiare oltre. Aveva ceduto alla rassicurazione. L'aveva pagata cara, la fiducia. Non aveva nessuna intenzione di rivenderla a nessun offerente.

Nel giorno in cui Demian era sparito, tornata a Londra, Meg aveva conosciuto Evelyn, una psicoterapeuta che viveva nello stesso stabile in cui lui aveva il suo piccolo studio. Rimuginando sulla sua assurda condizione, si era poi convinta che le chiavi fossero state lasciate in bella vista consapevolmente, per farle comprendere quel che avrebbe scoperto.

Una semplice coincidenza le aveva fatto capire che i due si conoscevano. Evelyn aveva suonato il campanello dello studio di Demian mentre Meg era lì, lasciando sotto la porta una busta chiusa per lui. Meg probabilmente aveva fatto rumore e Evelyn aveva pensato che Demian fosse in casa ma non volesse aprirle. Così aveva detto a voce alta di aver ricevuto una lettera per lui, finita per sbaglio nella sua cassetta postale. Quella busta l'aveva presa Meg. Se l'era infilata nella borsa e aveva finito per viaggiare con lei.

Successivamente, sotto le sue incalzanti richieste di aiuto, Evelyn si era addirittura lasciata scappare di aver avuto Demian in terapia per diverso tempo, e le aveva raccontato di Samantha. L'aveva convinta che proprio il suo inconscio le avesse fatto sognare George per condurla a Demian. Visto che Meg aveva il dono dell'onironautica, le era stato possibile interagire in tempo reale con gli avvenimenti che riempivano il suo spazio onirico, ed era entrata in contatto con Demian mentre lui era in coma, attraverso un sogno condiviso con il personaggio del suo libro. Si era così potuta accorgere che il legame fra loro due esisteva davvero, che era come un filo invisibile.

Il *fil rouge* esiste anche fra chi non sa dell'esistenza dell'altro, ma intercetta dei segnali d'insofferenza senza capirne il motivo. Lei avrebbe potuto tirare quel filo impalpabile da entrambe le estremità e ammaestrare il destino spingendolo all'incontro. Ma la scarica di adrenalina che per un momento, al pensiero di poter essere lei stessa a modificare gli eventi, l'aveva avvolta e compiaciuta si era poi dissolta davanti a una stagnante comodità. Era ormai troppo concentrata a tacere e a difendersi. Quel dettaglio emotivo era così rimasto in sospeso, finito in un cassetto accanto a un altro dubbio. Meg lo aveva riposto con cura, evitando di rispolverarlo ancora.

Pensiamo sempre che non fare i conti con la polvere ci permetta di farla svanire, che la si possa lasciare lì fissa, immobile, che se decidiamo di non rimuoverla sedimenterà senza causare troppi danni, senza nessuna allergia al nostro futuro. Non è proprio così. La polvere a un certo punto rende l'aria irrespirabile e noi la chiamiamo "autodistruzione intelligente".

Evelyn aveva una figlia e Meg aveva trovato delle foto di quella bambina nel computer di Demian. Poco dopo la nascita della piccola, lei e il marito, Nicholas Turner, CEO della Penguin, la casa editrice di Demian, si erano separati a causa di un tradimento. La persona con la quale Evelyn aveva tradito il marito era proprio Demian. Da lì il sospetto che la bimba fosse sua figlia e non di Nicholas. D'altronde Meg non sapeva niente della vita di Demian, prima del suo risveglio dal coma.

Quando, spinti finalmente da un vero confronto, si erano ritrovati faccia a faccia sulla spiaggia di Brighton, Meg si era fatta forza, era riuscita finalmente a chiedere. Gli aveva domandato se quella bimba fosse la sua. Demian aveva negato, a lei era sembrato sincero e gli aveva creduto. D'altronde lei aveva potuto vedere il suo cuore in ginocchio implorarla di rimanere, quando, steso in un letto, non poteva ancora dirglielo con le parole.

Al tempo in cui aveva scoperto di essere incinta, Evelyn aveva detto a Demian che ormai con Nicholas vivevano come due estranei e che non facevano più l'amore da tempo. Voleva convincerlo che la bimba fosse sua. Lui però si era sottoposto all'esame del DNA per scongiurare ogni dubbio. Nella busta che Evelyn aveva lasciato sotto la porta dello studio di Demian c'era una copia dell'esame.

Meg si era voluta fidare, dopo che Demian le aveva raccontato la sua versione e le aveva assicurato di non essere il padre. Così aveva ridotto la busta in mille pezzi e l'aveva gettata nel cestino della stanza dell'hotel dove avevano dormito insieme, prima di fare rientro nella loro casa di Londra. Tutti quei segreti nella polvere avrebbero potuto, svelandosi, ricucire o lacerare.

Anche Meg tuttavia non aveva avuto il coraggio di dire nel dettaglio ciò che le era successo a Brighton. D'altronde lo stesso Demian glielo aveva detto: «Bae, il passato non ci appartiene più, non va più indagato, non va più risolto, va solo archiviato per andare oltre».

Bae, quel nomignolo – acronimo di *before anyone else*, prima di ogni cosa – con il quale l'aveva sempre chiamata. Lui viveva dei suoi momenti, la guardava come fosse il proprietario della meraviglia, la portava distante dalla sua ferita. Aveva combattuto tanto con se stessa per non rinunciarci. Aveva barattato la sua luna blu con la realtà.

Quando Demian l'aveva riaccolta con sé, abbracciandola sotto i fuochi d'artificio nell'ultima sera d'estate sulla spiaggia di Brighton, entrambi si erano riscoperti più predisposti al dialogo e all'ascolto. Quel momentaneo allontanamento aveva permesso loro di rinforzarsi e di conoscersi finalmente, come fino a quel momento non avevano mai fatto. Perché rovinare tutto? Con quale altra faccia ancora avrebbero guardato la loro storia? Di parole vuote dette per far male ne avevano avuta piena la vita.

In momenti diversi, tutti e due si erano affidati alle loro piccole omissioni apparentemente innocue. Un'omissione non porta nessuna conseguenza nel mondo degli altri, così pensavano. Per cosa siamo giudicati al mondo? Per quello che abbiamo fatto o per quello che non abbiamo detto? Non dire equivale forse a una bugia? Tanto vale non chiederselo. Continuare a rinviare la verità. Indagare sulle cose non dette ci regala forse un'altra vita?

## 26
# Una coltre d'insicurezza

Già dopo pochi mesi dal loro rientro a Londra insieme, Demian aveva iniziato a soffrire il successo del suo lavoro. Era stato costretto a rileggere il suo libro, *Blue Moon*. Gli era sembrato un buco nero dal quale non aveva assolutamente intenzione di farsi risucchiare, pena il non sapere dove sarebbe potuto finire.

Il conflitto con il suo passato aveva fatto sì che una strana angoscia si impossessasse dei suoi pensieri. "La luna blu la vedi solo negli occhi di chi ami" aveva scritto. Adesso quella luna cosa significava per lui? Avrebbe preferito lasciare il libro chiuso per sempre, insieme ai suoi vecchi ricordi. Invece, ogni invito ricevuto per parlare di quella storia non faceva altro che riaprire una ferita incurabile e allontanarlo da Meg.

Molti dei suoi colleghi non lo vedevano di buon occhio. Lo accusavano di aver utilizzato il dolore per fare carriera. In realtà la vita si era accanita su di lui, e solo grazie al risveglio dal coma la stampa e la tv avevano iniziato a interessarsi al suo mondo e al suo lavoro. In fondo il suo non era stato altro che un successo amaro. Se non fosse finito in coma, nessuno si sarebbe mai filato il suo libro. Questo Demian lo sapeva bene. Nel caso fosse stato possibile scordarsene per qualche istante, non c'era occasione in cui qualcuno non facesse di tutto per ricordarglielo.

La sua insofferenza aveva raggiunto l'apice. Immaginava

spesso di mandare a farsi fottere un bel po' di gente. Non le persone, la *gente*, quella massa indistinta e senza faccia per la quale non puoi arrivare a provare nemmeno un briciolo di empatia. Quella massa indistinta che critica tutto quello che non la riguarda, tutto quello che non conosce, fino a quando non le capita la stessa cosa, e allora cambia idea.

Demian aveva anche messo in vendita la casa in cui viveva con Meg, e in quello stesso periodo aveva iniziato a ricevere dei regali senza mittente, piccoli pensieri che sembravano indizi della storia fra lui e Samantha e lo riconducevano ai loro vecchi ricordi. Inizialmente aveva pensato fossero regali di possibili suoi lettori, ma i riferimenti alla loro storia si erano fatti insistenti. Non era riuscito a capire da chi provenissero. Non c'era mittente e il timbro postale, sempre da luoghi diversi, di certo non aiutava.

Il primo regalo: un perizoma uguale a quello dimenticato sulla lavatrice quando molti anni prima lui e Sam si erano lasciati dopo un litigio, spedito da Canterbury, nella contea del Kent. Il secondo regalo: un portafoglio vintage identico a quello che Samantha gli aveva regalato per un vecchio compleanno, da Arundel, nella campagna inglese. Una coppia di portachiavi complementari a forma di paperella acquistati nel The Duck House, il negozio in cui Demian aveva lavorato da ragazzino, dalla posta vicina all'Università di Cambridge.

Meg non aveva preso bene quei regali. Glielo aveva fatto presente, ne avevano discusso varie volte e Demian con estrema sincerità le aveva sempre ripetuto che non capiva come fosse possibile, che anche a lui sembrava una cosa assurda, ma che non aveva davvero idea di chi potesse essere stato a spedirli. Meg invece aveva avuto l'atroce sospetto che potesse trattarsi di George. Era l'unico in grado di conservare, grazie alla memoria cellulare, una parte di Samantha. Una parte del suo cuore. Ma non gli aveva mai raccontato niente del suo incontro con George. Non poteva permettersi di azzardare alcuna ipotesi. Avrebbe dovuto affrontare un discorso molto più ampio. Assumersi le sue responsabilità. Separarsi in due parti distinte e mostrarle entrambe. Salvare una vita, ma non la sua. Per questo era stata costretta a reprimere la rabbia e a spostarla altrove.

Data la situazione, aveva anche cercato di aiutarlo a ricordare l'incidente in cui Samantha era morta. Gli aveva confessato che purtroppo alla guida dell'auto che l'aveva condotta alla fine c'era proprio lui. Demian non voleva crederle, continuava a dirle che Samantha era morta in un incidente alla stazione della metro di Liverpool Street. Questo suo continuo negare la realtà la faceva sembrare cattiva agli occhi di lui e alimentava un vero e proprio distacco fra le loro vite. Meg, sempre più delusa, si arrabbiava con facilità. Si irritava per delle sciocchezze e ogni occasione diventava un facile pretesto per scontrarsi. A farla arrabbiare non erano i calzini spaiati dimenticati, uno ai piedi del letto e l'altro finito sotto, o la pila di libri disordinati e sparsi sulla scrivania, o la tazza della colazione non sciacquata bene prima di essere infilata nella lavastoviglie. L'interpretazione che dava a queste piccole mancanze era il non sentirsi abbastanza per Demian, la continua competizione fra lei e il ricordo di Samantha. Banali comportamenti interpretati come se lui non tenesse più a lei come prima.

Di colpo sembrava essersi dimenticata di tutte le volte in cui lui c'era stato e di quanta pazienza aveva avuto nel tempo. Ogni cosa ricevuta non contava più. Aveva coperto tutto con una coltre d'insicurezza e il suo naturale istinto ad andarsene sembrava scalpitare, ma non riusciva più a muoversi.

Tutti quei piccoli regali finivano in un cassetto della libreria di Demian. Giorno dopo giorno rafforzavano la presenza del passato. Lei non poteva di certo competere con un fantasma. Più che una storia, sembrava essere diventata una partita a scacchi. Ognuno era costretto ad aspettare la mossa dell'altro. In gioco c'era solo il sentimento umano, e tutti e due perdevano sempre.

Era stata Evelyn a confessarle le dinamiche dell'incidente in cui Demian si era salvato e Samantha purtroppo non ce l'aveva fatta. Demian, probabilmente per sopravvivere, aveva rimosso ogni cosa.

Meg cercava anche di riconsiderare le confidenze di Evelyn e rimettere in discussione la sua sincerità. Non a caso, negli scritti trovati nel computer di Demian nei giorni in cui era sparito, non vi era alcun accenno alla sua colpa, solo riferimenti al tragico evento che lo aveva privato di una persona a lui così cara.

All'epoca dell'incidente Demian e Samantha si erano già lasciati, ma Meg aveva intuito quanto lei fosse ancora importante per lui, quanto fosse ancora la misura del sentimento più alto da lui provato. Forse Meg non era abbastanza incantevole. Forse lo era stata per George "il personaggio del libro" che aveva sognato. Forse lo era stata anche per George "il ragazzo con il cuore di donna" che aveva conosciuto a Brighton. Questo solo perché nessuno dei due la conosceva davvero. Nel sogno era se stessa, ma nella sua realtà non riusciva a essere bella come nel sogno. Parcheggiata nel cuore aveva una belva nascosta, capace di uscire a tradimento, ringhiare e spaventare chiunque volesse avvicinarsi davvero. Era così stupida nel pretendere attenzioni che in fondo in fondo nemmeno lei pensava di meritare.

Un giorno, mentre passeggiava e si guardava le gambe nel riflesso delle vetrine di Regent Street, quella belva non le sembrò altro che un criceto chiuso in una gabbietta. L'unico svago che le rimaneva era quello di correre in una piccola ruota e farsi ammirare dal di fuori quei cinque minuti per poi essere mollata lì, dentro una vita artificiale, capace solo di condurla in giardini inventati.

## 27
# Soli in due

*Un anno dopo*

Un anno dopo i regali continuavano ad arrivare, ma sul libro *Blue Moon* stava calando il sipario. Assurdamente Demian ne era quasi contento. Tutti meritiamo il diritto all'oblio, soprattutto quando il successo va di pari passo con il dolore. La ferita era venuta in superficie e, anziché cercare di guarirla, Demian si era trincerato dietro un muro di silenzio. Tutto ciò che provava a scrivere non aveva più nessun pathos, era solo un espediente per coprire le montagne di risentimento che nutriva nei confronti di se stesso.

Le telefonate di lavoro si erano fatte sporadiche e persino per strada Demian non veniva più fermato per una foto o per una dedica come una volta. La domanda che gli veniva fatta più spesso era: "A quando il prossimo libro?", e la verità era che lui non ne aveva proprio idea! Lo aveva sempre saputo che il successo è soltanto qualcosa di effimero. Chi lo rincorre a tutti i costi ha perso in partenza.

Per mesi e mesi era stato ospite dei gestori dei migliori locali di Londra. Facevano a gara per averlo. Gli offrivano di tutto. Bastava la possibilità di esporlo come un trofeo, con in mano un cocktail in regalo e una dedica scritta da fotografare e postare sui social, per attirare le dovute attenzioni. "Demian Sinclair viene solo da me... Demian Sinclair frequenta il mio locale altamente glamour..."

D'altronde il direttore di un canale televisivo in cui veniva spesso invitato glielo aveva detto. Bisogna battere il ferro finché è caldo, destare attenzione, vendere storie, solleticare il pubblico e dargli in pasto quello di cui ha bisogno. Quelli che ce la fanno, stanno sempre in mezzo, come il prezzemolo. Un libro all'anno, perché la gente dimentica, e allora arriva un altro e si prende il tuo pubblico.

Demian purtroppo non aveva la stoffa della star. Non ce la faceva a mettersi quei ridicoli mocassini regalati da un noto brand di moda con la speranza che li indossasse e che lo rendevano più simile a una papera. Non ce la faceva a volere bene a tutti per forza, a partecipare alle feste dei "tutti amici per finta", a scrivere per compiacere e non per raccontare. E se la verità non è una buona storia, non c'è una buona ragione per inventare una storia non vera.

Così *Blue Moon* era finito in un cassetto, con la sua copertina sgualcita e scolorita. Aveva assistito involontariamente a incomprensioni e malintesi, ai graffi del tempo che trabocca e fuoriesce dalle vene, alle presenze assenti e alle assenze disturbanti. Molti occhi lo avevano tradito, eppure era sopravvissuto nella memoria di chi credeva ancora in un filo che unisce le anime simili. Era stato spettatore di amori e tragedie. Dita fragili lo avevano accarezzato come se avesse una sua vita propria. Era riuscito comunque a profanare gli addii e a renderli nonostante tutto un luogo molto distante dall'ingiustizia. Perché anche per un misero e stupendo pezzetto di strada insieme vale la pena vivere.

Demian aveva forse tradito la promessa iniziale? Ci credeva davvero, assomigliava davvero a tutto quello che aveva scritto? Anche se ormai il suo era un amore vissuto e concreto, sarebbe riuscito a riscrivere ancora le stesse parole per lei? Perché è solo così che si rimane credibili, soltanto così si resta ospiti nell'anima degli altri. Solo così la luna non precipita nel pozzo della dimenticanza e rimane lassù, a sorriderci, a seguire con una dolce rassicurazione i nostri passi e a ricordarci che dagli abissi si risale.

Una mattina erano usciti insieme per andare a Covent Garden, nel giorno del loro anniversario. Il telefono di Meg suonava con insistenza. In ascensore si guardavano senza dirsi niente, ma nello specchio entrambi vedevano i loro corpi, vicini solo in apparenza.

«Rispondo. Sarà il commesso di Selfridges & Co. Avevo chiesto di mettere da parte un costume per te, mi piaceva e volevo regalartelo ma non aveva la taglia. Gli avevo chiesto di avvisarmi quando fosse tornato quello della tua misura.»

«Troveremo il tempo per andare al mare, Bae?»

Nel frattempo il cellulare aveva smesso di squillare e anche l'ascensore era arrivato al piano.

Se qualcuno avesse potuto accorgersi di loro? Vederli com'erano una volta e poi osservarli in quel momento?

I difetti della persona che ci mettiamo accanto andrebbero guardati in prospettiva. Bisognerebbe chiedersi quanto siano sopportabili sul lungo periodo. I segnali ci sono da subito, inutile rimandare la domanda in cambio di un'effimera e patetica passione. Bisognerebbe essere sinceri con se stessi, avere il coraggio di ammettere che "no, non è davvero cosa", e smettere di gettare l'ancora in mezzo alle secche per paura di affrontare il mare aperto da soli. Tanto poi finisce che si è soli in due, ognuno a combattere la sua battaglia. Una battaglia che non ha più niente a che vedere con quella dell'altro. Quante volte le storie non finiscono, ma sono andate a finire così?

Com'era cambiata Covent Garden. Persino Tiffany aveva installato un distributore automatico di gioielli, fuori dal negozio. Sì, proprio una di quelle macchine rettangolari da cui prendi tutto quello che vuoi digitando il numeretto di riferimento. Demian si era fermato davanti al distributore e aveva pensato a tutta la vecchia poesia buttata via. Il piccolo rito di scegliere un regalo, affidandosi ai consigli di un essere umano, era stato tristemente affidato alla tecnologia.

Non erano riusciti a regalarsi niente, a fine giornata. Meg si era convinta che quello era stato il primo anniversario di un amore finito, ma che assurdamente non era stato triste.

Era bastato vincere la tentazione che la spingeva dritta dritta in fondo al baratro dell'autocommiserazione. Era bastato smettere di guardare con insistenza indietro, a ciò che erano stati e che forse non erano più.

*La giornata è andata. Anche tu sei andato, Demian. Anche se sei ancora qui. Accorgermene ha trasformato la mia tristezza in consapevolezza.*

La cosa davvero triste era che Meg amava Demian. Non si era stufata di lui, aveva solo affidato il futuro nelle mani delle aspettative. Mani sbagliate per gestire un patrimonio emotivo. Tutti e due avrebbero dovuto mettere fine per sempre alla grande recita nella quale vivevano, quella di mostrarsi così tanto diversi da ciò che erano realmente. D'altronde, era stato necessario per entrambi costruirsi un'identità falsata e mostrare quella agli altri, per sentirsi davvero accettati. Entrambi adesso avrebbero dovuto avere il coraggio di distruggere la fortezza che si erano costruiti.

Pur non sapendolo, continuavano a guardarsi come strani nemici. Dentro l'armatura di sicurezza avevano nascosto l'immensa sofferenza dell'abbandono. Fin da piccoli avevano ingannato l'ambiente ostile nel quale erano cresciuti e rinnegato i loro veri bisogni, facendo finta di averne degli altri per smettere di soffrire. La realtà non tollerabile di Meg l'aveva spinta ad accontentarsi di un sogno. La realtà non tollerabile di Demian lo aveva spinto a tacere i suoi reali desideri. Questa è la ferita dei non amati. Quella era la loro stessa identica ferita. Il tentativo di affrontarla era opposto ma pur sempre fallimentare. Meg era portata a scappare, mentre Demian, pur di non affrontare un nuovo abbandono, cercava di convincerla a non andarsene, accettando anche situazioni che non sarebbe giusto tollerare per il proprio bene.

Anziché provare a curare la ferita, continuavano a occultarla in un terreno inconscio. La coprivano, ma sotto quel terreno restava sveglio un ordigno pronto a esplodere. Ogni volta che la loro parte bambina si fidava e ci metteva sopra il piedino, l'ordigno scoppiava e la ferita si apriva ancora, sporcandoli di sangue vivo con tutta la sua conseguente lacerazione emotiva.

Dopo la separazione dei genitori, Meg era stata abbandonata dal padre. Lui l'aveva cercata sempre meno, fino a sparire definitivamente. Era diventata la donna trasparente, quella che pian piano decide lei per prima di non farsi più trovare per non soffrire più. Sua madre, completamente assente e assorbita dai suoi problemi, non era mai stata un appoggio. Anzi, emotivamente l'aveva sempre ricattata, mettendola contro il padre e sentendosi tradita ogni qualvolta lei riusciva finalmente a strappare a morsi qualche momento con lui. Anche quando se n'era andata a Torino sua madre l'aveva colpevolizzata e accusata di averla lasciata sola, come se non avesse diritto a trovare la propria strada. Quando invece partiva per tornare a trovarla, sua madre quasi non trovava il tempo da dedicarle. Inventava impegni, si isolava nella sua camera, fingeva malesseri fisici obbligandola a sottostare a richieste frustranti, per poi dispiacersi della sua partenza e farla sentire in colpa ogni volta, drammaticamente in colpa per tutto ciò che non le era stato permesso controllare.

Strizzata come una spugna dall'atteggiamento da martire della madre, bastava una piccolissima aspettativa disillusa per rigettare ogni cosa nel tragico. Ecco perché scappare e riempirsi la vita di impegni l'aveva sempre salvata. Quel suo non essere mai davvero disponibile emotivamente l'aveva protetta da tutte le nuove possibili delusioni.

Torino le era sembrata finalmente il rifugio per sfuggire alla familiare strada dell'indifferenza. Si era affezionata ai portici, ai Murazzi del Po, alle bancarelle del Balon, al salotto a cielo aperto del parco del Valentino, ai suoi lampioni innamorati seduti su una panchina ad ammirare insieme la vista sulla collina, al gelato al gianduia del Caffè Fiorio, all'unica abitudine che aveva preso, quella di iniziare ogni giornata con un bicerin.

Demian invece era vissuto in una casa famiglia, abbandonato dalla madre dopo essere stato messo al mondo. In un primo momento il compagno della madre aveva accettato la possibilità di diventare padre, pur non potendo esserlo biologicamente. Era sterile, perciò avevano deciso di chiedere aiuto alla fecondazione assistita, ricorrendo all'inseminazione eterologa. Purtroppo il piccolo Demian non gli piacque. Nacque già senza essere considerato figlio. D'altronde un neonato in provetta non è che ti capita, lo scegli in modo piuttosto consapevole. E lui, come se fosse un prodotto difettoso, era stato riportato indietro, restituito. Così si era sempre sentito Demian. Un reso, un oggetto rotto. Non in diritto di essere amato. Tutto questo lo aveva portato a fare i conti con un *loop* disfunzionale. Rincorreva l'amore di chi non voleva esserci, predestinandolo a riempire il suo vuoto emotivo.

Il senso di colpa della madre gli aveva permesso di ricevere in dono la sua casa a Primrose Hill, al numero 3 di Chalcot Square, proprio dov'era vissuta Sylvia Plath, poetessa dall'anima tormentata che divenne famosa solo dopo la sua morte e snobbata durante la sua vita.

Demian era giunto alla conclusione che per molte persone fosse molto più semplice pagare piuttosto che dare qualcosa di se stesse.

Effettivamente è lecito sentirci un po' meno vivi, stressati o a volte depressi. L'importante è che in noi resti attiva la consapevolezza. La capacità di distinguere quando qualcuno sbaglia nei nostri confronti senza farlo apposta, o quando è invece il caso di andarcene da una tossicità capace di svuotarci l'anima. Capita di sbattere contro gli equivoci, di scontrarci con i nostri limiti. Capita di non capirci, di non essere sempre in grado di aiutarci, perché siamo esseri imperfetti e non sempre è possibile gestire al meglio il nostro dolore. Naturalmente ognuno di noi mantiene il diritto di conservare una stanza tutta per sé, poiché svelandoci completamente saremmo annientati da una parte di mondo ostile. Ma ognuno di noi ha anche la possibilità, se vuole, di aprire quella stanza. Di sbloccare la serratura senza che venga forzata, di lasciarsi accarezzare le cicatrici con un dolce consenso. Di spalancare la porta a una realtà condivisa che, in modo molto semplice, ci piace chiamare amore.

Meg avrebbe dovuto avere il coraggio di raccontare a Demian alcune verità che forse l'avrebbero allontanata da lui per sempre. Ma portavano in sé anche la possibilità contraria, quella di rivoluzionare finalmente un po' tutto. Per mettere da parte il passato è necessario conoscerlo, accettarlo prima di rimuoverlo. Non si può mettere via niente senza averlo prima affrontato. Era stato questo il loro errore più grande. Si erano illusi di salvarsi, ignorando i grossissimi danni che fa la prudenza quando ci fa accatastare all'interno le cose non dette.

Due chilometri al ristorante e infiniti chilometri di risentimento interiore. L'ennesima litigata in taxi.

Meg era scesa sbattendo la portiera e Demian l'aveva afferrata per un braccio in modo istintivo.

«Lasciami!» aveva urlato lei, facendolo vergognare. Gli sguardi degli sconosciuti si erano posati su di loro con la curiosità ostile di chi non ha nulla di meglio da fare che impicciarsi degli affari altrui. Qualcuno aveva anche riconosciuto Demian. Lo aveva additato da lontano. "Guardalo, è proprio lui! Un uomo che scrive d'amore e che non ha un rapporto che funzioni. Chissà che tipo è? Magari è pure violento. Dicono che un tempo si ubriacava..." In quel momento Meg era arrabbiata, ma avrebbe voluto difenderlo di fronte alle possibili falsità, di fronte a quel chiacchiericcio sterile, di fronte alle frustrazioni della gente.

*Demian non è affatto quello che pensate! Inventare è davvero molto pericoloso. Si finisce per credere alle balle che si raccontano. E lo fanno in molti, soprattutto quelli a cui non piace la pelle che hanno addosso. Oh Demian, ci stiamo dicendo di tutto adesso, ma vorrei solo dirti "mi manchi" e non ci riesco.*

Eppure capire il regalo davvero adatto a lui sarebbe stato semplice, se Meg anziché elucubrare si fosse degnata di ascoltare: «Troveremo il tempo di andare al mare, Bae?».

Ma la preoccupazione di andare incontro volontariamente al suo tormento, ovvero la possibilità di incontrare George, chiudeva a doppia mandata la soluzione della gita al mare. D'altronde gli inglesi quando hanno voglia di andare al mare per una giornata dove vanno? A Brighton! Certo, avrebbe potuto proporgli un'ora e mezza di treno verso Holywell Retreat Beach, ma pensava che quella spiaggia non avrebbe giustificato il viaggio. Forse Demian si sarebbe insospettito. Perché proporre un'altra località rispetto a quella in cui si erano ritrovati e avevano deciso di riprovarci?

Affrontare il discorso "mare" l'avrebbe messa davanti a una marea di scuse per disincentivare la possibile partenza per Brighton. Per questo aveva rifiutato il desiderio di Demian, ignorandolo. Per non affrontare le sue ombre.

Ciò che rifiutiamo finisce nella parte di anima che non vogliamo conoscere. Eppure, se chiudiamo dei vecchi oggetti che non abbiamo più voglia di vedere in uno stanzino buio e decidiamo di non aprire la porta mai più, quegli oggetti non smettono per questo di esistere. Restano apparentemente invisibili, ma di certo non si dissolvono solo perché decidiamo di non guardarli. Vale lo stesso per le parti di noi stessi che ci rifiutiamo di accettare. Finiamo per nasconderle nello stanzino buio dell'anima e per trasformarle in una rabbia repressa che proiettiamo sugli altri. Purtroppo anche sulle persone che amiamo.

Meg si era arrabbiata con Demian e in realtà non accettava l'idea di avercela con se stessa. Continuava a provare una sorta di risentimento nei confronti di ciò che lui le aveva omesso, eppure rimuoveva l'idea di aver fatto anche lei lo stesso. Non si poteva permettere di andare a Brighton e allora aveva inventato un problema. Il problema era che Demian non sapeva davvero più cosa regalarle. Il vittimismo spostava l'attenzione un po' più in là, dietro l'angolo delle sue omissioni. Quanto sarebbe potuta andare avanti così?

Brighton rappresentava il terreno neutrale. Il limbo in cui ognuno di loro due aveva potuto essere se stesso, almeno per un po'. Ma alla fine, per non andare controcuore non possiamo rinnegare la nostra natura. Non andare controcuore ci espone al vento e alle correnti e ci fa fare i conti anche con un possibile rifiuto.

## 28
# Salvare i ricordi o dimenticarli

Quella notte le finestre erano rimaste aperte e l'umidità le aveva incollato gli occhi. Uno strano presentimento l'aveva accompagnata fino al sonno nel quale era sprofondata, per poi svegliarsi con gli occhi che stentavano a riaprirsi. Demian le dormiva accanto girato su un fianco, nell'ultimo pezzo di letto utile prima della caduta. Che strano. Un tempo non riusciva a prendere sonno senza toccarle almeno con un piede un pezzetto di corpo. Quando lui rientrava a casa, le piaceva quel suo cercarla con gli occhi e raggiungerla già da lontano. Quel suo sorriderle e avvicinarsi per abbracciarla senza mai perdere di vista i suoi occhi, come se per tutto il giorno non avesse aspettato altro che quel momento. L'amava, non le chiedeva nulla.

Era una luce quasi straziante, a pensarci adesso. Adesso che in quel letto ogni immagine sembrava solo la replica di una vecchia emozione. Ma l'inquietudine che le spezzava il respiro non aveva niente a che vedere con quella tristezza momentanea. O meglio, la sensazione di solitudine inaspettata si era sommata al ricordo del sogno. Meg quella notte aveva sognato George che raccoglieva il libro *Blue Moon* sulla spiaggia di Brighton, proprio nel punto in cui era stata con Demian. Lei, senza essere vista, aveva potuto assistere alla scena.

Si era accorta quasi subito di averlo perso. Immaginava le fosse caduto dalla borsa, ma non era mai riuscita a mettere a fuoco il momento e quindi il posto in cui poteva esserle scivolato. Non ricordava più cosa avesse immaginato allora. Le sembrò quasi una premonizione.

Nel frattempo Demian si era svegliato. Si era girato verso di lei e con una smorfia lieve le aveva dato un bacio a stampo senza dire niente. Le era sembrato un bacio svogliato, quasi a volerle dire: "A me piaceva l'idea di noi. Eppure a volte un'idea non basta".

Poi si era alzato per andare in bagno. Lei aveva sentito l'acqua della doccia scorrere. Si era così assuefatta all'abitudine della sua freddezza che nemmeno riusciva a gelarla più. Era diventata una strategia di sopravvivenza a basso consumo energetico.

In modo automatico aveva afferrato il cellulare in carica sul comodino. Sul display c'era un messaggio di George. Con le mani lo aveva coperto. In un impeto avrebbe voluto cancellarlo senza leggerlo. Non ce l'aveva fatta. Non sapeva se piangere o ridere. Il suo respiro si era fatto pesante. Una boccata di favola e paura mista alla colpa e alla curiosità le aveva invaso l'aria e l'anima.

Cara Meg,
ci ho pensato molto prima di contattarti. Sono stato davvero arrabbiato con te. Mi sono sentito usato e per molto tempo, anche se avrei voluto, non sono riuscito a scriverti. Ma ora la rabbia è passata. Non ho dimenticato le emozioni vissute insieme e grazie a loro ho deciso di fare questo passo. Non c'è bisogno di rinnegare gli attimi vissuti per sentirsi migliori. Se tu fossi qui mi godrei ancora il nostro tempo.

Il tempo è tutto e può tutto. Riesce a mettere da parte le ostilità dell'orgoglio semplicemente scorrendo. Nel frattempo ho letto il libro che hai perso. So che avresti dovuto darlo a me e non ne hai avuto il coraggio. Il destino ha voluto che tu lo perdessi e che il mio cuore lo trovasse. Voleva scappare, fingere di non capire, correre veloce alla ricerca di qualcosa nella quale nascondersi, ma l'unico rifugio che ha trovato è stato proprio fra quelle pagine. Ora finalmente so tutto. So che chi lo ha scritto è la persona con la quale ti ho visto in lontananza, sulla spiaggia di Brighton.

Voleva darmelo, per questo tu sei venuta. Facendo delle piccole ricerche ho scoperto che il protagonista di quel libro ha il mio nome, ma in realtà non parla di me, parla del mio cuore. Il mio cuore apparteneva alla persona per la quale il libro è stato scritto. Andremo avanti ancora e ancora come se non fosse successo niente, fino alla fine? Come si fa? Vorrei incontrarti, parlarti. Chiederti ancora qualcosa. Almeno questo me lo devi, Meg.

Meg andò alla ricerca della causa e del momento esatto in cui qualcosa si era spaccato e poi era rimasto lì, senza alcuna possibilità di essere rimesso insieme. Ognuno dovrebbe assomigliare all'amore che crede di meritare e, se capisce di non assomigliargli, allora non lo dovrebbe pretendere, come spesso invece accade. Ogni dispiacere risiede nell'idea assoluta che attribuiamo all'amore. Un amore immaginato come un nostro clone. Un amore che tradisce e che non si avvicina più al nostro universo personale. Un amore lacerato, smontato pezzo per pezzo e lasciato agonizzante, mentre codardi scappiamo via per non affrontare il fallimento delle nostre scelte. Ora lei era sola. Schiava di una libertà che non sapeva usare. L'aveva sempre barattata con una bugiarda solitudine.

In quel momento aveva le mani legate ed era costretta a cedere. Poteva scegliere. Inventare qualche pretesto con Demian e lasciarlo. Tornarsene in Italia e ricominciare da zero. Perché la vita non è infinita, soprattutto la sua parte più bella. Punirlo per punirsi. Sparire per sempre. Oppure raccontargli la verità.

Prese sul comodino la scatola dei chewing gum, se ne lasciò cadere in mano un bel mucchio e iniziò a masticare le gomme in modo compulsivo, quasi per scaricare l'agitazione. Quell'uomo a distanza di tempo, nonostante tutto, nonostante la delusione, cercava ancora la sua presenza e le sue spiegazioni. Cercava ancora un pretesto per incontrarla. Era come se quel sapore improvviso di menta intensa fra i denti le infilasse la sua voce nella gola. Una speranza acerba, un'emozione sintetica piuttosto che niente. Scelse di rispondere quasi d'istinto, senza pensare troppo nemmeno alle parole.

Devi molto al tuo cuore, George, non a me. Devo organizzarmi per incontrarci. Vivo ancora a Londra. Sono d'accordo, te lo devo. A presto.

*Forse lo devo alla mia coscienza,* pensò fra sé e sé. Nel frattempo Demian era sbucato al momento sbagliato nella stanza, mentre lei masticava dubbi e rimuginava su quel messaggio. D'istinto nascose il telefono sotto il cuscino. Prese un fazzoletto e sputò le gomme, appallottolandole in un ammasso isterico.

«Che ne dici, Meg, se stasera andassimo a goderci il tramonto in cima alla collina? Abbiamo la migliore veduta di Londra e non ci andiamo mai. Quando le cose sono troppo vicine ci passano davanti agli occhi ma smettiamo di vederle. Guardiamo sempre altrove. Possiamo farci una passeggiata, andarci a piedi, che ne pensi? Ti va un tramonto?»

Demian la guardava con volto serafico. Un'innocenza quasi trasparente le invase i ricordi e il suo senso di colpa raggiunse un vertice quasi inarrivabile, molto più alto della collina di Primrose Hill dove abitava con lui.

Forse Demian era riuscito a salvarsi, regalandosi continue amnesie. Gli avevano fatto perdere il contatto con il reale, erano riuscite a deviare la sua vita bastarda. Una vita che lo aveva punito e che continuava a punirlo in ogni momento, e così era riuscito a rimuovere la tentazione di arrendersi.

È forse nel perdono la più grande richiesta d'amore? Quello che consideriamo reale può essere un'illusione? Si potrebbe anche vivere continuando a chiedersi il perché di qualcosa, ma rimanere per sempre senza la sua risposta. Accettare il prezzo che si paga per quel non sapere e arrancare dietro al vizio di voler conoscere sempre tutto, senza raggiungere mai alcuna certezza.

Rispondendo distrattamente di sì alla richiesta di Demian acconsentì alla passeggiata, arrampicandosi sul precipizio mentale dal quale sapeva di doversi lanciare senza la possibilità di sottrarsene. Doveva salvare i loro ricordi o dimenticarli. I ricordi non sono mai morti del tutto. Possono essere annientati o eventualmente rinascere, come una fenice che rende la fragilità un'arma potente. Se strucchi la verità, te la ritrovi davanti così com'è. Le bugie sfigurano il volto sereno degli altri.

*Devi parlare con Demian. Devi raccontargli tutto. Magari stasera è la volta buona. Puoi farcela. In fondo sei sempre stata così forte. Con quella forza insospettabile. Ti investirà. Investirà quello scricciolo del tuo cuore. E sarai salva. Per sempre.*

«D'accordo Meg. Vado un attimo in libreria, devo parlare con la libraia.»

«Quale libreria?»

«Primrose Hill Book. Non ci metterò molto. La libraia mi aveva chiesto una cortesia già diversi giorni fa e me ne sono dimenticato.»

«Ah, ok. Stavo facendo mente locale. Quante cose cambiano nel tempo. Se ci pensi, fino a un paio d'anni fa, al 136 accanto alla libreria c'era quella pasticceria deliziosa con i muri rosa. Mi piaceva così tanto.»

«I posti chiudono, Meg, ma anche noi chiudiamo. Ogni chiusura ci mette in ginocchio gli occhi, ma vedere il baratro può anche essere un colpo di fortuna. Ci permette di cambiare, di fare spazio a un posto nuovo. C'è troppa sofferenza nel restare in superficie.»

«Già...»

Meg prese a giocherellare col telefono. Un imbarazzo appuntito le si conficcò nel palmo della mano. Lo posò con lo schermo in giù, con il timore, acuto come un malanno, che le potesse arrivare un messaggio di risposta di George.

In genere la casualità ha la sua puntualità disarmante. Noi spesso lo chiamiamo "destino" e gli attribuiamo fantasie assolute intorno alle quali idealizzare una storia che funzioni. Crediamo che nulla accada per caso, che ogni incontro sia già scelto da una forza suprema e speciale. Demian un tempo lo aveva detto a Meg. Chi non crede alle coincidenze del cuore le perde. Era una coincidenza, quella? George le aveva scritto proprio nello stesso momento in cui Demian le chiedeva una tregua di serenità, con l'urgenza di salvaguardare la loro storia insensata. Proprio quella storia lì, di cui lei era la protagonista involontaria.

C'è che poi ogni cosa è insensata, se il senso non riusciamo a darglielo noi. L'amore è un bene raro. Non quello che si legge sulle riviste di gossip. Non quello ostentato per farci qualche soldo, per narcisismo, per la sterile esibizione fine a se stessa, per la paura di scomparire dalle scene.

Demian si era sottratto volutamente a quella parte di mondo ambita da molti. Quella fortuna l'aveva lacerata come un ossimoro. Forse Demian aveva rinunciato a troppo per lei, e il troppo non è mai una buona idea. Era in debito con lui per il mancato spargimento del seme della gratitudine. Era stato volutamente lasciato lì a seccare dal principio. Anzi, assumendosene la responsabilità, lo aveva lasciato lì. Perché la verità è che l'amore è un dono solo quando è piantato sul tuo luogo e tu sei sul suo. Lei era come una di quelle piante che compri e ci trovi una targhetta con la dicitura *"escaped from gardens"*, scappata dai giardini. Non riuscendo a mettere radici, si era solo propagata nell'ambiente circostante, infestando con le sue evasioni terreni dove non sarebbe mai dovuta arrivare. Si sentiva più un danno che un dono per lui.

Quella sera non riuscì a parlargli. In cima alla collina, davanti al panorama di una Londra così vicina e così distante, davanti all'immagine della ruota panoramica che tante volte aveva accompagnato i suoi sogni lucidi, si commosse e le uscì una lacrima che nascose, con la testa china fra i suoi segreti. Sperava che Demian potesse ascoltare il suo silenzio, scoprirlo fra le pagine, quasi fosse un libro con degli indizi nascosti all'interno. Raccoglierli in una storia fatta soltanto di inizi.

«Vorrei vivere soltanto di inizi. Vorrei vivere soltanto di prime volte. D'altronde la vita prova a spingerci sempre indietro per farci ricominciare.»

«Quando è tutto ancora da fare ma niente è ancora davvero importante? Ricominciare da lì, Bae? E perché? Ne abbiamo vissute tante insieme. Perché annullare il vissuto? Non mi sembra una vera vittoria. Alla fine nemmeno i ricordi ci sono dovuti, non trovi?»

«Sai che vicino a noi abita Chris Martin?» Meg cambiò discorso di getto.

«Il cantante dei Coldplay?»

«Sì. Vorrei che Chris Martin fosse mio amico e che tutti i sabati mattina al risveglio mi chiamasse e mi cantasse *Hymn for the Weekend*!»

«Allora ho sbagliato a mettere in vendita la casa! Ma tanto poi ti stuferesti della stessa canzone, persino di questa che ti piace tanto. Dopo un po' ti stanchi, Bae, ti stufi di tutto. Stai sempre con lo sguardo altrove. Insegui sempre nuovi progetti, ma poi, non appena li stai per raggiungere, lasci tutto in sospeso e te ne vai. Prima o poi lo farai ancora. Anche con me.»

«Non corro dietro a niente e a nessuno, Demian. Nemmeno a Chris Martin, se è questo che pensi.»

«Non ti entusiasma la serenità, ecco tutto. Ti sembra banale. E invece pensa che io per la serenità ho rinunciato a tutto quel contorno patinato. Mi è sempre sembrato pieno di niente. Molta gente si svenderebbe l'anima per stare lì al mio posto.»

«Mi stai per caso rinfacciando qualcosa?»

Meg sentì vibrare il telefono che aveva messo sul silenzioso e intuì di aver ricevuto la risposta di George. Ridimensionò dunque la sua vena polemica per far scivolare via il più velocemente possibile il senso di colpa che, come un corpo estraneo, si era aggrappato alla sua gola.

«Mi spiace, Demian. Scusami. Mi sono sentita attaccata...»

«Cosa c'è che non va? Credevo avessimo risolto almeno una gran parte dei nostri problemi. Dovevamo dirci tutto. Come mai non lo fai?»

«Tu mi hai detto tutto, Demian?»

«Tutto quello che ricordo. Sulle cose che non ricordo purtroppo non ho potere. Forse dovresti andartene un po' in giro e fare la tua vita, Bae. Poi accorgerti che ti manco, e allora tornare. Solo quello sarà il momento giusto per riprovarci davvero. Esiste una parola in spagnolo: *volver*. Solo in apparenza significa "tornare". Quando si è felici non si dovrebbe semplicemente restare? Probabilmente no, perché non tutte le persone sono fatte per restare. Alcune hanno bisogno di vivere il distacco per poi essere restituite all'amore. Altrimenti non sanno riconoscerlo come tale. Io invece sono sempre stato questo. Quello che ti dice "Come vuoi", "Andiamo dove vuoi, per me va bene tutto". Perché ho sempre sentito il dovere di ringraziare chi è rimasto accanto a me. Io le cose che terminano non le posso più sopportare. Sono stato costretto a innestarmi come una pianta in un terreno non mio. Non riesco più ad accettare la possibilità che qualcuno mi possa estirpare.»

«Forse non riuscirò mai a renderti felice, Demian. Siamo due piante molto differenti. Non siamo in grado di vivere nello stesso terreno.»

«Grazie comunque per averci provato, Bae.»

«Non ti sto lasciando, Demian.»

«Ci sono molti modi di lasciare.»

«Forse anche tu non vuoi stare con me. Hai solo paura di stare senza di me. Non credo che questo sia il modo più sano di stare.»

La spalla di Demian spinse sul braccio di Meg, quasi a cercare il suo consenso e un varco per appoggiarle la testa al sicuro nella curva del suo collo.

«La magia di vivere a Primrose Hill è sempre stata capace di farci sentire fuori dal mondo. Sembra una quieta cittadina di periferia. Nessuno, se lo catapultassero all'improvviso qui, potrebbe immaginare che a pochi passi ci sono la confusione e la vita alternativa di Camden Town. Non credo che riusciremo mai a trovare lo stesso silenzio di Primrose Hill altrove.»

«Nessuno ti obbliga a vendere la tua casa, Demian, né ad andartene da qui.»

«Non ho più da parte molti soldi, Meg. Non posso sapere come andrà la mia carriera. Negli anni tutto cambia. Ho avuto il mio momento. Forse non ho saputo sfruttarlo abbastanza. È una colpa non essere capaci di dare in pasto ogni istante della propria vita a tutti? Lasciarsi sfruttare dalla curiosità morbosa?»

«Non è una colpa, Demian. Ma non giudicare chi vende

la sua storia. Perché allora dovresti giudicare anche chi se ne serve per curiosità. Ognuno ha la possibilità di vivere come decide. Molte persone mi hanno giudicato, ma nessuna di loro ha potuto intuire cosa ci fosse dietro le mie scelte. Noi non sappiamo niente della vita degli altri. Sappiamo solo quello che ci vogliono raccontare. Per questo non giudico, ma mi riservo il diritto di non bermi tutto quello che raccontano. E comunque credevo che volessi cambiare casa per decidere con me un posto dove vivere, non per mera necessità... Noi due abbiamo il privilegio di poter lavorare ovunque. Io per rimanere qui a Londra con te ho fatto anche la traduttrice di videogiochi. Ho passato ore e ore a esplorare *Skyrim*, per amor tuo.»

«E io te ne sono immensamente grato, Meg. Sono queste le cose che contano, non trovi? Non avere più la paura di svanire.»

«Potrai anche andartene, ma non puoi svanire. L'ho capito tardi. L'ho capito con te, comunque vada. Si può rimanere tutta la vita insieme ed essersi già persi. Ma chi ti ama ha il diritto di portarti con sé, di non farti svanire dentro di sé. Anche quando te ne vai.»

«Se resteremo insieme, qualsiasi scelta potrà sollevarci da tutta la vita avariata che vediamo intorno. Penso spesso a come sarebbe andata la mia vita se non avessi avuto la tua voce a sorreggermi.»

«Saresti svanito, forse. Ma sei ancora qui. Ti vedo!» gli disse Meg, prendendolo in giro dolcemente per sdrammatizzare il momento.

«Non voglio più perderti.»

«Neanch'io, Demian. Neanch'io.»

La sottile contraddizione che ci portiamo dentro può sembrare un'emozione contraffatta, ma fin quando esisterà l'amore umano esisterà anche la sua ambivalenza. Chi dice di odiare l'amore, lo ama ancora più degli altri.

Meg e Demian tornarono a casa a passi lenti, stringendosi con movimenti dolci. Lei si era alzata per prima e lui con la mano le aveva tolto con delicatezza i residui di terra dai jeans. Spesso quando si arrabbiava le camminava davanti e lei se ne restava indietro, ripetendosi che non le importava. Ma in realtà il suo cuore a ogni pensiero si feriva di più e urlava in silenzio: "Mi aspetti? Non voglio rimanere sola".

Anche un solo gesto può curare o darci il colpo di grazia, farci sentire sentimentali e soli, o un po' più realisti ma insieme. Quella sera Demian le prese la mano e gliela strinse come se quella notte fosse infinita. L'amore dura il tempo che deve durare, ma loro erano liberamente costretti a illudersi per tutta la loro passeggiata sospesa. Potevano chiudere le palpebre alla stessa ferita che gli era toccata dalla nascita, potevano chiamarla col suo vero nome e poi decidere di annullarla. Vedere come avrebbero vissuto senza. Vedere come avrebbero sbagliato senza. Come sarebbero diventati forti senza. Vedere tutta un'altra vita senza quella ferita. Riscaldarsi i pensieri, reinventarsi il passato e restituirsi al presente nuovi, vergini di vita.

Non conosciamo mai la nostra vera forza fino a quando non siamo costretti a inventarcela per non soccombere. Ma quando siamo costretti a inventarla, qualcosa che ci ha cambiato per sempre è già successo.

## 29
## Anche il niente può distruggerci

Erano passati due mesi. Meg non aveva più risposto a George, anche se ci pensava spesso. Aveva preso tempo, perché sapeva che ogni piccolo equilibrio conquistato con Demian si sarebbe sfalsato nuovamente. Poi il tempo le era sfuggito di mano, perché a rimandare e rimandare alla fine ci si vergogna e non si ha più il coraggio di farsi avanti. Fino a quel momento aveva scelto di tenere George al di là di una porta, illudendosi di poter varcare la soglia quando ne aveva voglia e poi tornare indietro, senza che nessuno si facesse del male. In cuor suo sapeva che non era più possibile.

Quella mattina, dopo molto tempo, un nuovo agente immobiliare sarebbe venuto a fare un sopralluogo nella loro casa. Demian, oscillando fra i suoi vari momenti di indecisione, sembrava ormai convinto a venderla. Le aveva chiesto di restare per condividere il momento. Il campanello suonò e Meg andò ad aprire. Non era l'agente immobiliare, era il corriere. Le consegnò un pacchetto per Demian che non sembrava avere mittente. Con un tempismo quasi perfetto un messaggio sul telefono di Meg scandì in modo inequivocabile la fine di quel limbo momentaneo.

> Cara Meg, il tuo silenzio mi ha deluso. Forse tu hai una concezione del tempo diversa dalla mia. C'è un tempo che scorre e di lui nessuno si accorge, passa semplicemente. Poi ci sono attimi di attesa interminabili che si aggrappano ai nostri pensieri e non

ci mollano più. Se non gli dai una collocazione non puoi andare avanti, è come se ti lasciassero senza la memoria necessaria per costruire ancora. Tu mi hai lasciato così: sfinito e senza la memoria necessaria per andare avanti serenamente. Sono a Londra. Non ti ho avvertito prima perché ti saresti inventata una scusa. Ma so che sei a casa.
Scendi. Ti aspetto.

Meg posò il pacchetto sulla madia all'ingresso. Qualcosa si era messo di traverso in quella porta. Era rimasta aperta. George avrebbe potuto entrare e parlare con Demian. Demian sarebbe potuto uscire e immaginare che George fosse il suo amante segreto. Le era mancato il coraggio e di sicuro quel regalo sulla madia lo aveva spedito George. Il suo cuore mandava a Demian ciò che Samantha avrebbe ancora voluto dargli. Per non essere dimenticata. S'inventò al volo una scusa, finse un appuntamento di lavoro e si precipitò in strada con una strana nausea nello stomaco.

Quando se lo trovò davanti non le sembrò affatto cambiato. Era un po' pallido, ma in fondo lo era sempre stato. Fissava la placca commemorativa di Sylvia Plath sul muro esterno della casa. Era tonda e blu, proprio come la luna.

«Facciamo due passi? Che ne dici?» Gli parlò come se lo avesse visto il giorno prima e il tempo fra di loro non fosse mai passato. Come due vecchi amici che finiscono per rispolverare qualche vecchio ricordo davanti a un panino condito di nostalgia.

«Certo...» rispose lui con una voce mite.

Nessun accenno di rabbia sul viso. Ma come faceva a rimanere così, pur sapendo di avere una fottuta ragione da rivendicare?, pensava Meg. *Quanto è migliore di me quest'uomo?*

«Scusami, George. Non ce l'ho fatta. Sono una vigliacca, non ho coraggio.» Meg guardò l'orologio. Aveva sperato di essere in uno dei suoi vecchi sogni. Forse sarebbe stata la sua liberazione, ma quello non era un sogno e non poteva pilotarlo a piacimento.

«Le persone non dovrebbero arrivare al punto di odiarsi.

Dovrebbero parlare prima, non trovi, Meg? Avevi pianificato tutto. Io ho dentro il cuore della fidanzata di Demian, la donna che lui ha amato prima di te. Tu lo sapevi e non me l'hai detto. Ho dovuto scoprirlo da solo. Ho mandato io i regali a Demian. O meglio, una parte di me che non riesco a controllare. È come se fosse viva più che mai.»

«Lo immaginavo, George. Nessuno avrebbe potuto sapere certi particolari...»

«La parte razionale che è dentro di me ha assecondato il mio cuore. Sperava che ti rendessi conto di aver sbagliato. Hai perso quel libro e io l'ho trovato. Ho ripensato a un momento, sulla spiaggia a Brighton. Per sbaglio ho incrociato Demian. L'ho urtato in mezzo alla folla. Gli ho fatto cadere i bicchieri. Ho chiesto al barman di rifare i cocktail. Quando l'ho guardato ho provato una strana sensazione. Indefinita. Non saprei descriverla in altro modo. L'ho seguito con lo sguardo e lui ti ha raggiunto. Vi ho visti insieme. Allora non potevo sapere... Ma dopo... Dopo aver letto il libro ho cercato il suo nome. Demian Sinclair. Non avrei potuto non riconoscerlo. Le sue foto erano su tutti i giornali. La sua storia era stata raccontata e giudicata ovunque. Allora ho capito che quando sei arrivata a Brighton non avevi nessuna intenzione di rimanere. Eri venuta solo per incontrarmi e per darmi quel libro. Poi ti sei sentita cattiva e hai preferito salvare le apparenze, come fa la maggior parte della gente.»

«È così, George. È inutile che io ti menta. Ciò non toglie che ti ho voluto bene.»

«Le tratti tutte così le persone alle quali vuoi bene?»

Meg ebbe la sensazione che dentro a quelle parole dure e improvvise ci fosse la voce del cuore di Sam. Ora che non poteva immaginarsi più con nessuno, che poteva sublimare l'amore occupando di forza anche solo un puntino dello spazio di George. E lui si ritrovava con la sua ombra addosso, e il suo ritmo cardiaco accelerava ansioso senza capire il perché.

«Quando Demian era in coma e ho letto il libro, ho avuto l'intuizione che fosse stato scritto per una donna molto importante del suo passato. Avevo capito che doveva essere esistita davvero. Il libro sembrava quasi un pretesto per far trasparire tutto il dolore per quella perdita. Non potevo immaginare che Samantha fosse morta, però. Questo l'ho scoperto dopo.»

«Ma quando sei venuta da me sapevi già tutto!»

«Sì, sapevo che portavi dentro il cuore di Samantha. Anche per questo, George, non avrei mai potuto amarti. Sapere che dentro di te batte il suo cuore mi ha sempre angosciato. Il tuo cuore ha già vissuto l'amore per Demian. Ho sempre saputo che non sarei riuscita ad accettarlo. Non è colpa tua.»

«Non ti sei innamorata di me, semplicemente. Inutile trovare scuse, non trovi? Devi dirgli tutto. Voglio incontrarlo e parlargli. Voglio che sappia che ho letto il libro con la sua dedica. Che anche se non sei stata tu a darmelo, il suo desiderio è stato esaudito. Se non lo farai tu, lo farò io. Mi tratterrò a Londra un paio di giorni. Aspetterò che sia tu a raccontargli la storia. Se non lo farai, lo incontrerò da solo. Ma non credo che a quel punto ti perdonerà. Cerca almeno di farti immaginare migliore.»

«Mi dispiace. Non volevo ferirti. La situazione mi è sfuggita di mano. Sono prigioniera di me stessa. Da sempre. Della mia libertà. Sembra assurdo ma sono sempre riuscita a rovinare tutto. Sono rimasta sempre incastrata nell'istinto di andarmene.»

«A essere il sogno di qualcuno si rischia di finire buttati tutta la vita in fondo a un cassetto. Forse questo è il senso del libro di Demian. Ti scordi di aprirlo e te ne dimentichi. Lo lasci lì in mezzo ai tuoi vecchi calzini. Come hai fatto tu con me.»

«Parlerò a Demian. Te lo prometto.»

«Mi hai sempre considerato tanto fragile, mia cara Meg. Com'è che adesso ti spaventa avermi davanti?»

«Perché la realtà non può scomparire, forte o fragile che sia. Se ci pensi, anche il niente può distruggerci. Non posso e non voglio più nascondermi dentro a un sogno.»

«Credo sia giusto. La nostra vita è piena di scuse, ma la maggior parte delle scuse che raccontiamo agli altri sono false come le giustificazioni che usavamo da ragazzini per non andare a scuola. Sai che c'è? Crescere ci permette di fare selezione. Di mancare agli appuntamenti che non ci interessano senza più bisogno di scuse. Non è più necessario inventare. A presto, Meg.»

Prima di rientrare a casa fece una lunga passeggiata intorno al quartiere. Un'angoscia sottile si ritagliò uno spazio bello grande nel suo stomaco e le tolse l'appetito. Si mise a sedere su una panchina nel giardino sotto casa, mentre un po' più in là un ragazzo faceva volare il suo pappagallo che puntualmente tornava a posarsi sulla sua spalla. Poi guardò l'orologio. I tempi dei suoi sogni lucidi erano ormai lontani. Il Modafinil aveva migliorato anche le sue paralisi notturne, peccato avesse poca influenza sull'emotività.

Quando aprì la porta l'ora di pranzo era passata già da un po'.

«Credevo avremmo pranzato insieme. Mi avevi detto così. Ti ho lasciato un po' di *cottage pie* di là.»

«Grazie, Demian, ma non ho fame... Siediti, devo parlarti.»

Se avesse potuto seguire il suo istinto Meg avrebbe aperto la porta e sarebbe scappata via, senza dare alcuna spiegazione. Si sarebbe trincerata dentro uno dei suoi silenzi eterni e sarebbe sparita in un soffio magico. *Puff.*

Invece era lì, con un tremore pallido. Alla fine si nasce e si muore da soli, era inutile illudersi che per lei potesse essere diverso. Le erano passati addosso, investendola come un camion a cento all'ora sull'autostrada, tutti i loro ricordi. L'avevano tramortita. Avrebbe voluto fermarli in una foto e metterli sotto chiave in un cassetto della mente, il più interno possibile. Custodirli lì in quel modo, qualunque cosa sarebbe accaduta, sia prima sia dopo le parole che si trovava costretta a dire a Demian.

«Vuoi lasciarmi, Meg? Non ci girare intorno, ti prego. Tanto le scuse non placano niente, servono solo a indorare una pillola che non smette di essere veleno. Per favore.»

«Non voglio lasciarti, ma forse vorrai farlo tu. Perciò siediti e ascoltami. Quando sei sparito, restando sul treno che ci portava a Brighton, mi sono sentita persa senza di te. Come sai, ho indagato fra le tue cose. Ci siamo raccontati molto, tu di te, io di me. Ho però omesso di dirti una cosa. Quando sono tornata a Brighton, ho portato con me il tuo libro, *Blue Moon*. Ne avevo trovata una copia nel tuo studio. In prima pagina avevi scritto una dedica: *A George, che tutto l'amore che ho dato a Sam possa accompagnare il tuo mondo.*

Ora le altre parole non le ricordo a memoria, ma ho avuto la sensazione che tu desiderassi incontrare questa persona. Dicevi che magari, guardando i suoi passi, avresti dato un senso ai passi di Sam che ti camminano dentro. Così l'ho preso e l'ho portato con me. Volevo consegnarlo al destinatario, il vero George Cabot. Quando ho trovato quelle pagine scritte per me nel tuo computer, ho letto che l'uomo che per molto tempo avevo sognato era colui che aveva ricevuto in dono il cuore di Sam. Quando l'ho saputo sono rimasta scioccata e incredula. A dire il vero, ero anche molto arrabbiata con te. Avevo intuito già da tempo che Sam fosse la donna per la quale lo avevi scritto. E poi in fondo sei stato proprio tu a volermi confessare che dentro George viveva ancora Sam. Così sono partita e in valigia ho messo il tuo libro. Ho pensato che anche se non ci fossimo rivisti mai più, quel compito lo avrei portato a termine.

Non mi avevi mai parlato della tua ex. Non ti nascondo di aver pensato che tu avessi memoria solo per quello che intendevi raccontarmi. Che le tue amnesie fossero anche un po' un alibi per nascondermi quello che ti faceva comodo. Non l'ho fatto solo per curiosità, se è questo che immagini.

Ecco, questa persona è venuta a cercarmi. Vuole incontrarti. Tutti i regali che hai ricevuto senza mittente te li ha mandati lui. Quel *fil rouge* fra te e Sam resiste grazie a George.»

«Cioè, spiegati meglio. Tu hai conosciuto George Cabot e per tutto questo tempo non mi hai detto niente? Eppure eri al corrente della sofferenza che mi ha procurato tutta questa storia. Come ha saputo di portare dentro il cuore di Sam? Quando gli hai dato il libro cosa ti ha detto? Cosa gli hai raccontato di me?»

«Devi provare a capire anche la mia confusione, Demian. Ho continuato a gestire il mio senso di colpa piuttosto che scaricarlo su di te. A volte ingoiamo il nostro dolore per non ferire chi amiamo.»

«Questa mi sembra davvero una sciocchezza, Meg. Un inutile tentativo di giustificarti. C'è qualcos'altro che non mi hai detto?»

«George è a Londra. Vuole incontrarti... Resterà un paio di giorni. Così mi ha detto.»

Meg sentì dentro una strana consolazione. Pensò che un altro probabilmente se ne sarebbe andato, ma Demian era diverso. Lui combatteva da sempre con la sua paura di lasciare. Forse, nonostante tutto, sarebbe rimasto insieme a lei. Meg cercava di cucirsi intorno una fortezza di presunzione per ripararsi dalla potenziale catastrofe che poteva risucchiarla e spazzarla via da un momento all'altro.

«Non sono stata io a dargli il libro. Non ce l'ho fatta. L'ho perso sulla spiaggia, mentre io e te eravamo insieme. Io non lo sapevo ma George era lì, l'ultima sera d'estate. Probabilmente ci ha visti, ha visto il libro cadere e lo ha raccolto.»

«Mi viene spontaneo chiederti una cosa. Come mai, se eri andata a Brighton per dargli il mio libro, non sei riuscita a farglielo avere? Cos'è che ti ha bloccato?»

«George si è innamorato di me. Io non potevo ricambiare il sentimento. Così, per non arrecargli un altro dispiacere, non gliel'ho dato. Non so più che farmene dei problemi, Demian. Io vorrei solo essere felice.»

«Come tutti, Meg, anche io ne avrei tanto bisogno. Ma la felicità è una conquista che difficilmente può scorrere in mezzo a un fiume di bugie. Credo sia più probabile che venga travolta. Che affoghi. In ogni caso, per innamorarsi di te avrete parlato molto e passato un discreto tempo insieme.»

«Mi sono inventata di dovermi trasferire a Brighton. I suoi hanno un'agenzia immobiliare. D'altronde per avvicinarlo dovevo conoscerlo, non trovi? Tu mi hai detto che le cose si omettono per paura. Mi hai detto che il passato non va più indagato, che ciò che conta è il presente e che è da lì che si riparte. Cos'è? Questo vale solo per te? Quando te ne sei andato, mi hai mollato da sola a Brighton. Sei sparito. Ho preso il treno di ritorno per Londra con un'umiliazione addosso che nemmeno t'immagini! Non è giusto addossare a me tutte le colpe. Anche tu non mi hai mai raccontato di Samantha e di quanto fosse ingombrante il tuo passato.»

«Io non ho mai avuto l'intenzione di ferirti! Non ti ho detto molte cose per paura, ma mi sono reso conto che tutto quello che omettiamo prende sempre più forza e, anziché proteggerci, ci distrugge interiormente.»

«Questo adesso l'ho capito anche io. E nemmeno io ho mai voluto ferirti consapevolmente, se è questo che pensi. Ci ha travolti una specie di effetto domino. Il primo errore commesso ha causato una sequenza inesorabile di sbagli che hanno distrutto la nostra fiducia.»

«Forse dovremmo solo smetterla con la brutta abitudine di scegliere sempre quello che ci fa meno paura. Farebbe miracoli.»

«O forse smettere d'immaginare che possa esistere qualcosa in grado di durare, Demian. Forse nulla di ciò che è umano è in grado di sopravvivere a un "per sempre". Sai, per molto tempo mi sono svegliata con il cuore a mille, e non ho mai pensato che il vero pericolo fossero i sogni. Noi due abbiamo due finali diversi. Non siamo nello stesso romanzo d'amore. D'altronde non lo avevi scritto per me, non dimenticarlo. Ti metterò in contatto con George. Ora esco.»

Ciao George, non vorrei disturbare il tuo possibile pomeriggio di shopping. Volevo solo dirti che ho parlato con Demian e anche lui ha il desiderio di incontrarti. In che zona di Londra hai preso l'hotel? Così possiamo organizzarci. Grazie. Aspetto tue.

Sono in un bellissimo albergo, Meg. Al Cleveland Clinic London Hospital, e, pensa, qui in ospedale non mi hanno dato nessuna stanza con affaccio sul Green Park. Diserterò lo shopping per oggi e domani. Sarò felice di incontrare Demian. Non pensare tuttavia che, trattandomi con freddezza, cambierai il mio modo di essere o di rapportarmi con te. So bene che fra noi è stata un'emozione solo mia. Mi piace custodirla, però. Quando una storia non decolla oppure smette di funzionare, in un primo momento tutti sprofondiamo nella rabbia e poi nella rassegnazione. Eppure il nostro bisogno d'amore è così viscerale, così potente che quel cinismo dilagante si prende gioco di noi lasciando spazio ancora a una punta di speranza. Dentro la nostra rabbia c'è sempre il desiderio che le cose per una volta possano andare in modo diverso dal solito. E se non siamo ancora morti, riproveremo ancora a lasciarci andare. Non è un destino, Meg. È una necessità. Ci pensi mai? Dev'essere davvero struggente vivere fino alla fine in mezzo alla pioggia e non avere mai un posto in cui ripararsi.

Mi dispiace, George, scusami davvero tanto. Non voglio essere indiscreta. Se posso chiedere e se vuoi rispondermi, come mai sei in ospedale?

Ogni tanto faccio dei controlli. Resto sempre un trapiantato di cuore, d'altronde. Vi ho fatto un paio di biglietti del treno per Brighton per questo sabato. Solo andata, il ritorno lo deciderete voi. Sarete miei ospiti. Vi mando l'indirizzo. L'appartamentino è a Brighton Marina, sul lungomare. È un monolocale in un residence ma è davvero delizioso, lo ha arredato con cura mia madre. Lo affittiamo d'estate. L'ho tenuto sfitto per voi. Non potete rifiutare. Mi offenderei. Spero di riuscire a dedicarvi tutto il tempo possibile. Chiamami quando sarete quasi in stazione. Manderò un'auto a prendervi. Ti abbraccio, Meg.

Meg rimase ferma guardando il telefono, davanti al semaforo che smetteva di essere rosso e ritornava a essere rosso in una manciata di secondi, senza che lei si accorgesse del verde, delle persone che attraversavano. Lei era lì immobile. Rimuginava sul da farsi, sulla possibilità che Demian accettasse o meno lo spostamento a Brighton, su come sarebbe cambiata la sua vita dopo. La città correva frenetica. Le faceva scorrere addosso anche i suoi veri desideri. Erano così veloci che stentava a riconoscerli, non li sapeva più, non li fermava più. Ora era lei a non capire più cosa desiderare. In silenzio, fra le urla della città, Londra si portava via le sue certezze incaute. Era così la tristezza. Era quel suo non riuscire a comprendere con il cuore le cose che la mente riteneva inevitabili.

D'improvviso riprese il passo sempre più veloce, per lasciare al semaforo la tristezza che l'aveva scoperta e riconosciuta. Dietro ogni angolo continuava a raggiungerla. La stanava, le mordeva le ossa. Davanti al portone di casa capì che non le sarebbe servito a niente fuggire. La tristezza era ancora lì, non ce l'aveva fatta a seminarla. Ce l'aveva attaccata al collo. Le ricordava secondo per secondo la vita che aveva scelto, o che forse l'aveva scelta. Ormai non lo sapeva più.

Tremò nell'infilare la chiave nel portone d'ingresso. Sicuramente Demian era ancora là ad attenderla e pronto a sfinirla ancora con altre spiegazioni.

C'è una luce che trascina con sé, nella vita di chi ha sofferto fin da piccolo. Il trauma della solitudine, la catastrofe tanto cara ai romanzi... Quanto c'è di vero nella finzione, spesso ti chiedi? La conferma è in quella luce. Perché non puoi permetterti di crearla artificialmente. Scavando fino in fondo, nel buio supremo, capisci che crescere è come un herpes che ti annienta per sempre. Non ti uccide ma rimane in agguato, silente. Si annida nei tuoi gangli nervosi, sfrutta le tue fragilità, fa leva sulle tue difese, e quando sono così basse da renderti ancor più vulnerabile esce di nuovo fuori più potente, pronto a devastarti. Da questo non puoi più sottrarti, è uno dei pochi aspetti che puoi chiamare destino. Se avrai vissuto qualcosa di simile, riconoscerai in un libro almeno un pezzetto autentico della tua natura. Ti abbaglierà.

Forse, per paura di affrontare tutta quella fatica scapperai subito da una persona così, o forse ne resterai così profondamente affascinata da non riuscire a trovare mai altrove un'emozione simile. Sì, certo, l'evasione mentale è capricciosa e, si sa, le fantasie sono sempre vincenti rispetto alla realtà. Perciò capiterà che t'innamorerai perdutamente del personaggio del tuo libro preferito. Ma se quella fantasia si facesse concreta e tu provassi a sfilarla dalle pagine, a immaginarla nella quotidianità delle bollette da pagare, nelle indecisioni e nelle discussioni sterili sul cosa preparare per cena, nelle preoccupazioni per il lavoro, per la salute, per il bilancio da far quadrare? Sarebbe ancora così speciale? Eh no. Vivere in una bolla sognante priva del tran tran della normalità e immaginata come trasgressiva è il solo motivo per il quale le storie mai vissute sono percepite con così tanta illusione. Ciò che poteva essere e non è stato rimane un bozzolo senza forma. Invece ringraziare per ciò che hai mettendo via i segreti, i sotterfugi e le bugie, riconoscendo che ciò che costruisci puoi perderlo in un attimo se non presti abbastanza cura, se non hai l'attenzione di un buon equilibrista... potresti chiamarla anche saggezza, sai? Un libro non può decidere le sorti della tua esistenza, tu invece puoi decidere di cambiare la tua realtà. A dispetto di ciò che leggi, questo ti sarà sempre possibile. Puoi sempre strappare quel capitolo di alibi.

La sofferenza di Demian si era trasformata in unicità. Perché non è vero che tutti siamo unici. Molte persone si sforzano di vivere in modo simile. Sono prevedibili, sono ciò che mostrano e che spesso nemmeno possiedono. Riconoscere la bellezza in fondo allo squallore: questo è il senso della vita. Tutto il resto sono momenti, momenti che passeranno e che prima o poi si prenderanno gioco della nostra memoria scomparendo nel nulla.

Meg si soffermò un attimo sulle scale e guardò la porta blindata. Immaginò l'interno. Le valigie, i preparativi, il rumore della fatica priva dell'ebbrezza di una vacanza. Davanti agli occhi l'idea di un'altra persona che avesse il diritto di abitare quella casa. Poi l'assenza che perlustra ogni luogo e conosce ogni cosa ancor prima di arrivare. Aprì. Lo guardò, era seduto sul divano con il viso un po' provato e le gambe appoggiate a uno sgabello. Era intento a scrivere al computer. Di colpo si accorse di lei e la sorprese: «Vorrei comprare un'altalena, Meg. Vorrei attaccarla al soffitto del salotto».

«Non volevi vendere casa, Demian?» chiese in bilico fra curiosità e stupore.

«Ci sono delle cose che ho sempre desiderato. Non ho mai potuto averle. Mi sembra un peccato aspettare troppo, non trovi? "Ora" non significa di certo "sempre", ma "non ora" significa spesso "mai più".»

Meg tutto a un tratto si rifugiò nel suo coraggio, e avvicinandosi al divano si sedette sul bracciolo di velluto blu e gli parlò con una finta sicurezza.

«Andiamo a Brighton, se vuoi. George ci ha invitato. Ci ha fatto i biglietti del treno e saremo suoi ospiti in una casa di sua proprietà. Se ti va, partiremo sabato.»

Poi sprofondò in un sospiro quasi eterno. Ce l'aveva fatta.

# 30

# Sapere di essere stati amati ci protegge per sempre

Quella era la loro storia. Sembrava quasi che Demian non volesse più riconoscerla. Si mostrava distratto e pensieroso, eppure, dopo un primo lieve momento di reticenza, senza colpo ferire aveva acconsentito al viaggio e persino all'ospitalità di George.

Se esistessero tendenze per il colore dell'anno anche per l'anima, quel grigio fumo di Londra avrebbe regalato un tocco di classe al loro design interiore. Ma nell'aria aleggiava soltanto un lieve rumore di cassetti aperti, di cose stropicciate, infilate in due piccole valigie distinte. Meg e Demian prendevano le misure persino alla loro solitudine e la ficcavano dentro con forza. Volevano che entrasse a ogni costo, nonostante la mancanza di spazio in quel loro futuro astratto.

«Hai preso tutto?» chiese lui con aria candida. «A che ora è il treno domattina?»

I suoi occhi brillavano della stessa tenerezza che da sempre lei vedeva diversa rispetto a quella di tutti gli altri. Quella tenerezza era il motivo per cui alla fine era rimasta. Non assomigliava a quella di nessuno. Lo osservava come se fosse un'altra, lo specchio di se stessa, eppure si vedeva triste, triste come chi non ha nient'altro da fare che ostinarsi a ricordare.

«Alle nove, partiamo da Victoria.»

Abbozzò un sorriso e ci si perse dentro, dentro lo scorrere veloce di un tempo che non c'era più. Demian incrociò i suoi occhi e un dispiacere la trafisse, come la lama di un coltello che si fa malessere improvviso e ti sfregia il viso. Le sembrarono così diversi mentre la guardavano. Stretti come un punteruolo che, nel colpirti, trasforma l'infinito nel suo contrario. Si sentiva in difetto con lui. Forse tutto quel loro non detto aveva immobilizzato la capacità di interpretare i loro reciproci stati emotivi, aveva smesso di renderli grandiosi e compassionevoli. Aveva sfilato dalla loro mente il privilegio della comprensione e per questo ormai non sentivano più lo stimolo a capirsi. Piuttosto che sputarsi addosso in modo onesto la rabbia accumulata che avevano dentro, lasciavano che il silenzio diventasse violento e si trasformasse in una vendetta indiretta.

A volte Meg aveva quasi preteso che Demian facesse il primo passo, per strappare fuori dalla sua bimba ferita il suo dolore adulto. Eppure ciò che un tempo ci ha ferito non è più risanabile. Ogni abbraccio negato al nostro bimbo di allora non può più essere dato ora. Tutti gli appuntamenti traditi, gli applausi mancati sono persi per sempre. Il passato è nebbia in dissolvenza.

È inutile tornare nel posto e nel momento esatto in cui da bambini siamo stati danneggiati. Finiremmo per replicare quel momento in eterno e per rendere quell'inferno abitabile.

Meg pretendeva troppo. Si aspettava che Demian entrasse nel suo cuore in punta di piedi ed estirpasse per sempre la sua ferita. Anche lei d'altronde non era stata in grado di farlo. Non esiste un modo per risanare completamente una ferita se non quello di accettare la sua cicatrice. Guarire non vuol dire cancellare la ferita, significa impedire alla ferita di controllare le scelte della nostra vita.

Mentre armeggiava con la sua valigia le venne sete e si diresse verso la cucina. Aprì il frigo e prese due birre.

«Demian, vuoi una Ceres?» urlò per farsi sentire, ma lui non rispose. Spostò la tenda dalla finestra e lanciò un'occhiata al panorama circostante. Per un attimo si rasserenò. Poi tornò davanti al piano di lavoro della cucina dove aveva appoggiato le due bottigliette e aprì un cassetto per cercare l'apribottiglie. Intravide un vecchio pacchetto di Black

Devil aperto. Dentro c'erano solo due sigarette nere dimenticate. Forse ormai quella marca neppure esisteva più. Demian aveva smesso di fumare da tempo. Glielo aveva anche detto, in un momento che ormai le sembrava lontano anni luce: "Di fumare ho smesso. Di amarti ancora no".

Improvvisamente una lucina la distrasse. Il telefono di Demian, incastrato sul forno a microonde fra due vasetti di piantine grasse, si illuminò. Sul display c'era la notifica di un messaggio di Evelyn Turner, la psicoterapeuta che aveva avuto una breve storia con lui.

Hai detto tutto a Meg?

S'irrigidì. Staccò le mani dalla bottiglia di birra che aveva preso per lui. Ormai erano lontani i tempi in cui faceva fatica a riconoscere la realtà dal sogno. Non era un sogno, non era una rigida costruzione mentale, non era nemmeno un istante da poter rimuovere a cuor leggero. Era da tempo che non le tornava più in mente la sua amica psicoterapeuta. Tutto ciò che le aveva raccontato, la fiducia che aveva riposto nelle sue parole... Quasi non ricordava più di aver buttato nel cestino del bagno la busta con l'esame del DNA che Evelyn aveva lasciato sotto la porta di Demian, durante la sua assenza. Aveva custodito quella lettera per giorni e poi, senza neppure guardare il risultato dell'esame, l'aveva strappata in mille pezzi e gettata via. Si era voluta fidare di Demian, anche se lui pareva quasi non ricordarlo. D'altronde nella loro storia doveva essere solo lei l'ingrata.

Aprì la sua bottiglia e sorseggiò la birra. Dentro la bocca un retrogusto secco e acidulo. Quel sapore l'aveva già sentito. Assomigliava alla forza alcolica di un finale amaro. Non era il doppio malto. Era l'ingratitudine. E per una volta non le assomigliava.

*Niente, il mondo gira così. O te ne lasci inglobare o sei fottuta, spacciata per sempre. La prima delusione che ingoi te ne sbatte nello stomaco altre e poi altre ancora. Diventi un'accumulatrice seriale di delusioni da chiudere al di là di una porta. O muori schiacciata o resti fuori, al freddo delle brutte intenzioni di tut-*

*ti. Cosa dirai adesso a Demian? Oddio, non hai proprio voglia di sentire scuse impossibili.*

*Che tipo di donna vuoi, Demian? Una che torni a casa e che non ti dia problemi, che non ti faccia domande? Una che abbia stampata sul volto l'espressione perfetta per scoparti il cervello? Non sono io, cazzo. Non sono io.*

Meg decise di colpo che non avrebbe detto niente a Demian riguardo al messaggio ricevuto da Evelyn. Svuotò il resto della birra nel lavello e buttò la bottiglia nel cestino. Quella destinata a lui la rimise in frigo e sgattaiolò via dalla cucina in religioso silenzio. Ritornò nella stanza e come se niente fosse affondò le mani nella valigia.

«Ah, sei qui!» la sorprese lui alle spalle. Le sorrise. Lei ricambiò e nascose dietro al sorriso il suo turbamento. È quasi più facile combattere in un territorio di guerra che passeggiare calmi fra le rovine del risentimento. Doveva affidarsi al sangue freddo, fingere che tutto andasse bene, almeno fino all'arrivo a Brighton. Demian non lo sapeva, ma ormai era lui a essere in svantaggio. I suoi sensi di colpa erano spariti e se anche George si fosse azzardato a raccontare qualcosa lei avrebbe potuto difendersi, tornare in guerra. Forse è la finzione che serve a due anime per restare insieme. Il non domandarsi mai se ci si ama ancora come prima. Resettare i dubbi, non indagare le intenzioni, sorvolare sugli inganni e incastrarsi alla perfezione nell'ombra. Perché la luce non si può inventare, però spostandoci per non vedere ci è sempre possibile cambiare l'ombra. Ma se davvero l'amore era questo, allora lei aveva fatto bene ogni volta ad andarsene.

Corriamo tutti quanti nella direzione di qualcosa che ci sembra così tanto prezioso. Una volta arrivati, una volta raggiunto, una volta che entriamo in contatto con quel sentimento visto, toccato e vissuto da vicino, non ci sembra più così particolare. Appare più prezioso il tempo usato per raggiungerlo, appare più prezioso tutto quel correre.

*Credo che dopo Brighton ti parlerò, Demian. Magari renderemo felice qualcun altro. Anche solo per un po'.*

In fondo la prima regola dell'amore non impone alle persone la capacità di restare insieme fino all'ultimo istante.

Non è importante arrivare insieme fino all'ultimo momento, è importante essere sinceri fino all'ultimo momento in cui si resta insieme. Forse per questo il loro tempo stava per scadere. Era la sincerità a essersi sgretolata per strada.

Sul treno per Brighton, Demian aveva il volto provato. Una fitta nuvola di pensieri navigava nell'aria divenendo quasi solida. Meg riusciva a vederla. La sua piccola ruga sulla fronte sembrava essersi scavata di più in una manciata d'istanti.

«Che hai?» gli domandò, cercando di camuffare la sua curiosità.

«Sono stanco...» rispose lui con voce flemmatica.

*Dici di essere stanco ma sei solo triste,* pensò lei fra sé. *Quando diciamo di essere stanchi glissiamo su così tante domande che avrebbero bisogno di risposte troppo articolate. L'intimità va a farsi fottere, la mandiamo giù intera piuttosto che condividerla. Scompare anche l'anima, dietro alle cose non dette. La imboschiamo nel barlume del niente. Così la stanchezza è solo amarezza complicata, e noi lasciamo che imbrogli gli occhi degli altri. Perdoniamo alle persone di aver creduto alla nostra piccola e salvifica bugia, ma non potremo mai perdonare a noi stessi di averla detta.*

Mentre Demian beveva l'acqua direttamente dalla sua bottiglietta, Meg lo guardava seduto di fronte a lei. Teneva le gambe semiaperte e muoveva un piede in modo nervoso. Il suo sguardo di colpo si fissò sulle scarpe che lui aveva indossato. Erano le Alexander McQueen che gli aveva comprato a Mayfair, quando contava con l'angoscia di allora i giorni in cui era sparito. Mentre camminava di fretta per andare al negozio aveva incrociato una delle scritte NO BREXIT disseminate per la città. Si ricordò di quanto allora si fosse sentita avvilita per la scelta degli inglesi, ma anche profondamente fortunata per essersi potuta fermare a Londra senza permessi particolari, da cittadina del mondo.

La pelle tutta graffiata della tomaia aveva ceduto e il bianco controvoglia si era dovuto adattare allo sporco che via via senza volerlo si era infiltrato nelle fessure. La colla era fuoriuscita dai bordi. Eppure Demian si ostinava a non voler dire addio a quel regalo. Ogni tanto lui lavava i lacci e provava a pulirle, per ridar loro una rinfrescata apparente. E lei adesso si chiedeva se anche all'amore non proviamo forse un po' tutti a dare una rinfrescata apparente, o se alla fine è possibile riuscirci davvero. Se andiamo fieri di quelle scarpe rotte, dei nostri piedi consumati dal disordine, dall'incertezza, dalla nostalgia. Fieri di quel nostro inciampare in un respiro, di quei ricordi in comune confluiti in un unico insieme che ci costringe a rubarci i passi per non cadere. E quando accade, liberarci di qualcosa di rotto non ci rende infelici, perché tanto l'amore rimane.

Si assentò per andare in bagno. Il peso del vuoto che sentiva dentro la schiacciò. Il vuoto non è mai leggero. Istintivamente prese il suo cellulare e cercò il numero di Evelyn. Rimase a fissarlo sul display per qualche istante e poi toccò lo schermo per inviare la chiamata. Rimase in piedi, sballottata nello spazio di divisione fra i due vagoni. La sua vita le sembrò da sempre così: sul treno giusto ma nel posto sbagliato.

Evelyn le rispose e con immenso stupore Meg si accorse che non aveva mai cancellato il suo numero.

«Meg, che sorpresa, quanto tempo, come stai?»

«Evelyn... io bene, spero anche tu» sussurrò con un velo d'imbarazzo. «Scusami davvero, non volevo disturbarti, ma devo proprio chiederti una cosa. Ti sembrerò sfacciata ma ho bisogno di sapere...»

«Non ti sento bene, Meg. Che succede?»

«Sono in treno, scusami, la linea va e viene. Sarò breve. Riguarda Demian... e te...»

«Non ti sento bene, Meg, davvero. Ma forse ho capito a cosa ti riferisci. Demian ti ha raccontato tutto?»

«Non mi ha detto niente. Cosa dovrei sapere?»

«Non è giusto, Meg. Davvero, non posso essere io a parlartene. È una questione molto delicata...»

La linea cadde e caddero anche gli occhi di Meg addosso al sogno infranto che aveva di se stessa. Proprio lei che avrebbe voluto cambiarsi la voce per raccontarsi le favole della buonanotte, proprio quelle che nessuno aveva mai avuto tempo di raccontarle. Proprio lei che invece adesso era cresciuta di colpo infinite volte e si sentiva la delusione tutta addosso, spalmata come marmellata scaduta. Non aveva mai potuto essere piccola, e così per ripicca non aveva mai avuto voglia di diventare grande.

Basta un attimo a stancare il gioco. Ha un'improvvisa paura di vincere, confonde l'incanto con la rottura e, andandosene prima della fine, si condanna alla fine. Ecco, Meg, la dimostrazione tangibile dell'inaffidabilità di qualcosa che duri, la stringi fra le mani e poi la scagli lontano. Non è il caso a cambiare gli eventi, sei tu.

*Si finisce nel destino degli altri senza preavviso e non c'è niente da fare per evitarlo.* Questo strano nonsenso attraversò i pensieri di Meg, nel momento in cui decise di mettere in standby la situazione fra Demian e Evelyn per dedicarsi all'incontro con George. Certo, se non avesse appreso quella notizia ambigua, anche il suo umore sarebbe stato diverso.

Una macchina li attendeva all'uscita della stazione. L'autista li avrebbe portati nell'appartamento scelto da George per loro. Rivedere Brighton la ributtò improvvisamente nella penombra dei suoi vecchi ricordi. Spostò la tenda che aveva dentro, e tutto quel mare interiore divenne un'onda anomala al centro dei suoi respiri, anomala come la situazione in cui credeva di affogare. Non aveva ancora messo a fuoco per bene i possibili dettagli dell'incontro. Le sembrava di poter rimandare all'infinito il momento vero e proprio, per crogiolarsi in quel tempo dilatato.

Demian aveva gli occhi lucidi, ma per lui rivedere Brighton era riaprire un conto in sospeso con situazioni mai risolte e molto dolorose. Sapere di essere stati amati profondamente ci protegge per sempre. "Proteggere" era un verbo che aveva dovuto prima inventarsi e poi capire da solo. Lei che aveva invece vissuto l'amore della madre come se fosse uno scambio – ti amo per ciò che dai e non per ciò che sei, se non soddisferai le mie aspettative non sarai più la mia bimba adorata – ne aveva maturato un'idea distorta e per molti versi, nonostante condividesse con Demian la stessa ferita, non era mai riuscita a comprendere come avesse fatto lui a reagire alle sue sofferenze in modo completamente opposto rispetto a lei.

L'auto si fermò a Brighton Marina. Al primo piano di un piccolo residence c'era il loro appartamento. Una ringhiera color Tiffany li separava dalla nitida visione del mare. Dal patio si vedevano delle barchette ondeggiare. Meg e Demian pensarono la stessa cosa ma non se la dissero: "Ogni barchetta, anche la più piccola, quella che da lontano sembra invisibile, ha bisogno di un porto in cui poter tornare".

Da quel punto preciso l'origine di fine e inizio sembrarono coincidere. Era meglio una fine infelice o un'infelicità infinita? L'immagine divenne potente e si insinuò via via in tutti i loro momenti. Si prese tutto. Lo sciabordare delle onde li trascinò nel loro "qui e ora", con una solida consapevolezza del loro corpo. Forse non era necessario che accadesse nulla, semplicemente erano predisposti ad accogliere la realtà.

Le onde rimescolano, sembrano uguali e invece non lasciano più niente come prima. Le persone sbagliano e riescono a negare ogni cosa alla luce del sole, ma nel fondo, laggiù, nella profondità assoluta, ci sarà sempre la verità più limpida a ricomporsi, a sopravvivere senza annegare. Come cresce la disonestà, crescono anche la distanza e il risentimento. Non ci si dice più niente, perché niente può bastare a ridare fiducia. Nessuno crede più alle ragioni esterne al proprio cuore. Il prezzo che si paga è troppo alto, diventa un peso troppo grande da sopportare.

Se vai cercando l'amore all'interno del tuo buio, potrai trovare purtroppo soltanto altro buio. Eppure anche il nostro buio ha bisogno d'amore, e solo così avrà il coraggio di uscire fuori, di illuminarsi, solo così avrà finalmente un motivo per lasciarci e andarsene. Dei sogni, senza amore cosa resta? Forse l'amaro di un'esistenza inesistente. Invece dei sogni a cui hai regalato una realtà, qualsiasi essa sia, rimane la certezza che l'amore può esistere, che non è una beffa.

Come entrarono nel piccolo salotto notarono un biglietto appoggiato su un boccale da birra pieno d'acqua. Dentro c'era una pallina verde che sembrava di spugna.

Meg prese il biglietto e iniziò a leggerlo ad alta voce:

*Ci vediamo domani pomeriggio alle 18, alla Upside Down House. È vicino al West Pier, ma sono sicuro che l'abbiate già vista, almeno da fuori e almeno una volta. Potrete ritirare lì i vostri biglietti. Credo che sia un bel modo per spezzare l'ansia entrare insieme nella casa capovolta. La domenica dopo una certa ora non è più possibile visitarla, invece noi avremo l'opportunità di godercela molto più dei venti minuti previsti. Potremmo farci anche una passeggiata sul lungomare. E poi non l'aveva scritto proprio Demian che le finestre nei sogni si aprono al contrario? Avremo finalmente la possibilità di sostenerli, o magari di raddrizzarli per sempre.*

*Ah, dimenticavo. Quello che vedete è un essere vivente. È un'alga palla, una pianta acquatica che cresce spontaneamente in alcuni laghi, in giapponese si chiama Marimo, ossia pallina. Regalarla è di buon auspicio perché è un simbolo di continuità. Una leggenda giapponese narra la storia di due innamorati che per sfuggire al destino che non li voleva insieme, sulle rive del lago Akan, trasformarono i loro cuori in Marimo e li gettarono sul fondo del lago, per non lasciarsi mai più. Se noi paragoniamo una persona a una piantina, sappiamo che è diversa da noi, ma che è anche legata a noi. Osservare solo il fatto che è diversa da noi e ignorare il fatto che è legata a noi, significa lasciarla morire. Esiste una congiunzione fra noi e la piantina, e per quanto siamo diversi da lei, fin quando lei è con noi, abbiamo la responsabilità di non distruggerla.*

«Dicono che gli incontri siano una fortuna, ma non sono sicura sia così. Tutto l'entusiasmo della partenza, per cui ogni posto ti sembra splendido solo perché ne hai sentito parlare... Poi ci vai, ti ci fermi per un po' e lì è tutto diverso da ciò che ti hanno raccontato. La delusione ti divora lo stomaco. Non puoi digerire il nulla.»

«E infatti te la sei sempre cavata con un confuso saluto di congedo che è sempre diventato poi il pretesto perfetto per tornare. Torni, non appena ti torna la fame. Vedi? Nei libri c'è sempre la coda al casello del verbo "amare". E io? Io sempre l'unico con le gomme bucate che nemmeno la fila potevo permettermi! Ho scritto tanto d'amore, ma l'amore che desidero davvero non c'è, ecco tutto. È successo anche a noi. Ti ho offerto ciò che ho potuto, Meg. Altro non ho, perciò non mi sento in colpa. Credevo che il mio immenso amore avrebbe potuto salvarti da te stessa. Non ci sono riuscito, o forse è davvero un'impresa impossibile. Perché tu continui a imbrogliare le tue emozioni, piuttosto che imparare a gestirle.»

«Forse hai bisogno di troppe rassicurazioni, Demian. Non ti basta il fatto che sia rimasta con te, e io non so amarti in altro modo.»

«Hai paura di perderti dentro di me? Di non riuscire a sapere più quello che vuoi, se mi cedi un po' del tuo terreno? Se ci pensi, il successo mi è piovuto addosso dopo la sfortuna. Ma ancora oggi sono le relazioni umane che mi interessano. Capirle mi fa scavare anche dentro di me, da sempre. Si potrebbe scrivere di tutto, ma non ci riesco. Qualsiasi obiettivo diverso dal regalare autenticità decreta già la fine. L'ispirazione vera nasce sempre dal dolore. Inutile girarci intorno. Il dolore sincero è muto, ma poi non ce la fa a restare dentro. Deve rompere gli argini ed esplodere. Solo tu che lo conosci sai riconoscerlo. Quando invece fa troppo rumore e clamore te ne accorgi, sai che è costruito, capisci che non è credibile. Forse anche tu che hai tradotto grandi scrittori ti sei accorta che nessuno di noi può fare a meno di fidarsi almeno di qualcuno. Anche se costa fatica, anche se la delusione è sempre dietro l'angolo... Anche se il mondo ci si rivoltasse contro, anche se dovesse finire domani, l'amore non finirà. Il futuro dell'amore è nelle sue piccole radici, ma non esiste futuro se non permetti a nessuno di mettere radici dentro di te.»

«In passato mi sono difesa dalle sensazioni dolorose della separazione non consentendo mai a nessuno di diventare così importante da causarmi ancora sofferenze. Magari non è giusto far pagare agli altri i nostri dolori, ma credo sia normale considerare la possibilità che possa accadere.»

«Tu mi hai sempre considerato docile, ma docile non significa affatto ammaestrabile. È questo l'errore che commette chi non accetta mediazioni. Nella mia vita mi sono sentito molto solo, ma per fortuna ho permesso alla mia solitudine di farmi compagnia. La mancanza d'amore è un marchio di fabbrica, ma se t'impegni puoi rimuoverlo e non farlo più vedere agli altri. Non certo per vergogna. Non sono stato amato da chi mi ha messo al mondo... Sono stato costretto ad accettarlo. Ma non per questo farò riprovare agli altri la stessa sensazione.

Sono nato qui. Brighton ha sempre avuto una sorta di modo di pensare alternativo e progressista, un modo libero e diretto di affrontare le cose della vita. Qui si vive portando avanti un messaggio di libertà, nella più totale assenza di pregiudizi. Eppure, se ti guardi intorno, puoi accorgerti facilmente che l'esistenza di questa città la si deve all'epoca vittoriana, un'epoca assolutamente convenzionale e ipocrita. E quindi? Brighton ringrazia il suo passato per esistere, eppure oggi è diversa. Io sono come questo luogo, come questo mare. Mareggiato, sì... Ho perso definitivamente la "a" iniziale della parola. Vedi come sono migliorato con l'italiano? So che anche una sola lettera fuori posto può stravolgere il senso di qualcosa. Non voglio sprofondare in un'anonima pozzanghera di negatività stagnante.»

«Ti capisco e capisco il tuo dolore. Anche se non è stato lo stesso, anche io sono stata costretta a comprendere come sia facile sbarazzarsi di un fardello troppo grande, quando ti pesa troppo. Mio padre lo ha fatto con me, e la depressione di mia madre non le ha certo permesso di sopperire a questa carenza e di rendermi comunque serena, senza di lui. In ogni caso mia madre mi ama a modo suo, a mio padre non frega nemmeno se muoio! Comunque, cambiando discorso, ho bisogno di dirti una cosa, Demian.

In quei giorni in cui sei sparito e ho trovato le chiavi del tuo studio, ho preso anche una busta indirizzata a te. Non volevo, non l'ho fatto apposta. Quella tua amica psicoanalista, Evelyn, ha suonato il campanello credendo che tu ci fossi e l'ha infilata sotto la porta. Me la sono messa nella borsa. Ha sempre viaggiato con me, ma l'ho dimenticata. Quando ho perso il libro sulla spiaggia qui a Brighton mi è tornata fra le mani. Ho preferito non dirti niente per non turbare il nostro momento. Mentre dormivi l'ho strappata in mille pezzettini e l'ho buttata nel cestino, nel bagno dell'hotel. Era la copia di un esame del DNA. Ho strappato il foglio senza leggere il risultato. Mi sono voluta fidare di te! Di quello che mi avevi detto. Mi avevi detto che la figlia di Evelyn non era tua e ho voluto crederti senza ulteriori prove.»

«O forse hai solo avuto paura che la risposta di quel test potesse turbare il nostro futuro. In ogni caso quando ho fatto il test era davvero negativo. Poi d'improvviso Evelyn mi ha cercato per dirmi di averlo fatto valutare da un genetista. A quanto mi ha detto è stato manomesso. Un suo amico medico le ha assicurato che una manomissione del genere non può averla fatta chiunque e che dev'essere stato per forza un professionista.»

«E quando pensavi di dirmelo?»

«In questi giorni, Meg. L'ho saputo da poco. Evelyn mi aveva anche mandato un messaggio per sapere se te lo avessi detto o no. Mi piacerebbe chiudere gli occhi, riaprirli e non trovare più i nostri problemi. Ma forse né io né tu siamo i più adatti a fare la morale, non trovi?»

Meg rimuginò sul messaggio che aveva intercettato sul telefono di Demian. Aveva immaginato un tradimento e invece stavolta il senso le tornava. L'argomento era davvero la bambina.

«Vai avanti...»

«Secondo lei è stato l'ex marito Nicholas ad aver fatto manomettere il test. Sperava che in questo modo sarebbero rimasti insieme. Anziché avercela con lei, ha riversato tutto il suo rancore su di me. Considerando le sue conoscenze è abbastanza chiaro che sia stato lui. Quando Evelyn mi ha scritto, mi ha detto di aver lasciato una busta sotto la porta del mio studio. Non si aspettava niente, in verità, le era soltanto sembrato strano che non avessi nemmeno provato a contattarla. Adesso ho capito perché! La busta l'avevi presa tu. Cosa dovrei fare secondo te? Non posso fingere di non avere una figlia. Ricommetterei l'errore per il quale soffro ancora. Non voglio che mia figlia erediti il mio passato. Non potrei mai perdonarmelo. Sono preoccupato per noi, Bae. Stanno succedendo troppe cose che minano la nostra storia.»

«Tua figlia non sa nemmeno che esisti! Considera suo padre un altro uomo. Un padre non è chi ci mette al mondo, ma chi si prende cura di noi, e io ne so qualcosa. Non è certo uno spermatozoo o l'altro a decretare chi abbia vinto o meno.»

«Non credi che la bambina abbia comunque il diritto di sapere la verità? Prima o poi scoprirà che il padre che l'ha cresciuta non è il suo vero padre. Come posso tacere e tenermi questo segreto senza pensare di danneggiarla, di farle un torto?»

«Non saprei, Demian. Su una cosa però hai ragione: a volte proseguire la vita insieme può sfinire più di una fine. Vai a incontrare George. Io non verrò. È un capitolo solo vostro, anzi, a dire il vero è proprio con tutto il vostro libro che io non c'entro. Forse mi sono illusa che *Blue Moon* potesse condurmi a qualcosa di buono. Sono stanca, ma mi sento quasi sollevata, perché è esistito un tempo in cui sia io sia tu ci aspettavamo sempre che accadesse il peggio. Un'ansia sempre in anticipo, la paura della paura di qualcosa di tremendo che arriverà. È questa la nostra ferita, la nostra condanna. Ma poi adesso il peggio ha scelto di sedersi fra noi e di dividerci davvero. Adesso che il peggio è arrivato mi sento una stupida, perché l'ho sentito sempre accanto a me come un fantasma, anche quando non c'era.»

## 31
# Viva la vida

Meg decise di non andare all'appuntamento. Demian andò da solo a incontrare George. Arrivò puntuale davanti alla Upside Down House. Il tetto toccava terra e il pavimento era sospeso nell'aria. Erano entrambi illuminati da piccolissime luci led. Guardò il telefono per vedere l'ora e si mise a sedere di fronte alla casa su una panchina colorata a forma di fiore. D'improvviso si sentì toccare la schiena. Si voltò di scatto e George rimase a guardarlo per qualche istante in silenzio.

Demian abbozzò un sorriso: «Sei George, immagino...».

«Già, sono George. Ciao, Demian. Piacere di fare finalmente la tua conoscenza.» Diede una rapida occhiata in giro, mentre un leggero vento trasportava nell'aria la musica di un sax.

«E Meg? Non c'è?»

«Non è potuta venire. Non si è sentita bene.»

D'improvviso George si ricordò del momento preciso in cui aveva visto Demian per la prima volta, proprio su quella spiaggia, non molto lontano da lì. Lo aveva urtato senza volere e i due calici che stringeva in mano erano caduti sulla sabbia. Un'emozione fortissima e inspiegabile lo aveva travolto e spaventato a tal punto da fingere di dimenticarsene, almeno fino a quel momento in cui gli era piombata con irruenza di nuovo addosso. A quel tempo non poteva di sicuro immaginare lo strano intreccio fra le loro tre vite.

Ci sono sentimenti che rimangono autentici fino a quando non osiamo definirli. Se proviamo a definirli, perdono la loro fragranza misteriosa e si autodistruggono.

Demian si alzò, si immerse per un attimo nei rumori della città, tese la sua mano destra come un uomo disarmato che si affida a un'altra vita, senza riserve, e strinse la mano di George con decisione. In quel preciso istante una sensazione indefinita e lucida trovò la strada giusta e gli si accomodò un passo oltre la pelle.

George si accorse che il cuore di Sam dettava ancora legge dentro di lui. Conservava i ricordi legati a un battito esistito ancor prima di essere il suo e una storia graffiata dalle sue dita. Nell'aritmico infrangersi di un antico ricordo, dovette cedere a quel battito il significato del loro incontro. Lo schianto di qualcosa di perso ma ancora presente mescolò sulla linea del cardias le parole da ingoiare con quelle da dire, l'amore e il disamore. Percepì lo spiraglio disperato del buco nero in cui sprofonda la memoria, quando prova a ribellarsi all'oblio sotto forma di energia. La memoria rimane seduta nella sala d'attesa del confine fra la sua fine e il suo inizio, smarrita ma senza mai scomparire.

Si sentì attratto nello stesso modo sia da Meg che da Demian. Gli sembrò quasi una sensazione perversa, un desiderio di cui vergognarsi, da sacrificare sull'altare come fosse una colpa. C'era nebbia nel cuore, come la nebbia di mare intorno al molo di Brighton di notte.

Le capanne sulla spiaggia illuminate dai lampioni confusero lo sguardo di George. Il suo passato e quello di Demian sembrarono improvvisamente legarsi a stretto contatto. In quel momento la storia di Demian e Sam prese il sopravvento. Lei, incantevole e incantatrice con i nervi esposti all'imbarazzo di brividi condivisi e arrampicati sulla schiena, recitò la sua presenza latente, ma rimasta assenza sempre viva. Un unico cuore in grado di colare all'interno di un vortice emotivo, capace di scappare dalla morte e di simulare una vecchia favola.

Fu Sam a vedere Demian, e George dovette arrendersi. L'alfabeto dei corpi sa inventare parole nuove e le scrive su carta magica. Può mettere a nudo i segreti e assorbire la solitudine. Così George, attraverso il cuore di Sam, scollò con un flashback le loro vecchie aderenze, si insinuò nelle loro notti e li vide fare l'amore. La descrizione di un bacio fu così perfetta da rimandargli in bocca anche il sapore del loro antico e violento addio.

George prese coraggio: «Vedi, il libro che hai scritto non è finito. Puoi illuderti che sia così, ma spesso i personaggi sono anche persone. Disobbediscono e continuano a scrivere la loro storia senza tenere più conto dell'autore. Se nessuno finisce di scrivere una storia, e per questo nessuno può conoscerla, la storia esiste ugualmente, non credi? Quando Meg è venuta a cercarmi, mi sono innamorato di lei. Abbiamo avuto una breve relazione e poi lei è tornata con te».

«Me n'ero andato, è comprensibile...» Demian rispose a George con finta clemenza, mentre nella sua mente si addensavano nuvole d'incertezza.

George invece mentì a Demian, quasi come se fosse il cuore di Sam a spingerlo a farlo, per vendicarsi. La sua volontà era all'interno di una prigione dove ali lontane come schegge impazzite sbattevano al vetro e cadevano giù, poi si rialzavano pronte a ripetere lo stesso strazio. Era ancora attratto da Meg, e un desiderio incomprensibile lo spingeva verso Demian con una curiosità mai conosciuta.

«Bevi qualcosa con me?» George si diresse verso l'auto parcheggiata a due passi da lui e aprì il bagagliaio. All'interno c'era un piccolo frigobar. Prese una bottiglia di LR, un vino italiano, il preferito di Sam. Poi si riavvicinò a Demian e con estrema delicatezza tese l'anima e i muscoli per porgerla nelle sue mani. Demian sfiorò la finissima rete metallica che avvolgeva la bottiglia, come la filigrana di un corsetto rinascimentale. Immaginò di poter liberare Sam dalla stretta di un altro corpo, poi tornò in sé e disertò il suo appuntamento con l'assurdo. Afferrò la bottiglia e la guardò come se avesse un'anima.

«Mi sembra davvero incredibile.»

«Anche a me sembrava irreale, Demian. Quando l'hai lasciata l'amavi ancora, lo so. Eri disperato. Ti ha spezzato oltre il limite che potevi accettare. Ora però puoi considerare anche il lato positivo. Nel fondo del mio cuore c'è una parte di lei che cerca ancora di raggiungerti, ma senza la corazza che indossava allora. È felice per te, perché nonostante tutto tu non hai mai smesso di credere all'essenza più pura dell'amore. Ci sono dei ricordi immagazzinati nella memoria del mio cuore. Non sono io a scegliere. Ora ad esempio ho dentro al petto l'immagine di una commessa che vi mostra tutta la collezione di Return to Tiffany, mentre in sottofondo passava per radio *Viva la Vida*. Uscendo dalla boutique avevi detto a Sam che il titolo della canzone dei Coldplay era ispirato a un dipinto di Frida Kahlo. Un dipinto realizzato otto giorni prima che lei morisse e che racconta l'ultima sua esplosione di gioia per la vita. "Il dolore non ha il senso del limite, sa essere osceno" hai detto. Eppure, nonostante l'immensa sofferenza provata, era grata. Profondamente grata alla vita.»

Lo stupore di Demian incontrò il sorriso di George. Mentre lo fissava negli occhi, un alternarsi di flash improvvisi sovrappose il suo volto a quello di Samantha, tanto da scatenargli dentro una tempesta di confusione. La sua testa era un satellite che girava e girava in una *cosmoagonia*. Cercò di fermarla provando ad afferrare la sua inquietudine, disegnò una via di fuga nella mente, ma una paura semplice lo sedusse per poi sconfiggersi. Quelle immagini in dissolvenza s'impossessarono della ragione e disarmarono le sue difese, giusto il tempo di permettere a un insano dolore di intrappolarsi fra le sue ciglia. Gli imprevisti non sono opzioni e Demian lo sapeva bene. La vita ci porta a demolire le stranezze e i dettagli che non capiamo con una facilità imbarazzante.

Quando riuscì ad abbandonare ogni logica, riprovò un bisogno insaziabile di uragani interiori. Nella bocca, cuore liquido che scendeva, si confondeva con il suo e poi colava nello stomaco. Era Sam, era lì per scappare fuori e tornare lì dentro, dove un tempo abitava, dove un tempo risiedeva, dove pretendeva di restare indelebile. Sembrava ricomporsi, e lui immaginava il suo cuore dentro i passi. Almeno dei ricordi, sapeva riconoscerne l'odore.

«Non so se tu ci creda o no, ma ogni singola cellula del nostro corpo contiene una sua memoria. È ciò che chiamiamo "memoria cellulare". Il nostro corpo custodisce la nostra storia. I nostri stati emotivi non sono solamente momenti occasionali delle nostre esperienze. Sono influenzati dalla nostra indole. Sono legati come un nodo ai progressi che facciamo ogni giorno. Sono proprio quei progressi che ci permettono di strutturare pian piano la nostra personalità. Tutta la vita che noi viviamo è scritta nel corpo. Il piacere, il dolore, la paura non sono solamente delle emozioni astratte. Vivono in noi e nelle nostre cellule. Diventano scheletro, diventano energia. Forgiano il nostro carattere. Il trapianto di un organo è un esempio di memoria cellulare. Una persona che viene sottoposta a un trapianto si ritrova ad avere un bagaglio di immagini e di flashback, un cambiamento nei gusti e persino in alcuni comportamenti che appartengono al donatore. È una spaccatura improvvisa, capisci? Una spaccatura netta rispetto al precedente modo di vivere.

Nel mio cuore è rimasta impressa la memoria cellulare di Sam e ancora oggi ha il potere di interagire con la mia. Inizialmente la mia reazione è stata quasi di rigetto. Ho opposto resistenza, perché ho avuto paura. Paura di cambiare, di ritrovarmi diverso rispetto a ciò che ero. Ho rischiato di morire un'altra volta, perché un rigetto mentale può contribuire a creare un rigetto anche fisico. Credimi, mi ci è voluto del tempo per adattarmi alla mia nuova memoria. Non è stato solo merito dei farmaci immunosoppressori. Il mio cuore non porta con sé solo le sue funzioni organiche. Porta con sé anche il bagaglio emotivo della persona a cui apparteneva prima di me. Alla fine l'ho accettato, per questo sono qui. Per questo oggi non ho più paura della vita. *Viva la vidaaaaaaaaaaaa!*» urlò alzando le braccia al cielo a guardare uno scenario da cartolina in riva al mare.

Peccato che le cartoline ormai non si usassero più e fossero solo un ricordo nostalgico ingiallito dal tempo. Allo stesso modo l'incantesimo si attenuò e via via scomparve. Una rabbia addolcita disperse l'incanto. Rimasero due uomini, l'uno di fronte all'altro, a condividere il fabbisogno di un sogno senza cuore.

Demian si chinò per appoggiare sulla spiaggia la bottiglia di vino. L'avvitò nella sabbia fino a farla stare ferma. George non sapeva più cosa pensare, a cosa affidarsi. Si avvicinò il più possibile a Demian, gli prese una mano e la appoggiò sul suo petto. Demian sentì battere il cuore di George, il suo respiro si scontrò con quel momento e gli sventrò l'anima.

«Quando ho ricevuto il mio cuore nuovo, mi è successa una cosa che pian piano si è andata diradando, fino a scomparire. Quasi tutte le notti sognavo l'incidente di cui è stata vittima Sam. Riuscivo persino a sentire l'impatto dell'auto che mi premeva addosso. Poi mi svegliavo di soprassalto, avevo paura di morire e una forza misteriosa riusciva a calmarmi. Non devi sentirti in colpa, non è stata colpa tua... Ormai il vino è caldo. Pensa che io detestavo il vino. Ho imparato ad apprezzarlo da quando ho dentro questo cuore. Però non esagero, bevo con moderazione. Abbiamo perso l'attimo per fare un brindisi. Accade spesso, non trovi? Di perdere l'attimo intendo...»

Demian staccò lentamente la mano dal petto di George, come se dovesse togliersi dal palmo la spina di una rosa.

«Ci sono molti dolori che non superiamo mai del tutto, ma impariamo a conviverci, nonostante tutto.»

«Scrivili, Demian. Tu continua a scrivere, a raccontare. Non sprecarti, promettimelo. Tutto ciò che non racconti andrà perso nel tempo. Quello che è scritto invece non svanisce. Ci pensi a quanta energia può contenere una lettera? Anche a distanza di anni la ritrovi in un angolo e la persona che te l'ha scritta riprende vita nella tua memoria. È pazzesco. È un potere incredibile. Sentirsi unici è un limite, se ci pensi. Siamo tutti molto simili, alla fine. Ciò che ci rende unici è solo l'amore. Spero di incontrarlo anch'io un giorno.»

«Non smetterò di scrivere, George. Lo prometto a te, ma da sempre lo prometto anche a me. Sono cresciuto in una casa famiglia e non essere stati voluti è una ferita che non si rimargina. Ci ho provato a vivere senza radici, a non sentire il bisogno di un posto in cui tornare, ma il sogno di essere amato mi è rimasto appiccicato dentro. Ho capito che forse le mie radici inestirpabili sono proprio le mie cicatrici. E ti assicuro che per toccare le mie cicatrici nessuno ha mai pagato un biglietto. Ho imparato a stare attento, a toccarle il meno possibile. Se i miei libri non dovessero piacere più, continuerò a farlo per me come autoterapia e scriverò ancora alle persone che amo. Pensa che quando ho scritto *Blue Moon* nemmeno sapevo che sarebbe stato pubblicato. Volevo che lo avessi, perché tu sei vivo grazie a una persona che ho davvero molto amato.

È difficile che due persone smettano di amarsi nello stesso momento. Sarebbe stupendo capire insieme che è finita. Se esistesse un momento capace di trasformarci di nuovo in due estranei, così di colpo, senza nessuno stato intermedio, senza le stesse stucchevoli parole che milioni di persone hanno dovuto pronunciare per giustificare un addio, ci risparmieremmo un bel po' di dolore. Purtroppo non accade quasi mai.

È brutto vivere seguendo un piano prestabilito. Quando vuoi andare al cinema, spesso il film che andrai a vedere ce l'hai già in mente. Poi arrivi, guardi la programmazione, t'innamori di un'altra trama ed entri in un'altra sala. Il dolore è il prezzo che si paga per aver scelto di guardare un altro film. Tutto qui.»

«È vero quello che hai detto. E anche molto rassicurante, tutto sommato.»

Demian gli sorrise con gli occhi.

«Mi piacerebbe continuare a sentirti, ogni tanto. Se tu ne avessi piacere, questo è sottinteso. Chissà che io non possa essere una fonte d'ispirazione ancora per qualcosa. Quando nel tuo cuore una persona vale l'altra, evidentemente non vali tu. A me non piace avere nella vita cose inutili. Alla fine le persone che ti raccontano solo le loro sfavillanti esperienze non sono così interessanti come credono di essere.»

Demian estrasse dalla tasca il portafoglio e prese uno stropicciatissimo biglietto da visita: «Tieni. Questa è la mia risposta».

Nel porgerglielo, ebbe un attimo di esitazione. Distinguere

qualcuno che ci sta amando davvero da qualcuno che ci sta accanto per lusingare la sua vanità e il suo istinto di piacere non sempre è un dettaglio così semplice da cogliere. A volte abbiamo accanto persone che ci usano inconsapevolmente per soddisfare le proprie esigenze. Amore apparente, come questa società in cui ogni cosa esiste solo se viene sbandierata al vento. Gente che dentro ha un cuore in putrefazione e fuori un gioiello ostentato e poi venduto al migliore offerente.

«Come mai mi hai mandato tutti quei regali come fossero di Sam?»

«Per l'esigenza di raggiungerti. Credevo che Meg avrebbe trovato il coraggio di raccontarti la verità. Mi chiedevo: "Chissà? Glielo avrà detto che è venuta a cercarmi?". Lei era perfettamente in grado di capire da dove arrivassero quei regali. La mia vita avrebbe potuto creare una spaccatura fra voi, ma anche unirvi davvero, come non eravate mai stati prima. Perché quando hai rivelato tutto di te i tuoi punti scoperti appartengono al passato.»

«E invece non mi ha mai detto niente...»

«Forse aveva solo paura di perderti.»

«Forse. Facciamo così tante sciocchezze per paura di perdere.»

«E invece dovresti dirle: "Non devi avere paura di perdere. Ciò che conta davvero non ti perderà. Ciò che conta davvero troverà il modo per restare con te, anche nel ricordo...". Tu sapresti quantificare la distanza che separa il tuo cuore da quello di un'altra persona?»

«In senso pratico no, è incolmabile, ma per amore puoi diventare tu stesso il cuore di qualcuno, e andarci a vivere persino dentro.»

«Ricordi qualcosa dell'incidente in cui è morta Sam?»

«Ci eravamo già lasciati, quando è morta. Non ci sentivamo quasi mai. Stava con un altro, era un capitolo della mia vita chiuso definitivamente.»

«Ma era in macchina con te!»

«In macchina con me? Ma no, non è così. Perché volete convincermi tutti che fosse in macchina con me? È morta in un incidente mentre andava a lavorare in metropolitana.»

«Tutti chi? Te lo sto dicendo io, e ho un motivo valido per farlo. Era in macchina con te, Demian. Forse lo hai rimosso e ti sei difeso così dal dolore.»

«Ma cosa stai dicendo?» Demian si innervosì. «Se non la smetti con queste stronzate me ne vado!»

«Calmati e non sentirti in colpa. Ho sognato anche il vostro incidente, l'ho sognato più volte. Il mio cuore mi ha mostrato dei dettagli. Sam ha messo le mani sul volante e ti ha portato fuori strada. Ti ha fatto sterzare all'improvviso. Non accettava l'abbandono e voleva morire con te.»

«Sam non stava bene, aveva un disturbo borderline della personalità. Quando riuscii a lasciarla le dissi: "Va bene, mi arrendo, hai vinto tu", e da quel momento fui irremovibile. Ogni persona che è entrata nella sua vita ne è uscita distrutta, George. Ti faceva credere che potevi fidarti. Ti amava per un momento. Ti amava quando c'eri. Il giorno dopo non sapevi se potevi ritrovarla nello stesso punto del cuore in cui ti aveva lasciato. Se non le eri davanti agli occhi, non esistevi più. Ogni volta che la relazione si stabilizzava, lei inventava un problema per distruggerla. Mi accusava di colpe inesistenti. Distorceva la realtà con una violenza che nemmeno t'immagini, ma io la scusavo e accettavo qualsiasi sacrificio pur di continuare a starle vicino. Speravo di poter ricreare quella simbiosi che c'era all'inizio.

È stato molto doloroso. Più la stringevo, più lei mi rinfacciava di sentirsi sola. Più le ero vicino e più ero una fonte di pericolo. Ho sprecato notti su notti a chiedermi come mai non sentisse anche lei l'impulso di costruire qualcosa con me. Davvero estenuante. Non ha mai capito che non è affatto vero che dietro l'angolo c'è sempre qualcosa di meglio. Questo magari puoi pensarlo a vent'anni, un po' meno a trenta, meno ancora a quasi quaranta, e non certo per mancanza di occasioni, ma perché la vita crescendo ti restringe il campo, è una selezione naturale.

Davvero tutto si riduce a un incontro interessante e la tua vita si ingrandisce intorno a quella vita. Ma io non posso (e non potevo) rimpicciolirmi per entrare in un cuore che non vuole farmi spazio. È meglio rinunciare del tutto a qualcuno che restare incastrati nei piccolissimi spazi che ogni tanto ci vengono concessi.

Mi dispiace dirtelo, George. Non avresti dovuto indagare per sapere chi fosse la persona che indirettamente ti ha salvato la vita, e io non avrei dovuto indagare per sapere chi fossi tu.»

«Non stai parlando più di Sam, Demian, te ne rendi conto?»

«Forse sto parlando di me, della mia triste coazione a ripetere. A volte si può essere davvero felici, George, ma non insieme.»

Demian non accettò il passaggio che George gli aveva offerto per tornare a casa. Era ancora turbato per la conversazione avuta con lui.

Camminò fino al Beach Bandstand. Una coppia ballava sulla musica in lontananza. Gli sembrò di essere in grado di riconoscere due persone che stavano insieme da poco tempo, intrise di un fluido immaginifico che le rendeva incapaci di prevedere una fine.

Il British Airways i360 era completamente illuminato. La sua storia invece assomigliava più alle rovine del West Pier, a uno scheletro sull'acqua, con quella magnificenza iniziale ormai svanita, a testimonianza di una bellezza autentica incapace di salvarsi da sola e rovinata dagli eventi.

La sua storia si era incendiata come il molo. Né lui né la sua Bae erano stati capaci di salvarla dalla distruzione, come i vigili del fuoco non erano stati in grado di spegnere l'incendio, perché il crollo della passerella aveva impedito loro di raggiungerlo.

32

# Il bisogno è una necessità

Quando Demian rientrò a casa, Meg si era addormentata. Le accarezzò un braccio lievemente, senza volerla disturbare. Prese coscienza del suo corpo, del fatto che fisicamente era ancora lì con lui. Non voleva che il tempo lo derubasse perlomeno dei pochi spiragli di luce che gli erano rimasti. Le spostò i capelli dal viso e si soffermò sul suo profilo. Quasi non si avvertiva il suo respiro. Era distesa di lato, con una maglietta bianca e larga che le faceva da vestito. Un tempo era stata la sua. Seduto in un angolo pensò che sarebbe stato bello se lei fosse rimasta sempre così, serena, senza tenere la mano sulla maniglia d'emergenza per buttarsi fuori dalle situazioni di pericolo.

Si sdraiò accanto a lei e provò improvvisamente un odio smisurato per quella città. Gli aveva sempre portato via tutto, tutto quello che di più caro aveva. D'improvviso pensò di fare una cosa così stupida da renderla indelebile nella mente di Meg, così stupida da fargliela tornare in mente anche a distanza di anni e rendersi indimenticabile ai suoi occhi. Cos'è che si deve fare per sopravvivere nella memoria di qualcuno?

All'alba Meg si svegliò e con gli occhi ancora un po' appannati non si rese conto che Demian non avesse mai dormito. Era rimasto tutta la notte a guardarla. L'aveva scrutata per tutto il tempo per non scordare nessun dettaglio.

«La cosa che più mi porterà a tormentarmi sarà il tuo dolore, non il mio» disse.

«Mi sembra un po' presuntuoso interessarti al mio dolore, quando non credo tu abbia mai imparato a gestire bene i tuoi. Che c'è? Non ti sembro abbastanza triste?»

«Guarda, non ti rispondo nemmeno! Viviamo in uno stato di cose che non si può più nemmeno decifrare con precisione, non so, fra la rassegnazione e l'attesa. Perché dobbiamo farci così male?»

«Perché tu non hai mai imparato a buttare giù i tuoi muri e io purtroppo per salvarmi ho tirato su i miei. Quando ti senti minacciata ti chiudi e diventi irraggiungibile. A forza di provarci e di trovare sempre la tua porta chiusa, me ne sono andato anch'io al riparo in un posto solo mio. Io ho sempre desiderato l'amore. Il rispetto per me stesso è venuto sempre dopo il mio struggente bisogno di sentirmi amato da te. Ma adesso, se accade una cosa che mi sembra profondamente ingiusta, so che non devo accettarla per forza.

Non ho fatto altro che provare a convincerti. Ma l'amore non ha bisogno di elemosinare attenzioni. Un rapporto che funzioni non può rimanere uguale a se stesso, ha bisogno di evolversi. La sfida di noi due dovrebbe essere quella di evolvere insieme, non di rinfacciarci gli errori del passato. Magari più semplicemente una persona fra noi due desidera cambiare, mentre l'altra è ancora ferma a una fase precedente... L'importante è accettarlo, solo questo.»

«Gli addii vanno chiamati col loro nome, Demian.»

«Eppure ci sono rapporti che diventano quasi una condanna. Perché se la vita non continua insieme si rischia di rimanere soli per sempre.»

«Forse nei tuoi libri. Non certo nella mia vita.»

«Bisogna andarselo a cercare, quello che conta. E per evitare che scappi via, dargli ogni giorno un motivo nuovo per rimanere.»

«Tu l'hai fatto, Demian?»

«Tu l'hai fatto, Meg? Hai proiettato inconsciamente su di me l'obbligo di prendermi cura di te nel modo che vuoi. L'obbligo di non poter mai contraddire i tuoi bisogni. Questo desiderio inconscio va nella direzione contraria a tutto ciò che ostenti. Alla tua sicurezza, alla tua indipendenza. Dovresti lavorarci un po' su per mettere a fuoco finalmente la consapevolezza di tutto questo. Invece di scaricare la colpa su di me, perché non provi a sentire il dolore che ti viene provocato dalle aspettative disilluse e non riesci a raccontarmelo? I nostri bisogni non svaniscono solo perché fingiamo di essere forti a tutti i costi. Potremmo rimanere qui e vivere come in un limbo. Perdere conoscenza della vita fino a ora e passare inosservati davanti alle ostilità. Lasciarci contaminare dalle emozioni di massa... Giorni alienati fatti di finzione. Ma non si può. Non si può scappare per sempre. Ho sempre cercato di occuparmi della tua felicità, anche le volte in cui non ci sono riuscito, ci ho sempre provato. Ho anche comprato due biglietti per il concerto dei Coldplay, a Wembley. Non sai quanto mi ci è voluto per prenderli. Sapevo quanto ci tenessi.»

«Potevi chiedere a qualcuno... Vuoi fare sempre il superuomo, non chiedi mai favori a nessuno. Questo tuo istinto di superiorità mi irrita non sai quanto!»

Demian rimase deluso. È così difficile da accettare il fatto che starsene da soli e non omaggiarsi a chiunque possa essere ammirevole, e che la solitudine possa essere una scelta e non una condizione voluta dagli altri?

«Non credevo ti pesasse il mio non essere adatto a sfruttare le persone...»

«Al di là di tutto, non era questa la vita che immaginavo... Fin quando ho ancora tempo, posso cambiare. Forse starò veramente bene se ricomincerò lontano da qui, da tutte queste omissioni che non hanno fatto altro che insinuare dubbi. Non ne posso più.»

«E qual era la vita che immaginavi? A diciott'anni anche io pensavo di avere tutto il tempo per fare qualsiasi cosa e nel frattempo non facevo niente. Ma tu mi ami ancora, Bae?»

«Ti amo ancora, Demian? Mi dispiace, mi dispiace per me e per te. Mi dispiace anche di non essere stata all'altezza del tuo amore puro. Ma alla fine sai che c'è? Non mi va più di sentirmi sempre dispiaciuta per quello che non sono riuscita a cambiare di me stessa. Quindi mi domando: che senso ha tutto questo?»

«Quando ti domandi se vale ancora o meno la pena portare avanti una storia, ti stai soltanto illudendo di non avere già scelto, di non avere già sciorinato al tuo cuore tutte le possibilità. Quando te lo domandi hai già la risposta.»

Quando fecero i bagagli per ritornare a Londra li posarono fuori dalla porta e si fermarono a guardare il lungomare di Brighton. Avevano ancora un'ora prima che l'autista mandato da George venisse a prenderli per riaccompagnarli in stazione.

Demian incrociò lo sguardo di Meg, al limite fra la rassegnazione e l'ostilità. Sentiva i suoi occhi addosso come un rifiuto, come se lo stessero spingendo via con una forza impossibile da combattere, come se lo stessero cacciando dalla sua vita. Si rese conto che era impossibile aiutarla e, stremato, abbassò gli occhi. Non disse niente.

Meg sentì la delusione incresparsi sulla pelle, e per disfarsene lo odiò così forte da nascondere ai suoi occhi la nudità della sua anima sofferente. Quante storie così, soffocate dall'edera che come l'orgoglio si attacca velocemente a tutto il buono, e se lasciata crescere in maniera incontrollata non lascia più spazio alla nostra intelligenza.

D'improvviso Demian ruppe quel silenzio parlante: «Resterai a Londra?».

«Non lo so ancora, davvero» rispose lei con tono mite. «La tecnologia è molto cambiata negli ultimi anni. Se vorrai sapere dove sarò, magari potrai saperlo da Instagram.»

«Mi reputi così ficcanaso?» Demian non credeva possibile che fossero davvero arrivati a quel punto di non ritorno. «Siamo diventati il tipico esempio di una coppia contemporanea?»

«Non ancora. Non postiamo sui social la nostra vita meravigliosa, quando poi non lo è.»

«Magari scriverò un libro su di noi...»

«*Blue Moon* ha già combinato i suoi guai. Dammi retta, non esagerare.»

«Gli darò un altro finale, un finale che non ti aspetti. Nessuna morale, solo la certezza che noi esseri umani non tradiamo i nostri nemici, anzi, avere dei nemici a volte ci lusinga anche, noi tradiamo soprattutto le persone che ci offrono il loro aiuto.»

«E perché mai?»

«Per non riconoscere a noi stessi che abbiamo bisogno di loro. Il bisogno è una necessità, non è affatto dipendenza come pensi tu. E poi non ho mai scritto niente sul tradimento...»

«Io non ti ho tradito, Demian.»

«E con George?»

«Un bacio inaspettato e non ricambiato tu lo consideri un tradimento? Io direi più "conclusioni affrettate". Ma come vedi hai già per le mani anche la conclusione del tuo prossimo romanzo.»

D'improvviso una Tesla bianca si fermò sul lungomare e spezzò il loro discorso con il suono di un clacson. La portiera si aprì e dall'auto scese George. I gabbiani volteggiavano, padroni dello spazio. Nell'aria l'odore di fritto in lontananza svelava l'avvicinarsi dell'ora di pranzo.

La sorpresa non ebbe tempo di farsi strada.

«Sono venuto io a prendervi. Volevo accompagnarvi di persona. Ciao, Demian.» Poi si rivolse a Meg, spostandosi leggermente dal viso gli occhiali da sole, e la guardò negli occhi con un'ansia amorevole: «Mi fa piacere rivederti, Meg. Stai davvero bene».

«Anche tu, George... anche tu.»

Colpita da un deciso imbarazzo, Meg chiese a Demian sottovoce di mettersi davanti, ma lui non volle e aprì la portiera posteriore.

Lei si abbassò leggermente, flemmatica come una giraffa, entrò con lieve compostezza, si allacciò la cintura, puntò il gomito sul bracciolo centrale e si portò la mano al viso, quasi a dividere lo spazio che la separava da George. Quanto è stupido l'imbarazzo.

«Hai visto, Meg? Ho cambiato auto rispetto a quella con cui ti ho fatto vedere Brighton per la prima volta. Quanto tempo è passato...» disse lui cercando di liberarla da un fastidioso disagio.

«Davvero, George. Sembra quasi un'altra vita.»

Quando arrivarono a Londra, Demian lasciò entrare prima Meg in casa per non sentire un vuoto prematuro. Si chiuse la porta dietro di sé come se non potesse succedere niente di male, lì dentro.

Invece, mentre Meg di fretta gli chiese giusto qualche giorno per trovarsi un'altra sistemazione, un'e-mail in comune aveva viaggiato insieme a loro per unirli:

dm@demiansinclair.com; margheritafratangeli@gmail.com

Cara Meg, caro Demian,
intanto spero abbiate fatto buon viaggio. Non vi toglierò troppo tempo. È strano come le persone mantengano intorno al cuore quel velo masochistico. Continuano a fidarsi di chi le inganna piuttosto che affidarsi a chi le ama. Però una cosa per me potete farla: staccare una volta per tutte dal viso quell'assurda protezione dietro la quale vi nascondete. Non tutti entrano nella nostra vita per ferirci, ma poi in ogni caso passare la vita a recitare una parte diversa da ciò che siamo è davvero sfiancante. La fragilità è un grido d'aiuto, e dopo il grido ogni vita è più libera. Semplifica le cose che noi rendiamo tanto complicate, nascondendo tutti quei pezzetti di autenticità in fondo a una scatola di finzione. A che pro? Siamo tempo che scorre in battaglia e prima o poi sparisce in dissolvenza.
Questa è una lettera per i vostri giorni infelici. Abbiate la forza di trasformarli nella gioia autentica che avrete quando entrerete a casa. Non siete mai stati felici nel tornare a casa, perché ad aspettarvi non c'era equilibrio. Ma l'equilibrio è fatto di tanti squilibri che insieme possono ricomporsi in modo diverso, in un modo più giusto, perché no? Ciò che non accade per una ragione ha comunque una sua ragione dentro.
Adesso potete mettere il pezzo migliore della vostra vita nella vita dell'altro. Niente è semplice. Persino la felicità ha la paura fottuta di svanire al suo interno. La cosa più brutta che vi possa

capitare non è tanto il non vedervi tornare, quanto l'avere smesso di aspettarvi. Restringere la qualità senza alterarne il prezzo è un modo di ingannarsi ancora più profondo. Distruggervi per cercare qualcuno che vi assomigli dopo aver fatto di tutto per perdervi non è una buona idea.
Sapeste quante volte le persone hanno guardato la luna immaginando di sentirsi vicini alla persona che amavano in quel momento. La luna non è più nuova, eppure torna a esserlo sempre. Quanta magia c'è nel continuare a credere negli incantesimi, anche quando siamo perfettamente consapevoli che in fondo non esistono?
Ho dato spesso il meglio di me, sapendo già in partenza di non avere nessuna chance per vincere, eppure ho voluto giocare lo stesso. La brutta notizia è che per tutti noi arriverà una fine. La bella notizia è che nel mezzo, fin quando c'è ancora vita, è lecito sbagliare. Ricominciare.
La vita se non la fermi si muove da sola. Se non ti batti per andare incontro alla tua luna blu, lei ti disperde i sogni, e ti allontana sempre di più. Sembra sia sfortuna, ma siamo noi a pilotarla in quel senso con le nostre indecisioni, a farla rimanere incastrata nelle intenzioni inespresse. Però ha dato a noi tre una possibilità di riscatto.
Io sono molto legato a voi. Sono legato a te, Meg, e un tempo non nascondo che avrei voluto esserci io al posto di Demian. Ma il mio cuore è molto legato anche a te, Demian, e non è qualcosa di fisico, è un bene assoluto e disarmante che mi ha spiazzato dal primo istante in cui me ne sono accorto. Il nostro è un legame che rompe gli schemi, ma noi siamo fuori dagli schemi, no? Abbiamo avuto vite straordinarie, perfette per entrare in un romanzo.
Abbiate cura di voi. Fatelo per me e per il mio cuore.
Amatevi senza inventarvi, senza inventare, e poi dimenticatemi con leggerezza. Ricominciate come se la vostra anima fosse una città completamente nuova, che credevate inesistente. Provate a trasformare le vostre vite in una storia che finalmente vi dia ragione.

George Cabot

# 33

# La bellezza che non abbiamo raccolto in tempo

Meg si era trasferita a Brighton già da qualche mese. Aveva accettato l'aiuto di Gaia Cabot, la madre di George. Da quando si erano conosciute, ogni tanto si erano scritte. Gaia un tempo avrebbe voluto una soluzione diversa. Sperava che lei potesse innamorarsi del figlio. Lo aveva visto rinato, quando anni prima era venuta a cercarlo per portargli *Blue Moon*. Poi si era rassegnata. Per aiutarla, quando da George aveva saputo della sua separazione da Demian, le aveva offerto un delizioso appartamento in affitto.

L'aveva anche convinta a prendere il *Certificate in English Language Teaching to Adults*, un attestato che ora le permetteva di insegnare l'inglese agli stranieri. In più continuava a lavorare come traduttrice freelance. Meg e Gaia avevano legato molto, anche se, le volte in cui si vedevano, Gaia aveva imparato a non dirlo a George. Non voleva che il figlio costruisse sulla loro amicizia un terreno fertile per un potenziale avvicinamento di altra natura fra loro.

Meg aveva trovato il coraggio di raccontarle diversi aspetti della sua vita. Le aveva raccontato anche il suo innamoramento per il personaggio del libro *Blue Moon* che portava il nome del figlio. Non aveva più sentito Demian. Lo aveva bloccato anche sui social, per non avere la compulsione di guardare cosa facesse o con chi vivesse. Anche se lui era sempre stato piuttosto restio a condividere parti di sé, lei lo conosceva e qualcosa avrebbe potuto intuire. Dall'era di Facebook molte cose erano cambiate. Demian inizialmente scriveva su una piattaforma blog che nemmeno esisteva più. Ormai persino Instagram stava lasciando spazio ad altre forme di comunicazione. Era l'era di TikTok, era necessario adeguarsi ai tempi per non soccombere. D'altronde la creatività è l'unica cosa che non puoi comprarti in saldo su Amazon.

Un giorno, prima di ritornare a casa dal lavoro, Meg si era fermata con una collega a comprare dei *cookies gluten free*. Da poco aveva scoperto di avere un'intolleranza e anche il suo rapporto con lo stomaco da allora era molto migliorato. Sembravano quasi essere giunti a un armistizio. Avvertiva il profumo di latte e biscotti già dalla strada principale. Le ricordava che quando era piccola, sua madre preparava una zuppa inglese buonissima e dalla sua stanzetta fiutava l'odore come una magia. Si intrufolava in cucina e, prima che la mamma lavasse le ciotole, ci infilava il dito dentro per leccare i rimasugli di crema e cioccolata.

Da quando si era trasferita, aveva anche chiesto a sua madre di venirla a trovare a Brighton, ma la paura di prendere l'aereo l'aveva avuta vinta sul desiderio di rivedere la figlia. Così Meg si era arresa, anche se il loro rapporto si era rasserenato. In parte era riuscita a perdonarla. D'altronde lei non era diventata madre e non sapeva ancora se le sarebbe piaciuto esserlo o no.

Fino a quando per ripicca aveva accettato qualsiasi consiglio tranne quello di sua madre, era rimasta in ostaggio del suo malessere. Invece adesso era cresciuta, sceglieva consapevolmente e non aveva bisogno di rinnegarla per capire che fra essere "troia" o "sposa" ci sono tante e valide alternative possibili.

La pandemia non l'aveva di sicuro aiutata. Le sembrava di essere rimasta intrappolata in un'eterna e noiosa domenica. Aveva confessato a Gaia di aver ripreso da tempo la psicoterapia che in modo altalenante aveva sempre mollato. Lei l'aveva rassicurata. C'era ancora troppo silenzio intorno alla salute mentale, le aveva detto. Chi si fa aiutare ne parla poco, quasi fosse una vergogna, una debolezza. Confessare a qualcuno il proprio malessere? Per carità: rimane dentro il timore che poi qualcuno ci prenda per pazzi.

Meg le aveva confidato di aver avuto il coraggio di richiamare Melissa, la sua amica da sempre. Si erano viste in videochiamata e la commozione le aveva assorbito anche le lacrime. Il marito di Meli era Gregory, un suo vecchio fidanzato. Quando si erano messi insieme, Meli glielo aveva omesso per paura di farla restare male. Meg invece si era offesa proprio per quel non detto. Gregory l'aveva mollato lei. Per come era allora, lo avrebbe considerato una specie di scarto da lasciare alle altre. Ora si rendeva conto di quanto fosse stata ridicola.

Avevano ricordato insieme la loro vita a Torino. Il caffè Fiorio aveva chiuso per la pandemia, non si sapeva ancora niente della sua sorte. Gli anni erano passati, non poteva essere come prima, però quella chiamata lunghissima l'aveva fatta sentire più serena. D'altronde avevano conosciuto intimamente il passato l'una dell'altra. Meli sapeva quale fosse il suo dialetto a quindici anni, prima di prendere quello strano accento inglese. Meg sapeva come fosse il sorriso di Meli prima di mettere l'apparecchio. Meli aveva chiamato Meg la mattina all'alba per raccontarle di aver perso la verginità. Meg aveva avuto un attacco profondo di nostalgia nei confronti del suo passato perso per sempre. Lo aveva confessato a Gaia. Le aveva detto che, ai tempi del suo sogno lucido, Melissa cercava di riportarla alla realtà. Aveva tentato di scuoterla, dicendole che la rinuncia a un'emozione concreta la stava spingendo a dormire con uno spettro, rendendola pian piano sempre più sola.

Gaia le aveva risposto: «Gli spettri, mia cara Meg, sparirebbero per sempre se non fossimo noi a tenerceli accanto, a causa delle vecchie ferite che ci portiamo dentro. Gli spettri siamo noi a tenerli in vita. A volte siamo proprio noi gli spettri di noi stessi».

Forse la sua vita vera stava accadendo lontano da lì, e un

giorno avrebbe potuto riacchiapparla e trasformarla. Pensava che la crudeltà con la quale aveva trattato gli altri non sarebbe tornata mai più, si sarebbe persa per strada senza più avere il coraggio di appartenerle. Pensò che non si poteva vivere una vita senza sentirsi, almeno per una volta, davvero anche parte di qualcuno.

Quella notte fece un sogno. Viveva ancora in casa con Demian, ma era costretta a sopportare addosso una pioggia incessante. Eppure non riusciva ad andarsene, perché capiva che se si fosse liberata di quella pioggia si sarebbe liberata anche dell'amore per Demian.

Al risveglio lo scrisse su un pezzo di carta in maniera confusionaria. Lo aggiustò per dargli una forma e poi lo rilesse più volte.

Demian era un uomo diverso da tutti quelli che lo avevano preceduto e avrebbe dovuto abbandonarsi a lui e al suo amore incondizionato, che in quanto tale richiedeva una resa totale.

Non poteva prendersi della sua vita soltanto quello che le piaceva. Ma ormai era troppo tardi, perché la sua vita vera purtroppo non stava accadendo lontano da lì. Era lì, e lei era grande abbastanza da accettare che alcune perdite sono irrecuperabili, e che l'amore che non abbiamo ricevuto nella nostra infanzia perduta non lo riavremo indietro mai più. Se quel periodo fosse capitato dieci anni prima, sarebbe impazzita. La sua frenesia, le giornate senza un buco lasciato per pensare, il pranzo consumato in fretta, le serate con gli amici per addolcire in apparenza le sue mancanze: nulla di quel che era stato esisteva più, nel bene e nel male.

Il Regno Unito aveva purtroppo raggiunto una cifra impressionante di morti, come cancellare in un soffio improvviso tutti gli spettatori dello stadio di Wembley.

Meg seppe da George che Demian sarebbe venuto a Brighton per firmare le copie del suo nuovo libro. Il libro aveva ispirato un film che in quei giorni sarebbe stato presentato in Italia, alla Mostra del Cinema di Venezia.

Al telefono ne discusse con George: «Vogliamo andare, Meg? A me farebbe davvero tanto piacere rivedere Demian».

«Piacerebbe anche a me, ma non so se me la sento davvero. Non so se lui lo vorrebbe. Ho un po' di tempo per pensarci, no?»

«Giusto un paio di giorni, ci saranno solo quaranta sedie distanziate nel giardino esterno della libreria.»

La giornata sembrava non promettere incertezze. Il tempo era buono e Meg si era decisa ad andare all'evento. Si era messa d'accordo con George, l'avrebbe passata a prendere.

Chissà se Demian ogni tanto le rivolgeva ancora qualche pensiero, se aveva mai anche un piccolo, infinitesimale rimpianto. Magari l'avrebbe vista e poi l'avrebbe baciata come faceva un tempo, ma questa era solo una fantasia da quattro soldi, e ormai il suo nuovo libro non parlava più di lei.

Quando arrivarono quasi davanti alla libreria, Meg vide pochissime sedie sotto un gazebo e un grande telo con davanti un proiettore.

Vide una scrivania con tante copie del libro allineate meticolosamente una sull'altra. Le libraie li stavano sistemando per la presentazione. Si fermò, mentre George le camminava davanti.

«Che c'è, Meg?» le chiese lui voltandosi.

«Niente, non mi sembra il caso di piombare lì così... Se non avesse piacere di vedermi?»

«Se non andiamo non puoi saperlo. Dài!» aggiunse sorridendole per incoraggiarla. Le tese una mano e gliela afferrò.

Mentre stava per riprendere a camminare, le libraie si spostarono e lei si accorse di una bambina seduta dietro di loro. Prima non l'aveva vista. Gettò uno sguardo più ampio. Demian era in piedi, davanti alla porta. Parlava con qualcuno al telefono. Poi uscì e si avvicinò alla bimba. Si accucciò ai suoi piedi e le sistemò un golfino leggero sulle spalle.

Impietrita, Meg non si mosse di un passo.

«Non ce la faccio, George. Davvero. Me ne torno a casa.»

Restò in disparte, in un angolo lontano, mentre George

raggiungeva Demian e lo abbracciava. Sembrava contento di rivederlo, gli mise un braccio intorno alla spalla e camminarono insieme fino alla scrivania. Demian prese una copia del libro, la aprì alla prima pagina e scrisse una dedica per George. Poi si rivolse alla bimba, come per spiegarle chi fosse quel nuovo amico.

*Cadere nel patetico non serve a nulla, e sinceramente non importa a nessuno.* Meg pensava questo di se stessa, mentre a passi svelti ritornava a casa. *Quello che importa è iniziare a riportare l'attenzione sul tuo centro. Il contesto in cui vivi non lo puoi modificare, ma il tuo atteggiamento mentale sì. Alla tua età sarebbe il caso che tu iniziassi a centrarti veramente sulla tua vita. Perché la tua vita è l'unica sulla quale hai davvero potere. Che cosa pensavi? Che ti avrebbe accolto a braccia aperte? Ha una figlia adesso, ha altre responsabilità rispetto alle sciocchezze che gli riversavi contro. Pensavi di poter intrappolare la sua vita nella tua filigrana dorata e di rimettertela addosso quando volevi?*

*"Non sai mai quanto rumore possa fare una cosa minuscola fino a quando non la perdi" aveva scritto Demian. Ecco, noi nasciamo anche per perdere, e per imparare a lasciare andare la bellezza che non abbiamo raccolto in tempo.*

Quella stessa sera George le telefonò. Lei vide il suo nome sul display. Non aveva voglia di parlare e non rispose. Dopo pochi minuti si accorse di avere un messaggio su WhatsApp. Lesse l'anteprima:

> Sto leggendo il libro di Demian. Un piccolo passo mi ha fatto pensare a voi...

Per non far vedere di aver visualizzato mise la modalità aereo e aprì il messaggio.

> "Qualcuno potrà stare con te senza ritrovarsi fra le scatole anche un po' di me? Forse rimedierai al guaio non dicendogli che esisto, che sono esistito per te, e sarà immensamente più semplice. Ma sono anche un luogo in cui sei stata e tu sei il luogo in cui io ti ho amato, e questo non potrai ignorarlo mai più."

Bello, vero? Comunque volevo raccontarti una cosa importante che mi ha detto Demian. Richiamami se puoi.

Meg fece passare un paio di giorni e poi telefonò a George per incontrarlo. Aveva sempre la sensazione di illuderlo nel trascorrere molto tempo insieme a lui. Le sembrava di comportarsi da stronza le volte che rifiutava un suo invito per sfasciarsi di pop-corn davanti a una serie Netflix. Il problema era semplice. Ogni volta che George rimaneva deluso da una frequentazione non andata a buon fine, ritornava ad attaccarsi a lei, come se la delusione subita legittimasse la possibilità di riallacciare un rapporto diverso dall'amicizia. Invece lei, che aveva dentro così tanta paura di deludere – perché dentro di sé, nel suo spazio vuoto, la delusione equivaleva a un abbandono –, faceva un passo indietro e ci cadeva dentro ancora una volta.

Aveva commesso molti errori, ma proprio lei, amica della fretta, si era accorta che vivere ogni giorno come se fosse l'ultimo era davvero una sciocchezza, uno slogan ben confezionato. Aveva immaginato tutte le persone, compresa se stessa, correre di qua e di là per arrivare a recuperare nelle poche ore a disposizione quanti più rapporti possibili. Sacrificare, in preda al panico, per forza qualcuno, qualcuno da buttare giù, come nel gioco della Torre, e alla fine non concludere niente, tramortite da un gong che suonava e annunciava lo stop definitivo, fra i rimpianti di tutti calpestati dalla fine. Quel giorno si augurava davvero che non fosse l'ultimo. In ogni caso non avrebbe scelto di buttare giù dalla Torre George. Così accettò il suo invito a cena.

«Ho parlato con Demian e, a parte le mille congetture che forse avrai fatto, la situazione è alquanto diversa da quella che immagini.»

«Non ho fatto nessuna congettura. Ho visto sua figlia e non ce l'ho fatta ad andarlo a salutare. Ma non ce l'ho con lui. È passato del tempo da quando me ne sono andata, è normale che la sua vita abbia preso una piega diversa.»

«Evelyn e Nicholas non sono tornati insieme.»

«Evelyn sta con Demian?» chiese lei a voce bassa, quasi timorosa di ricevere la risposta.

«No, però sono rimasti amici. C'è anche di mezzo la bimba. Comunque, se lo vuoi sapere, ti racconto che mi ha detto Demian. Nicholas ha falsificato l'esame del DNA non soltanto per provare a salvare il matrimonio e rimanere con Evelyn. Quando ha scoperto che Demian era il padre, voleva molto bene alla bambina, d'altronde l'aveva sempre considerata sua figlia fino a quel momento.»

«È quello che dissi a Demian, quando poi decisi di andarmene. Un padre non è lo spermatozoo che vince la corsa.»

«Ecco, in realtà c'è di più. Nicholas aveva anche scoperto di essere sterile. In ogni caso non avrebbe potuto vincere la corsa. Per questo, nonostante avesse subito il tradimento, aveva deciso di farsi aiutare da un genetista che aveva di fatto falsificato il test. Demian era assolutamente in buona fede quando ti aveva raccontato di averlo eseguito e di non essere il padre della piccola. La risposta che gli era stata consegnata era davvero negativa. Il vero risultato era quello che hai preso tu e che hai strappato e buttato via senza leggerlo.

Demian mi ha detto che vede sua figlia piuttosto spesso, ma ha fatto la sua scelta. Ha deciso di rimanere nella sua vita e di essere presente senza svelarle di essere il vero padre. Si vedono spesso, lei lo considera un caro amico della mamma. Quando sarà grande, potrà sapere la verità. Mi ha detto di non sapere se questa sia o meno la scelta più giusta, ma il pensiero di darle un trauma stravolgendo la figura dell'uomo che lei crede essere il suo vero padre gli è sembrata una decisione egoista.

Evelyn purtroppo si è ammalata e ha chiesto a Demian di tenerle la bambina fino a quando Nicholas non fosse tornato da New York. È rimasto bloccato lì. Spero davvero che lei guarisca. Mi ha anche detto che Nicholas ha apprezzato così tanto la sua decisione da aver deposto le armi. Gli ha chiesto scusa per gli attriti avuti in precedenza e gli ha proposto persino un contratto editoriale con la sua casa editrice. Demian però ha rifiutato.

Ne abbiamo conosciute tante di persone che dicevano di amarsi tanto, poi però non hanno avuto il coraggio di tenersi, e adesso per la vergogna di aver tradito il sentimento non hanno il coraggio di parlarsi più.»

«Cosa intendi dirmi con questo, George?»

«Niente... non intendo dirti niente di particolare, era solo una considerazione.»

«Hai finito il nuovo libro di Demian? Ho letto che s'intitola *Entropia*. Piuttosto, cosa ti ha scritto nella dedica?»

«Sì, l'ho finito, ma niente spoiler. Tanto lo so che lo leggerai anche tu. Mi ha scritto: *Fai rumore nei sogni di qualcuno solo per farlo svegliare con il cuore felice. Altrimenti lascialo dormire.*»

«Come ti è sembrato? Diverso dagli altri?»

«Diverso? Non so. Forse c'è molto più disincanto. È la storia di due persone che hanno ricevuto la stessa ferita dalla vita, ma hanno reagito in modo opposto, tanto da non riuscire a capirsi e sentirsi sempre più sole. Lui ha bisogno di condividere i sentimenti, e questo suo desiderio si scontra con la riluttanza di lei, che invece non desidera lasciarsi coinvolgere più di tanto. Il filo rosso che li lega piano piano si sfilaccia, diventa sempre più sottile e alla fine si spezza per sempre.»

«Il filo rosso non può spezzarsi. Magari si allunga, si aggroviglia, si annoda in modo tale che risulti quasi impossibile scioglierlo, ma non si spezza mai.»

«Forse proprio questo voleva dire Demian. Se il filo si aggroviglia, le persone restano insieme solo perché non possono andarsene, non perché non vorrebbero farlo. Sono impegnate ogni giorno in una guerra silenziosa. Si dice sia colpa del destino, ma è un destino che si costruiscono con le loro mani. Perciò si può decidere consapevolmente di tagliare una volta per tutte quel filo.»

«Be', sai, una volta che tuo padre ti ha scaraventato fuori dalla sua vita, prima di aprire la porta alla felicità cerchi di guardare bene dallo spioncino per capire se è il caso di fidarti ancora o meno.»

«Perché la prendi sul personale, Meg? E poi sai che ti dico? Basta con questo vittimismo su tuo padre. È diventato il tuo alibi preferito. Io non ho nessuna garanzia che quando deciderò di aprirmi e di raccontare la mia storia alla persona che ho davanti lei sarà davvero interessata e mi ascolterà. Se ti aspetti comprensione da chiunque, resterai sempre delusa. Esiste l'egoismo, Meg. A molta gente non frega un fottuto accidente dei tuoi guai, come magari a volte non è fregato nemmeno a te dei suoi.»

## 34
# Abbi cura di te

Un anno dopo Meg aveva appena finito di sorseggiare un Under the Pier. Era tornata a respirare e dall'aria filtravano finalmente spiragli di un ritorno alla vita normale. Una sua collega festeggiava trent'anni nello Skylark Cocktail Bar, la sala privata dello Shelter Hall, il ristorante mercato con sette cucine diverse sul lungomare di Brighton. In realtà ne compiva trentuno, ma considerava l'anno mancato ai festeggiamenti come un anno sospeso, per cui secondo lei non contava affatto. Anzi, da ora in avanti, diceva, si sarebbe sempre tolta quell'anno mai esistito.

Quella per Meg era una serata di vita piena. Aveva delle nuove amiche, o meglio dei nuovi attimi di vicinanza con qualcuno, e a quanto pareva non era l'unica a immaginare l'estate come un punto di svolta. Anche se non si confidava molto con loro, parlavano spesso di rapporti andati a male per l'incapacità di andarsi bene. Alcune delle sue colleghe affrontavano la mancanza di una storia affondandola in un cocktail dopo l'altro e in un'unica considerazione: si definivano "impegnative". Lei ascoltava i racconti prima di una, poi dell'altra. Gran parte delle cose che normalmente avrebbe considerato delle scemenze avevano per loro un'importanza stratosferica. No, lei non si considerava affatto impegnativa, le sembrava tanto un aggettivo da sfigata. Non osò dirlo, perché pensò: *Se inizieranno a considerarti diversa da loro ti emargineranno, o ti costringeranno a uniformarti, negandoti il loro sostegno in caso di necessità.* Ma dopo averlo pensato si sentì terribilmente vulnerabile. Anni prima non sarebbe stata così accondiscendente con un pensiero non condiviso. Gettava fuori le sue opinioni quasi con supponenza. I legami effimeri con i quali si era sempre coperta ormai la lasciavano al freddo.

Il ruolo che un tempo invece recitava non aveva mai smesso di andare di moda. Però adesso non si accontentava più, e non di certo perché si riteneva impegnativa. Proprio perché rimanere da sola con se stessa non la spaventava come un tempo, lei non usciva più con un uomo qualunque per un complimento. No, non era guarita del tutto. Ogni cicatrice possiamo smettere di guardarla, magari il tempo l'assottiglia lievemente ma c'è, rimane, ci racconta sempre un po' la stessa sofferenza, ci racconta lo stanzino buio nel quale ci chiudeva, mentre noi cantavamo una filastrocca per coprire la paura della nostra solitudine.

La conversazione si fece interessante quando virò sul festival rock all'Isola di Wight. Iniziarono a parlare di cantanti preferiti e lei, non appena tornò a casa, si tuffò nel suo rifugio preferito, una traccia nascosta dei Coldplay, una traccia d'∞. L'infinito, quest'otto sdraiato in orizzontale che può crescere per sempre, o soltanto finché ci serve.

Quella sera le tornò improvvisamente la voglia di leggere. Quando si sentiva triste, la lettura le acuiva il dolore. Così cercava di sottrarsene, provando a spegnere le sue emozioni. Per questo non aveva mai aperto uno scatolone di libri ancora da leggere che aveva accumulato quando viveva ancora con Demian. Erano rimasti in un angolo, dopo il trasloco. Pensò che fosse un limite, che non avesse ancora imparato del tutto a prendersi cura di se stessa: *Tutte le volte te ne vai da un'altra parte e ti ritrovi sempre uguale.* Tolse lo scotch e sollevò il cartone, affondò le mani fra i libri per pescarne uno a caso, quasi per affidargli in modo inconscio l'arduo compito di una risposta in regalo. Nel sollevarli si accorse di un foglio rosa e lo prese fra le mani:

*So che non tornerai più e che questo nostro legame imperfetto forse si è spezzato per sempre. Tu dirai: "Finalmente!".*

*Quando la famiglia che mi aveva adottato mi ha riportato nella casa famiglia, credo di non aver fatto un fiato. Avevo le lacrime aggrappate agli occhi, mi sono sforzato così tanto per trattenerle dentro di me, per non cedere, per non arrendermi, per non lasciare nello sguardo altrui una qualsiasi soddisfazione. C'era un'enorme scala di legno, metteva paura. Mi hanno accompagnato mentre salivo le scale e fatto entrare in una grandissima stanza piena di giochi, ma così vuota. Al suo interno alcuni bambini giocavano con due signore con indosso delle uniformi. Ai lati c'erano tanti piccoli armadietti numerati color lavanda. Un bambino mi è venuto a dire che ogni domenica saremmo stati divisi in due file, maschietti da una parte e femminucce dall'altra, perché sarebbero venute delle persone a "fare la spesa", e magari ci avrebbero scelto e portato via con loro. Ma io ho sperato che non venisse più nessuno per me, nessuno mai più. Non volevo più essere portato via, e invece poi, vedi, sono cresciuto e ho continuato a sperare che qualcuno mi amasse a tal punto da strapparmi via tutto quel non amore che aveva scelto me, proprio me e nessun altro, proprio me che non avevo fatto niente per meritarmelo. Ho continuato a sperare d'incontrare qualcuno che non mi riportasse indietro. Crescendo ho sempre avuto bisogno di avere un forte legame emotivo con una persona, per potermi abbandonare a lei.*

*Non ho mai fatto sesso con nessuno senza provare anche un sentimento. Questa è una società strana, se lo raccontassi durante le mie interviste, forse mi reputerebbero un uomo poco virile, eppure trovo che trasgredire abbia più a che vedere con quel senso di stabilità e di equilibrio. Sembra un ossimoro, non è così? In un mondo che non fa altro che raccontarci di sesso, soldi e sballo, per me la fedeltà è diventata la nuova trasgressione. Il bene è invisibile. Si posa in silenzio. Il bene dura, dura perché si evolve, ma assurdamente ciò che dura alla fine ci annoia e si rivolta contro di noi, trova un motivo per incazzarsi e dileguarsi altrove.*

*Ogni volta che scegliamo di rimanere, deludiamo. Questo va messo in conto. Solo il non vissuto non delude, mi spiace ammettere che sarà sempre così. Quel che non è mai accaduto è così ef-*

*fimero e crea la giusta attenuante per non regalarci mai l'uno all'altro davvero. Perché ti sto scrivendo questo, Meg? Non mi hai nemmeno detto dove te ne andrai. Sei così arrabbiata, e arrabbiarsi è l'arma più facile da usare per soffrire di meno. Poi però la tua rabbia si attenuerà.*

*Non so nemmeno se lo leggerai, è solo un foglio che nascondo fra le poesie di Sylvia Plath. Fra tutti quegli scatoloni che aprirai in un luogo che mai vedrò, chissà quante cose la tua nuova casa ti nasconderà, forse anche i nostri ricordi, forse anche l'atmosfera romantica che ho sempre cercato di mantenere, provando a dare un senso a quella sicurezza che tu chiami "abitudine", rendendola sempre nuova. Consapevole che, per quanti sforzi avessi fatto, non avrei avuto alcuna certezza sulla durata della nostra storia, e che la nostra storia avrebbe potuto essere benissimo un parcheggio temporaneo in attesa di altro.*

*Perché dunque? Perché mi piacerebbe che tu fossi felice ovunque sarai, e che sapessi che la nostra storia mi ha lasciato comunque qualcosa, e che non è vero che chi è stato vittima non possa a sua volta ferire.*

*Abbi cura di te.*

Rannicchiata ormai da tempo nel suo "no contact" doveva aspettarselo che prima o poi Demian le avrebbe appiccicato da qualche parte un segnale. Per un attimo si sentì perseguitata dalla sua assenza. Era passato così tanto tempo, le loro vite ormai avevano preso strade diverse. Il loro modo di studiare le geografie interiori era cambiato. Una collisione aveva mutato i loro equilibri in modo irreversibile e disboscato le loro radici in comune. D'altronde loro due non erano alberi, avevano il diritto di rinnegare quella geografia. Eppure era rimasta profondamente turbata dalla sofferenza di Demian raccontata in quella lettera, da quel dolore irreversibile, tanto da essere riuscita per un attimo ad annientare il suo. Mentre leggeva si accorse che le era rimasta addosso la sua voce. Essere forti non era mai stata una scelta, era stata l'unica forza possibile che aveva permesso a entrambi di sopravvivere.

Guardò l'ora. Era tardi, ma non riuscì a trattenersi e telefonò alla sua psicoterapeuta per raccontarle di aver trovato una vecchia lettera di Demian in mezzo a dei libri dimenticati in uno scatolone. Le sembrava che la lettera avesse un potere ancora presente, anche se era stata scritta anni prima.

Meg sapeva benissimo che un aspetto fondamentale dell'essere si realizza solo attraverso l'amore umano. L'abbandono del padre l'aveva indurita, esasperando il suo disprezzo verso gli uomini. Aveva sempre recitato la parte di quella che ce l'avrebbe fatta da sola, ma la sua ferita era rimasta aperta, anche se continuava a raccontare a se stessa di avere troppo da fare per accorgersene.

## 35
## La vita sbaglia spesso i momenti

Agosto era alle porte con l'evento più sensazionale del momento: il concerto dei Coldplay. Allo stadio di Wembley ovviamente c'era il tutto esaurito. Meg aveva conservato gelosamente il suo biglietto. Fino all'ultimo la sua indecisione si cullò fra i pensieri, come fossero i petali di una margherita impegnati in un "m'ama non m'ama" senza fine. L'idea di andarci da sola la metteva davanti al suo equilibrio precario. Si vergognava, forse? Avrebbe dovuto gridare a tutti: "Ho lasciato io l'uomo che mi ha regalato il biglietto. Ehi, guardatemi, non sono una sfigata che non ha nessuno con cui andare a un concerto, non ho potuto portarci qualcun altro perché l'altro biglietto non ce l'ho io...". Poi di colpo, nauseata dalle sue stesse elucubrazioni, fece a pezzi l'apparenza e lasciò che la sua vera natura libera prevalesse. *Chris, aspettami, non muoverti da lì, arrivo!*

La settimana dopo si svegliò all'alba con la compulsione di comprare i biglietti del treno per Londra. Alle sette e quarantacinque era già sul portale per prenderli online. Come al solito si era ridotta all'ultimo. Non riuscì a trovare nessun posto valido per il treno di ritorno.

*Che stupida che sono!* La soluzione che le balenò in testa era anche l'unica possibile: chiedere in prestito la macchina a George.

«Quando sarebbe il concerto?»

«Domani.»

«In pratica potevi anche ricordartene a concerto finito! Ho una macchina elettrica adesso. Tu l'hai mai guidata un'auto così? Ti accompagnerei io, davvero, ma non sono stato tanto bene in questi giorni.»

«Ma no figurati, poi sei senza biglietto, dovresti aspettarmi lì per tre ore. Dài, non fa niente, George. È colpa mia. Come sempre sono vittima delle mie contraddizioni. È che in teoria tutto avrebbe un ordine preciso, poi in pratica penso cose giuste ma sbaglio i momenti. Evidentemente non era destino che ci andassi.»

«La vita sbaglia spesso i momenti. Comunque, mi pare che qua il destino c'entri poco. Facciamo così, ti presterò la macchina di mia madre. Domani è sabato e lei non deve andare a lavorare.»

«Davvero? Sei un angelo, George.»

Non era più tornata a Londra fino a quel momento. Era la prima volta, da quando la sua vita aveva ripreso una sorta di normalità. Guardandola, la salutò quasi commossa, come si fa con una vecchia amica dopo tanto tempo, e non le sembrò potesse esserci neppure un motivo valido per andarsene via da lì. Parcheggiò con cura l'auto della madre di George nel Q-Park a Victoria. L'avrebbe ripresa più tardi per andare allo stadio.

Le tornò in mente la prima volta che era entrata da Harrods. Si era messa in testa che avrebbe dovuto per forza trovare un oggettino poco costoso da portare via con sé, per poi conservare come souvenir la sua shopping bag nera.

Sentiva un po' di vuoto, doveva ammetterlo. Le erano rimasti dentro i tratti misteriosi che non era riuscita a prendersi, eppure non era arrabbiata con la sua città. Era normale che Londra tenesse qualcosa tutta per sé, d'altronde le somigliava, e soprattutto non l'aveva mai delusa. Era capace di farle scovare in qualsiasi momento un angolino al di fuori dal caos e dalle solite consuetudini.

L'orologio del Big Ben dopo il restauro era finalmente tornato a splendere e il movimento delle sue lancette scandiva gli appuntamenti della gente, gente che se ti avvicinavi si scindeva in tanti piccolissimi puntini, e tutti quei puntini erano cuori, li potevi distinguere in persone e guardarne da vicino ognuna, ognuna col suo dolore, ognuna con la sua storia. Quel blu di Prussia scelto al posto del nero gli donava anche di più. D'altronde il blu era il colore del profondo, lo aveva scoperto in sogno, ormai dieci anni fa.

Riuscì persino a immortalare con uno scatto il tunnel della Tube, in un suo rarissimo momento di calma. Sorrise alla statua dell'orsetto Paddington come se fosse un suo amico reale. Almeno in parte non si curò della sua intolleranza al glutine. D'altronde quando viveva a Londra non l'aveva ancora scoperta e volle tornare lì, al momento in cui non aveva riconosciuto ancora una volta il raschio in gola della mancanza. Pranzò al The Victoria, un delizioso pub molto chic racchiuso in un edificio dell'Ottocento. Si accoccolò in un angolo, seduta a un tavolino tondo in legno, in compagnia di una *bowl* vegetariana, e si arrese anche a una Fuller's Red Fox alla spina.

Il concerto era alle cinque del pomeriggio.

«Scusami, posso disturbarti?» Meg alzò il viso chino sugli ultimi rimasugli del suo pranzo. I suoi occhi incrociarono quelli di un ragazzo sulla trentina, con una boccia più tonda della sua *bowl* e due occhi azzurri accesi come due fanali, piantati sul suo viso.

«Sai come arrivare allo stadio da qui, per caso?»

«Devi andare al concerto? Devo andarci anch'io.»

«Davvero? Che coincidenza. Per curiosità, che posti hai?»

«Credo in tribuna, vicino al Bar 1996. Comunque puoi prendere la Tube da qui e cambiare a Marylebone. Ci metterai una ventina minuti.»

«Ti dispiace se intanto mi siedo e prendo qualcosa con te?»

«Sì, mi dispiace. Mai accettare niente dagli sconosciuti.»

Meg si aggiustò i capelli quasi compiaciuta. Al lavoro aveva quasi tutte colleghe donne e l'unico suo collega era un seduttore da quattro soldi che riusciva a illudersi per un mezzo sorriso e sapeva diventare assillante come le chiamate dei call center.

«Mi chiamo Tom.» Il ragazzo le tese la mano e Meg, dopo un attimo di titubanza, gliela strinse.

«Piacere, Meg.»

«Ecco, adesso non sono più uno sconosciuto. Sei di Londra?»

«Sono italiana, ho vissuto qui e credo di esserci sempre rimasta. Forse non ho più gli stessi piani di allora, eppure combatto sempre con gli stessi conflitti emotivi. In un sogno lucido che facevo anni fa, il personaggio di un libro, cioè un uomo inesistente di cui mi ero innamorata, mi disse che quando si pensa di non essere più in grado di riconoscere un luogo è perché a essere cambiati di posto siamo noi. Mi sa che allora io sono sempre rimasta qui, non l'ho lasciato mai del tutto questo posto, perché non riesco a vederlo così tanto diverso. Forse aspettavo solo di tornarci per accorgermene. E forse, se fossi così tanto cambiata anch'io, non potrei più ricordare così tanti particolari. C'è un posto qui a Londra dove si possono recuperare i ricordi perduti?»

«Un posto o un ex? Quando un ex ti cerca di nuovo non lo fa per amore, è soltanto bloccato nella nostalgia. Probabilmente è solo perché si sente molto solo, perché non ha trovato un'altra capace di rimpiazzarti. Cos'è la nostalgia, alla fine? Il dolore di non poter tornare indietro. Tu non tornare mai indietro. Le persone non cambiano.»

«Signorina! Signorina!»

«Sì? Che c'è?» Meg sussultò sulla sedia, per un attimo le sembrò di cadere. «Mi ha fatto spaventare.» Alzò lo sguardo e il ragazzo dagli occhi azzurro ghiaccio era lì davanti a lei, vestito da cameriere.

«Mi sono permesso di portarle un caffè, offriamo noi!»

«Mi scusi tanto. Devo essermi addormentata. Ho dimenticato di prendere una medicina. Ho un disturbo del sonno. Davvero... sono mortificata.» Meg cercò nella borsa il modafinil. Si era scordata di prendere la dose di mezzogiorno. Involontariamente urtò il piattino che il cameriere aveva posato sul tavolo, la tazzina si rovesciò e il caffè le colò addosso. Guardò l'orologio sul cellulare. Erano le tre del pomeriggio, doveva assolutamente sbrigarsi. Prese la sua pillola, pagò il pranzo e chiese di andare in bagno. Voleva almeno cercare di smacchiare in modo passabile la sua maglietta.

Era da molto tempo che non le capitava di addormentarsi in pubblico. Un diffusore per ambiente mise in moto la sua memoria olfattiva e si mescolò ai suoi ricordi. Nell'aria riusciva ancora a sentire l'odore delle lenzuola che si scambiavano impressioni sulle notti passate. La macchia non era venuta via del tutto, ma perlomeno si era sbiadita. In tutta fretta si rivolse al cameriere: «Una curiosità. Deve andare per caso al concerto dei Coldplay?».

«Sarebbe molto divertente, ma purtroppo devo lavorare.»

«Grazie per la risposta e mi perdoni se le sono sembrata invadente.»

Quando arrivò davanti allo stadio, tutta quella confusione la riportò alla realtà. Il cartello immenso WELCOME TO WEMBLEY la catapultò a pieno nel momento e si mise in fila per entrare nel suo settore. Scattò una foto per fissare l'emozione e la inviò a George. Non sapeva se avesse o meno raccontato a sua madre il motivo della richiesta dell'auto. In ogni caso, per ringraziarla, scelse di mandare la foto anche a lei.

Era venuta per divertirsi, ma per un attimo sentì il desiderio di cambiare canale, come quando davanti a un documentario il ghepardo sta per uccidere la gazzella e la scena è troppo straziante da sopportare. D'altronde quel concerto era un po' come un posto pericoloso: rischiava di intrappolarla per sempre in alcuni vecchi ricordi.

Cercò di andare oltre, muovendosi distrattamente in mezzo a tutta quella gente sconosciuta che le camminava accanto. Era da sola, era con loro, era una vibrazione altissima da far innamorare il cielo.

Quando entrò, ritirò anche il suo braccialetto *Xylobands.* Quei braccialetti, essendo un souvenir molto costoso, erano uno slancio di generosità della band per rendere il concerto un'esperienza indimenticabile. Venivano controllati da remoto e azionati a distanza sulle note delle canzoni, rendendo il pubblico la coreografia stessa dello spettacolo.

Camminò a passi lenti e cercò di intrufolarsi fra la folla per individuare la sua fila e il suo posto. L'unico luogo in cui si ha il sacrosanto diritto di addormentare tutti i propri problemi è proprio durante un concerto. Puoi lasciare che la musica li copra in modo assordante, tanto da non farteli più sentire per tutta la serata.

Rimase ferma impalata davanti alla fila dei posti ancora non del tutto occupati. Le persone erano sparse dappertutto, come piccole formichine. Buttò un occhio sul parterre e le sembrò che quasi non potessero più muoversi. Avrebbe odiato essere lì, non ce l'aveva mai fatta a guardare un concerto senza la possibilità di chiedere permesso e spostarsi.

Si infilò con delicatezza nella sua fila. Non aveva dovuto disturbare nessuno, il suo posto era il terzultimo e gli altri due erano liberi. Prima di sedersi fissò il posto vuoto accanto a sé e non seppe neppure decifrare cosa si aspettasse dalla scelta di venire. Glissò sulla differenza che c'era fra il nutrire ancora delle speranze o avere delle semplici curiosità. Pensò che prenotare i posti in largo anticipo fosse già una sfida col "per sempre", una sorta di scommessa d'amore. In più il concerto era stato rimandato di due anni a causa della pandemia. Quante cose possono cambiare in due anni... Difficile ritrovarsi insieme vicini e vincere quella scommessa. La vita sa restare sempre uguale e stravolgersi in pochi e solidi momenti. Sa spostarci i capelli dal viso per permetterci di guardare oltre i nostri rimpianti.

Prima che iniziasse il concerto voleva trattenere con sé il ricordo di quel momento, e non soltanto nella sua memoria, perché sapeva che la memoria è una stanza che richiede pulizia, e che troppo spesso nel far cambiare aria qualcosa vola via, e che si schianti o vada a vivere altrove non ci è dato saperlo.

Aveva ragione Chris Martin, "*everyone is an alien somewhere*", tutti siamo alieni da qualche parte. Aveva visto che al merchandising vendevano delle magliette proprio con quella frase. Approfittando del fatto che mancava ancora un po' per l'inizio del concerto, si dileguò verso la postazione delle vendite. Acquistò la sua maglietta e se la infilò sopra la sua.

Lo stadio si era riempito fino all'orlo, come un'enorme tazza stracolma di speranza potentissima. Tutti potevano bere quel ritorno alla vita dopo anni di paura. Eppure piano piano, mentre se ne ritornava da sola al posto, le sue vere sensazioni cominciarono a definirsi. La sua testa era come un soffitto e da lì si staccò e le cadde addosso una forma dura di malinconia sentimentale. Il prezzo che si paga per non essere sinceri con se stessi è davvero troppo alto, distrugge la complicità e alla fine non ti è nemmeno concesso di deluderti e di raccontarlo. Ti viene da piangere, e non puoi nemmeno piangere con qualcuno.

Più si avvicinava e più nessuna di quelle piccole sedie rosse sembrava essere rimasta vuota. Tornò al posto con il suo posto vuoto accanto. Tutti si riprendevano con i telefoni e inquadravano i loro braccialetti bianchi che presto si sarebbero accesi di energia. Anche lei guardò il suo, ma non aveva nessuno a cui mandare la foto con gioia, perché mancava la gioia, non tanto la persona. Eppure lei se la voleva permettere una vita felice.

Si mise a sedere al suo posto intimorita come se fosse il primo giorno di scuola. Accanto a lei solo quel posto vuoto. Nel posto successivo si era invece seduta una ragazza molto giovane. Pensò che fosse lì da sola come lei. Si accorse che la guardava timidamente ma con insistenza, quasi a volerle dire qualcosa.

«Scusami, posso chiederti un piccolo favore?»

«Certo, dimmi pure.»

«Siccome quelli accanto a te sono i miei amici, saresti così gentile da fare a cambio di posto? Purtroppo ero indecisa se venire o meno e non ho più trovato un biglietto col numero successivo... Se non ti dispiace, potresti farmi questo favore?»

Meg si voltò verso la sua sinistra. Aveva accanto un gruppo di ragazzi. Guardò i loro volti. Sembravano cerbiatti, con i corpi ancora acerbi.

«Sì, certo. L'indecisione fa brutti scherzi, ma a volte siamo comunque fortunati.» Le sorrise. «Vieni pure vicino ai tuoi amici, scalerò di posto.»

«Grazie, grazie davvero!»

Meg riuscì a cogliere la gioia della ragazza in quel semplice grazie, e si sentì quasi rincuorata per quel piccolo gesto nei suoi confronti. Nel frattempo, *Flying Theme* di *E.T. L'extraterrestre* come traccia introduttiva sanciva in modo inequivocabile l'imminente entrata della band. Uscì dalla fila e la lasciò passare. La ragazza occupò il suo posto e lei ebbe un attimo di esitazione. Non sapeva se chiamare finalmente quella sedia vuota col suo nome e mettersi a sedere lì, o se lasciarla così e andare al posto della ragazza. Il suo corpo era l'onda anomala che la stava raggiungendo, ondeggiava in piedi a metà fra le due sedie. Sprofondò in mezzo e, per non sembrare del tutto sola ai suoi stessi occhi, si spostò verso sinistra, accanto al gruppo dei ragazzi.

La band era salita sul palco. Chris Martin salutò il pubblico. Qualche colpo di musica, *boom, boom, boom,* le sembrò in sincronia col battito del suo cuore. Qualche fiamma improvvisa sparata sul grandissimo monitor attraversò il cielo. Era l'inizio. Era anche la sua rivoluzione allo specchio, il momento di tenere duro. Lasciare andare è un atto di potere superiore. *Higher Power.*

«Signorina, la posso disturbare?»

Meg si voltò e Demian era lì in piedi davanti a lei, le sorrideva con gli occhi. Lei si alzò di scatto e lo abbracciò di colpo, posò il viso sul suo collo, sentì il suo profumo e la sua maglietta umida, assorbì lentamente la sua vertigine e il batticuore ignoto dell'attesa, come se quell'intimità non filtrata conoscesse da sempre la strada del ritorno, ma verso una favola sbagliata. Poi tutti e due scivolarono fuori con un distacco leggero da quella fusione imprevista, quasi con l'illusione di non accorgersene.

Chris Martin intonò *Adventure of a Lifetime.* Tutte quelle persone con le braccia alzate sembravano coriandoli colorati, mentre sul pubblico del parterre cadeva una pioggia di palloncini. Insieme erano una moltitudine di energia unita in una comunione d'intenti. Con le braccia sollevate Demian e Meg abbandonarono le ostilità, incastrati in un limbo sintetico, come se potessero cantare fuori dalle loro labbra: "E se abbiamo solo questa vita, mi aiuterai a viverla!".

Se riuscissimo a difendere ogni giorno la complicità che troviamo all'interno di una profonda emozione, i nostri istinti non sarebbero più così distanti, non ci nasconderemmo più dentro scatole di cartone poi ammuffite dalle nostre lacrime, sapremmo riconoscere che la troppa umidità crea lo stesso esatto, insopportabile dolore alle ossa in tutte le persone. Ma per tutti il dolore degli altri è sempre minore del proprio.

Chris Martin si sedette al piano a suonare *The Scientist* e tutto lo stadio cantò insieme a lui, in un'assonanza di voci calma e composta.

Quella era una storia. La storia di un uomo di scienza assorbito completamente dalla sua professione a tal punto da dedicare tutto il tempo e le energie al suo lavoro, trascurando la donna che diceva di amare. I calcoli, le cifre, la tensione verso nuove scoperte non lo facevano interessare ad altro.

Quando la perse, comprese che la sua mente era su una scienza a parte, ma nel momento in cui, tra tutte le cose che avevano avuto rilievo nella sua vita, realizzò quale fosse la più importante, capì anche che non era possibile matematizzare tutto e che la forza dell'amore era senza spiegazione e perfetta nella sua imperfezione. Così si scusò con lei per essere stato tanto insensibile. Le chiese di tornare indietro, al punto di partenza, per essere di nuovo sereni insieme. *"I'm going back to the start."* Sto tornando all'inizio.

Non era un sogno, no. Era una realtà con un effetto irreale, non esisteva una vera definizione per quel momento. Ma Meg avrebbe immaginato comunque un concerto diverso.

Quella canzone era la sua preferita da sempre, forse perché racchiudeva un po' quello che le aveva sempre detto Demian: bisogna essere grati alla vita, soprattutto per i nostri legami imperfetti. Lui le aveva dimostrato più volte di non essere molto diverso dalle parole che le aveva detto. Era tornato più volte ad aspettarla dove si erano persi, e quasi sempre era stata lei a mancare all'appuntamento.

Chris si fermò e incitò il suo pubblico a concludere la canzone. Mentre Meg cantava a squarciagola, con il suo telefono riprendeva la scena. Guardò un attimo Demian, intento a cantare con una dolce compostezza. Le sembrò che avesse ritrovato una decorosa serenità. Questo, assurdamente, la ferì e senza volerlo le scesero delle lacrime quasi disegnate per l'occasione. Eh sì, purtroppo doveva ammetterlo, Demian le mancava, e da quando non c'era da sola non aveva più la stessa sicurezza che aveva con gli altri, quando un tempo era in sua compagnia. Lui le aveva sempre fatto un po' da parafulmine, una specie di filtro per le delusioni.

«*Thank you very much. Amazing*» disse Chris concludendo il brano.

«Facciamo che questa sia una festa d'amore?» urlò durante *Yellow*, mentre chiedeva alla metà della folla di girarsi per cantare il ritornello della canzone alle persone più in fondo. Intanto i braccialetti a led si illuminavano di giallo.

Demian urlò a Meg nell'orecchio: «Lo vedi? Nonostante si sia lasciato con Gwyneth continua a cantarla! "Guarda le stelle, guarda come brillano per te"!».

«È vero, Demian. Tutto torna, le ferite e i momenti felici.»

*Tutto torna, forse tu no,* pensò quando si allontanò dall'orecchio di Demian per una triste e ovvia considerazione: lui non la chiamava più "Bae" e questo la turbò. La grandezza delle piccole cose le cadde addosso; era pesante, era lì per ricordarle il carico di un addio, per poi rimpicciolirsi fino a scomparire. Come quegli strani fenomeni extracorporei che aveva imparato a dividere in realtà o sogno, belli come quello spettacolo caleidoscopico, ma destinati a ricondurla al suono della sveglia, a dissolversi nel nulla e a lasciarla con la solita stupida certezza: non aveva mai saputo distinguere il falso dal vero. Però una cosa l'aveva imparata. Per riempire il tuo vuoto, hai bisogno di chi lo ha causato. Se provi a riempirlo con altro, aprirai una voragine pronta a contenere solo il tuo senso di solitudine.

Quando Chris chiese di non riprendere con i telefoni durante *A Sky Full of Stars* tutto il suo pubblico aderì all'unisono. La nostalgia dei vecchi tempi contagiò persino i nati digitali, nessuno oppose resistenza. Anche Meg guardò il suo telefono e lo mise in tasca senza accorgersi di aver ricevuto alcune chiamate alle quali non aveva risposto. Era un momento di immensa e caotica felicità. Saltavano i cuori, non era la folla, saltavano uno a uno, a tempo di musica. Erano riusciti a costruire una connessione collettiva.

Poi i fuochi d'artificio scandirono la pausa del concerto.

«Non credevo che saresti venuta» disse Demian candidamente. «Mi hai bloccato dappertutto, anche su WhatsApp. Andiamo a prenderci qualcosa al bar, ti va?»

Sembrava tranquillo, come se avesse metabolizzato la botta. Invece per lei, nonostante la decisione presa fosse stata la sua, la botta c'era stata eccome. Si trovò spiazzata. Era la prima volta che lo rivedeva e sarebbero andati a prendersi qualcosa insieme senza il conforto di un legame. Le sembrava assurdo. No, non stavano più insieme, anche se per un attimo lei aveva finto di non saperlo. Pensava dunque quasi con strafottenza di poter andar via dalla vita di qualcuno e di rientrarci con le scarpe sporche quando le pareva? Era molto più simile a suo padre di quanto non credesse, allora. Ma se era vero che tutti sono sostituibili, come mai in quel momento le sembrava che non ci fosse niente di più sbagliato? Non sapeva che farsene della sua libertà. Forse Demian era stato il precursore del suo stato d'animo molti anni prima. Le aveva detto che un giorno la libertà le avrebbe chiesto "Regalami!", ma nessuno l'avrebbe voluta, perché allo specchio ne avrebbero riconosciuto la vera natura, una disperata solitudine.

«Tu sogni ancora, Meg?» le chiese guadagnandosi due sgabelli al bancone del bar.

«Ogni tanto. Visto che non posso vivere contemporaneamente in due realtà, tranne quando sono a un concerto dei Coldplay, mi arrangio come posso. Fra realtà, sogno e ricordo.»

«Io intendevo: sogni ancora i personaggi dei miei libri?»

«Ma no... perché me lo chiedi? Mi fai sentire una sciocca, così.»

«Sono serio, te lo sto chiedendo davvero, ma forse l'ultimo non lo hai letto. Magari, per evitarmi, hai scelto di evitare a vita anche i miei libri.»

«No, non l'ho letto, però me ne ha parlato George. Tu lo hai più sentito? Pensa che mi ha prestato lui la macchina per venire qui.»

«Ogni tanto ci scriviamo. Segue anche qualche mia diretta su Instagram. Vuole sapere di me, della bambina.»

«Ah, quindi sei diventato molto più social da quando non stiamo più insieme. Sembra quasi un dispetto... E la bambina come sta?»

«Nessun dispetto, perché mai? Le cose non devono andare per forza come sono sempre andate. Chi lo stabilisce? La vita prova a metterci già così tanti limiti. Se finiamo per metterceli da soli diamo ragione alle nostre paure, no? La bambina sta bene. Spesso la vado a prendere a scuola, pranziamo insieme. L'ho portata anche al parco a tema di Harry Potter. Mi sono rivolto a un legale per conoscere i miei diritti sulla piccola. Su Facebook esiste un gruppo segreto a cui, rispondendo a un breve questionario, puoi accedere. Si chiama DNA–NPE. Il significato di DNA lo sappiamo tutti, però quello di NPE non lo conoscevo neppure io. È un termine tecnico della genetica, che significa "Non-Paternity Event", genitore inaspettato. Stare in quel gruppo e leggere le storie degli altri mi ha aiutato molto a capire come sarebbe stato meglio comportarmi.

Passo molto tempo insieme a lei. Per fortuna il mio rapporto con Nicholas si è tranquillizzato. Un giorno, quando lei sarà grande, potrà sapere la verità. Per ora ha già un papà che la sta crescendo, e ha anche me, anche se non lo sa. C'è sempre bisogno di una definizione precisa per amare qualcuno?»

Meg non disse a Demian che molte cose le sapeva già, che quasi due anni prima George glielo aveva detto, e che forse era stata una stupida a non mettere da parte l'orgoglio e a richiamarlo per scusarsi della sua impulsività.

«E invece tu, come stai?» riprese Demian.

*E invece tu, come stai senza me?*

Quello che lui avrebbe voluto chiederle.

«Bene.»

*Non troppo bene, senza te.*

Quello che lei avrebbe voluto rispondergli.
«Andrò qualche giorno a Roma a trovare mia madre. Non ci torno da tanto. Le ho già chiesto di venire, ma ha paura dell'aereo. Roma mi spaventa, è piena di fantasmi. Il pensiero di passare da via Frattina e incontrare mio padre mi terrorizza. Magari non saprebbe neppure riconoscermi. Io invece sì. Quando ti alzi e te ne vai, lasci sulla strada molti dei tuoi ricordi, e quando torni sono ancora là che ti aspettano al varco.»
*Io per esempio ho lasciato i miei passi sulle scale di casa tua.*
Quello che lei pensò di lui.
*Almeno tuo padre, da quando ha fatto lo stronzo, è sempre stato prevedibile. E ti penso ogni tanto, sì, ma sapessi che gioia c'è nel voltarsi indietro e finalmente dire no.*
Quello che lui non le disse.
«Hai più venduto la tua casa?»
*Chissà se dentro è rimasto ancora qualcosa di mio. Se qualche estraneo sta calpestando o ha buttato via la moquette dove un tempo facevamo l'amore.*
«No, ancora no. Sono stato in trattativa, ma poi ci ho ripensato. Io abito sempre a Primrose Hill, è Chris Martin che invece si è trasferito a Malibù. Vogliamo tornare? Mi sa che ci siamo persi anche qualche canzone. Ti si è illuminato il telefono, forse ti ha chiamato qualcuno.»
«Non importa, dopo guardo chi è» rispose Meg scendendo dallo sgabello su cui aveva consumato la sua birra. «Sì, andiamo, dài! Meno male che per raggiungere i nostri posti non dobbiamo disturbare nessuno.»
Tutto quello che Meg avrebbe voluto dire poteva fare concorrenza a un flusso di coscienza di Sarah Kane, e invece recitò il suo distacco, restando ancora una volta intrappolata nella finzione.
Quando tornarono era il sacro momento di *Fix You.*
Meg si avvicinò all'orecchio di Demian: «Comunque, per *par condicio* ti manderò un biglietto per il concerto di Ligabue allo Stadio Olimpico. Nel 2023».
«Ci conto. Un appuntamento all'anno non è niente male. E poi anche a me piacerebbe girare un po' per Roma.»

D'altronde un pretesto per ritornare nella vita di qualcuno siamo tutti abituati a seminarcelo dietro.

Chris Martin cantò *Biutyful* insieme a una fatina colorata e lo stadio si tinse completamente di blu, prima dei fuochi d'artificio finali.

Meg e Demian si erano guardati a lungo. Si erano accorti di essere riusciti a sfuggire al presente. Per tutto il concerto erano rimasti sospesi e il tempo non era riuscito a prenderli nella sua rete, non era stato capace di ricollocarli nello spazio esatto in cui vivevano. Ma ora, dopo quei momenti di felicità sospesa, si ritrovavano a essere di nuovo la casa di nessuno, come due anemoni di mare senza più un ospite.

Meg girò con accoglienza il suo corpo verso Demian, pensò che fosse l'ultimo momento utile per dirgli qualcosa di davvero personale.

«Mi ha sempre intimorito la tua comprensione, quella sensibilità che ti consentiva di penetrare nel mio mondo, perché ho sempre saputo che non avrei potuto più nascondermi, che poi non avrei più avuto scuse plausibili. A quel punto sarei stata costretta a dividere la mia vita con te.»

«E sarebbe stato così male? Stringere non è costringere... Ti ricordi quando ce ne stavamo stretti e abbracciati nel letto, senza fare niente? Eravamo vivi, eravamo leggeri. Eravamo quanto c'è di più vicino alla vita e alla leggerezza. Il mondo è un posto insicuro, lo sappiamo ormai. Cosa c'è di sbagliato nello scegliere la leggerezza?»

Lei si sentì il suo sguardo addosso. Era lieve, come una carezza, come la coperta di sicurezza che ci tiriamo su, fin sopra il viso, per salvarci da una notte di incubi, eppure era come armato di freddo.

«Non cambierai mai, Bae...» disse con tono non di rimprovero ma, anzi, con una profonda e infinita comprensione, tanto da farle sentire un improvviso strappo interiore, un'angoscia inspiegabile, come se qualcosa di terribile fosse accaduto fuori da lì e un filo della sua anima si fosse slegato per andarci insieme. Via per sempre, ma per sempre davvero, oltre il muro dei sentimenti revocabili. "*Before Anyone Else*" le risuonò davvero lontano, come qualcosa di già svanito, come un momento di nostalgia, come una colpa, quella di non avere mai capito perché avessero tutti un po' la mania di costruire e poi il brutale istinto di distruggere ogni cosa.

«Forse nessuno di noi cambia mai, Demian.»

«A volte una persona non può amarti come tu vorresti, ma questo non significa che non ti ami più.»

Meg rimase in silenzio, mentre una moltitudine di persone ancora avvolte da un'aura potente brulicavano in direzioni opposte per uscire dallo stadio.

Ancora non sapeva di avere ricevuto una serie di chiamate andate perse. Le avrebbe viste solo molto più tardi. Se invece, anche solo per un attimo, avesse ripreso dalla tasca il suo telefono avrebbe capito che erano di Gaia, e che il messaggio con la fotografia dello stadio che aveva inviato a George era rimasto con una sola spunta. Lui quella foto non l'aveva mai vista. Ci illudiamo che, nel momento in cui siamo completamente presi dalla nostra vita, non possa accadere parallelamente niente di brutto altrove. Le decisioni invece sono battiti di ciglia e in pochissimi istanti possiamo portarci a casa un bel ricordo o perdere irrimediabilmente qualcosa e scontare quella scelta per sempre.

Guardò il suo braccialetto luminoso ormai spento, e quel tempo precario le accese dentro un senso d'inutilità. Avvertì il suo corpo sprofondare sulla sedia, mentre la leggerezza che non era mai riuscita a tirare fuori volava via e le sospingeva addosso una folata di dolore, per tutti i giorni in cui Demian l'aveva amata e lei aveva pensato crudelmente che avrebbe potuto commettere tutti gli errori del mondo, tanto lui le sarebbe rimasto accanto a ogni costo.

Demian sapeva che, non appena si fosse alzato dal suo posto, avrebbe dovuto decidere anche lui da quale parte andare, e per questo continuava a rimanere immobile sulla sua sedia, a tu per tu con la sua indecisione. Capiva che, una volta presa una direzione, quel primo passo avrebbe spalancato in ogni caso una raffica di conseguenze ancora in grado di spiazzare la sua vita.

## *Nota dell'autore*

Di me ti diranno che sono un folle recidivo, che credo in qualcosa di esclusivo, che no, che non credo a quel che dico, che chissà cosa si nasconde nel mio cuore. Te lo dirà chi sta sempre con qualcuno, ma mai davvero con nessuno.

Di me ti diranno che la gentilezza ha sempre un doppio fine, un tornaconto, uno scopo preciso. Te lo dirà chi è davvero sfortunato perché non ha mai incontrato nessuno capace di donare senza chiedere in cambio qualcosa.

Di me ti diranno la loro presunta verità senza avermi mai incontrato, parlato, senza sapere neppure un briciolo della mia storia. Te lo dirà chi del suo cuore non si fida, e per questo non saprà mai fidarsi di quello degli altri. Ma porto in me la bellezza di chi sa chi sono. E questa è la mia forza, e questo è il mio dono.

Se hai finito questo libro sei anche tu un po' come me, per questo qui dentro c'è una dedica anche per te. Chiunque tu sia, un piccolo mondo in miniatura che ha scelto di tenere un po' del mio mondo sul comodino con sé.

Dice una leggenda che se non riesci a dormire la notte è perché sei sveglio nel sogno di qualcun altro. Io credo che, se una persona entra nei tuoi sogni durante le tue notti, è entrata già nei tuoi giorni a tua insaputa. E tu non ripulire la mente se al mattino ti svegli da un sogno a metà. I sogni che tornano sono il tuo destino.

Questo è quanto scrivevo nel 2012 alla fine del mio romanzo. E ora eccomi qui, dieci anni dopo. Sono stato davvero felice quando la mia casa editrice ha deciso di ripubblicare il mio libro, per festeggiare il suo decimo compleanno. In realtà l'avevo finito di scrivere fra il 2009 e il 2010, poi nel 2012 era uscito per la prima volta. Riprenderlo in mano mi ha permesso di fare il punto anche un po' su di me. All'epoca non sapevo che prima o poi avrebbe preso una vera forma. Lo avevo scritto per me, come autoterapia, dopo aver chiuso una storia che mi aveva lasciato degli strascichi enormi. Rileggerlo mi ha permesso di ritornare laggiù, a quel tempo in cui fuggivo dalle storie possibili e mi infilavo sempre in storie distruttive, o che non potevano concretizzarsi.

Meg assomiglia davvero tanto alla persona di cui mi ero innamorato molti anni fa, e così, per certi versi, io le parlavo attraverso Demian. Ho chiuso la mia storia non perché fosse finito il sentimento, ma perché ero sfinito. L'ho chiusa perché mi aveva stremato e avevo capito quanto fosse distruttiva.

Ci sono storie destinate a naufragare in un destino che scegliamo noi, storie che non fanno altro che rimetterci davanti agli occhi il dolore dell'abbandono.

Ogni scelta comporta una perdita, persino la nostra nascita ci fa perdere la protezione del grembo della nostra mamma. Insomma, la prima separazione sarà solo la prima di una lunga serie. D'altronde non possiamo soffrire una perdita, a meno che non ci attacchiamo così tanto a una persona da avere paura di perderla. Allora, preoccupati, cosa facciamo? Che metodo utilizziamo per difenderci da una possibile separazione? Il distacco emotivo è la prima nostra difesa. Da qui nasce la filofobia: la paura di amare.

Il bisogno di essere amati è comunque innato, possiamo provare a dimenticarlo, ma ci riporterà all'origine, con tutta la nostra ansia e con tutta la nostra rabbia. Il poeta Rilke scriveva: "Se i miei demoni mi abbandonassero, temo che anche i miei angeli volerebbero via". Il desiderio di amore e la paura di perderlo saranno sempre due costanti della nostra vita. Alla ferita dell'abbandono possiamo rispondere in due modi davvero opposti: attraverso la fuga o attraverso la capacità di sopportare qualunque cosa, pur di non essere mandati via.

L'intimità è una porta. Varcandola il nostro bimbo ferito si ritrova in uno sgabuzzino, a fare i conti con il suo essere solo e al buio. Per questo, anche quando cresciamo, abbiamo spesso paura di aprirla e di farci entrare un'altra persona. Temiamo che possa scoprire qualcosa di intimo e poi ridere di noi, o ancora peggio che possa umiliarci, o fare tutto in pezzi e poi andarsene. Come ho scritto nel libro, probabilmente nasciamo con dei vuoti e cerchiamo qualcuno che possa colmarli. Ci aspettiamo che la persona che amiamo possa riempire i buchi emotivi che ci ha lasciato la nostra infanzia. Invece nessuno può colmare quei vuoti, solo noi possiamo ritornare al momento in cui il nostro bambino è stato abbandonato e a quel punto prenderlo per mano, prenderci cura di lui. Però dobbiamo anche accettare che gli applausi mancati, i baci negati, i complimenti che non ci sono stati fatti un tempo non sarà più possibile riaverli adesso. Ancora una volta, per ritrovare qualcosa, siamo costretti ad accettare la perdita. Non esiste un modo per risanare completamente una ferita, se non quello di accettare la sua cicatrice.

Una forma di difesa può essere quella di incastrarci in impegni senza fine, per non ritrovarci mai da soli e non avere il tempo di ascoltarci, recitando la parte delle persone che non trovano l'amore anche se lo cercano davvero, mentre in realtà non facciamo altro che respingerlo, inventando pretesti per fuggire, sabotando le relazioni, pretendendo l'impossibile. Inconsciamente desideriamo ferire gli altri, per vendicare le ferite che abbiamo dentro. Questo è l'atteggiamento di Meg.

Oppure la paura di rimanere soli può farci restare ancorati a storie distruttive, può renderci troppo accondiscendenti. Per non ferire, feriamo noi stessi, e lasciamo che comportamenti ritenuti ingiusti si insinuino dentro di noi, senza fare niente per far rispettare i nostri confini. Questo è il comportamento di Demian.

In pratica la ferita dell'abbandono è alla base di tutti i problemi relazionali che abbiamo. È un congegno pronto a esplodere puntualmente, tutte le volte che i nostri rapporti non vanno come avremmo previsto. Ogni volta che la nostra relazione scende dal sogno e incontra la realtà, noi ci deludiamo. Per forza! Veniamo continuamente sedotti dall'idea di mostrarci vicini a una persona impeccabile. Eppure non siamo perfetti e lo sappiamo, ma desideriamo che l'oggetto del nostro amore lo sia al posto nostro. Invece l'amore maturo, fatto di responsabilità e di concretezza, rinuncia alla perfezione.

Quando più di dieci anni fa ho inventato la parola "controcuore" (ne ho parlato anche con il Professor Sabatini, presidente onorario dell'Accademia della Crusca) inserendola in questo libro, il suo significato era (ed è) al di là di ciò che può sembrare. Avere contro il nostro cuore significa rinnegare la nostra natura, le nostre inclinazioni, significa rinunciare a essere noi stessi per la paura di non piacere. Vale la pena? Io penso di no.

Sono cambiato molto in questi dieci anni. Ho finalmente accettato l'ambivalenza che esiste in me, che esiste in tutti noi, ho accettato le mie fragilità e ho capito che, raccontandole, nessuno avrebbe potuto usarle contro di me.

E come da piccolo ho desiderato amore e approvazione e allo stesso tempo libertà e indipendenza, oggi desidero la fusione e allo stesso tempo che i miei confini vengano rispettati e non invasi. Una storia che funziona non vuole trasformarci in persone diverse, ci fa solo fare i conti con l'abisso del nostro blu, senza giudizio.

Cari lettori, che voi possiate sentirvi più vicini a Meg o più vicini a Demian, o a nessuno dei due, tutto sommato non ha importanza. Ha importanza che vi sentiate persone risolte, che abbiate almeno un posto in cui sentirvi al sicuro, che guardandovi indietro e incontrando i vostri bimbi interiori possiate prendervi cura di loro e non aspettare più che qualcuno lo faccia al vostro posto, anche se un tempo avrebbe dovuto. Sentirete di amarli davvero, li vedrete crescere fino a capire con chiarezza cosa sono diventati, ritroverete il vostro zainetto pieno di sogni che non saranno rimasti ad ammuffire lì dentro, non vi staranno invece più bene addosso tutti gli inutili sensi di colpa. Sarete voi a gestire con equilibrio la vostra solitudine, imparando a non confonderla con l'isolamento.

Grazie alla famiglia Mondadori, a Giovanni Francesio e a Lara Giorcelli. Un ringraziamento speciale a mio padre, che mi ha insegnato cosa sia la generosità. Anche se non è più accanto a me e non so precisamente dove sia, io so dov'è rimasto: nel profumo della mia memoria. Grazie a mia madre (ti voglio bene, mamma), alla mia Mary (sei la mia Before Anymore Else) che ha curato la mia ferita e ha accettato le mie stranezze, come io le sue. Grazie a tutti voi che leggerete queste righe, che avrete avuto la voglia di arrivare fin qui, vi ringrazio davvero per il vostro tempo. So che non si ottiene niente senza l'amore degli altri.

Questo libro non è un capolavoro, non compie nessun miracolo, non vi farà riacquistare la fiducia assoluta nell'umanità, né vi farà ricominciare a credere in Dio. Non vi svelerà la ricetta perfetta per assaporare il senso della vita. Però una speranza ce l'ho: spero che vi abbia fatto sentire meno soli, anche solo per un attimo.

Mi basterà.

Fortissimamente vostro,
Max

#maicontrocuore

# Indice


7 1 Il punto di non ritorno
12 2 È ovunque buongiorno quando ti sveglia l'amore
20 3 Quel posto a incastro per le tue nuvole
25 4 Spesso le cose si uccidono per la paura di viverle
37 5 Nessun sogno è semplicemente un sogno
43 6 Ogni desiderio nasce sempre da una mancanza
48 7 Luci che non si spengono
52 8 Il respiro è presenza
56 9 Mi ricorderò di te anche quando mi scorderò quasi tutto di me
63 10 Aspettarsi è un modo per restare legati nel tempo
70 11 L'ultimo spiraglio per non andare controcuore
75 12 Siamo giocattoli nelle mani della memoria
84 13 Incanto per disincantati
93 14 Tutti abbiamo bisogno di qualcuno
96 15 Il rumore delle cose perdute
101 16 Fotografando un sogno di realtà
109 17 Resterai dentro intorno
118 18 Ogni scelta comporta una perdita
127 19 L'amore è un semplice miracolo
139 20 L'ultima cosa che scrivo per te

146 21 Il vuoto non è mai leggero
155 22 La nostra notte preferita deve ancora venire
161 23 Lasciare le corde di sicurezza e saltare
168 24 Casa è ovunque si abbia voglia di tornare
177 25 La pelle non la freghi
184 26 Una coltre d'insicurezza
188 27 Soli in due
196 28 Salvare i ricordi o dimenticarli
206 29 Anche il niente può distruggerci
218 30 Sapere di essere stati amati ci protegge per sempre
231 31 Viva la vida
241 32 Il bisogno è una necessità
248 33 La bellezza che non abbiamo raccolto in tempo
258 34 Abbi cura di te
263 35 La vita sbaglia spesso i momenti

279 *Nota dell'autore*

Mondadori usa carta certificata PEFC
che garantisce la gestione sostenibile delle risorse forestali

Mondadori Libri S.p.A.

Questo volume è stato stampato
presso ELCOGRAF S.p.A.
Stabilimento - Cles (TN)

Stampato in Italia - Printed in Italy